Silly SEASON

MILLS COLEMAN

Silly SEASON

Lights Out, tome 3

ito

Hachette Livre, 58 rue Jean Bleuzen, 92170 Vanves.

Pour ma sœur et son soutien indéfectible
dans tous mes projets.

Lexique

Aileron : élément de carrosserie situé à l'avant et à l'arrière d'une voiture monoplace. Il permet une meilleure adhérence et assure la stabilité du véhicule.

Bac à graviers : partie du circuit automobile destinée à ralentir ou arrêter les monoplaces ayant subi une sortie de piste.

Chicane : partie du circuit où se succèdent deux virages de sens contraire.

Cockpit : compartiment où s'assoit le pilote.

DNF (Did not finish) : cas dans lequel un pilote ne termine pas une course.

Courbe : virage en arc de cercle.

Courir : participer à une course automobile.

Drapeaux : ils sont utilisés par les commissaires de course pour informer les pilotes d'une situation particulière. Le drapeau à damier annonce la fin de la course, le drapeau jaune indique la présence d'un danger, le drapeau vert la fin de ce danger et le drapeau rouge avertit la mise en pause de la course. Enfin, le drapeau bleu indique à un pilote qu'il se fait dépasser par les leaders de la course et qu'il doit les laisser passer.

DRS (Drag Reduction System) : fonctionnalité des voitures de course permettant d'ouvrir une partie de l'aileron arrière, permettant au pilote d'aller plus vite en ligne droite. Le DRS ne se déclenche que sur des parties définies du circuit, et seulement si la voiture qui la précède est à moins d'une seconde.

Essais libres : composés de trois sessions, les essais permettent aux pilotes de se familiariser avec la piste, avant les qualifications et la course.

Esse : chicane en forme de « S ».

Flat spots : surface plane sur la gomme des pneus due à l'usure. Elle entraîne une perte d'adhérence.

Force : phénomène physique exercé par un objet sur un autre. Une force peut agir sur la vitesse d'un objet, le faire dévier.

G (initiale de gravité) : unité d'accélération.

Graining : apparition de grains de gomme sur les pneus, diminuant leur adhérence.

Grille de départ : ordre dans lequel les voitures se positionnent sur la ligne de départ. Il est défini à l'issue de qualifications.

Grip (adhérence) : correspond au maintien d'une voiture sur la piste qui, par conséquent, ne glisse pas.

Halo : structure renforcée au-dessus de la tête du pilote permettant de le protéger en cas d'accident.

Homerace : course à domicile pour le pilote ou pour l'écurie.

Intersaison : période séparant deux saisons de Formule 1 durant laquelle les écuries développent les monoplaces pour le championnat suivant.

Marshals : personnes assurant la sécurité sur la piste pendant la course.

Paddock : partie du circuit réservée aux personnes habilitées (écuries, journalistes, invités, etc.). Elle se trouve derrière les stands.

Parc fermé : à la fin d'une course, les voitures sont disposées dans cette zone sécurisée où personne ne peut les toucher le temps que la fédération les inspecte.

Pesage : les pilotes et voitures sont pesés après chaque course et séance de qualification afin de vérifier que le poids total respecte le poids minimal imposé par la fédération.

Pilote payant : pilote qui paye pour obtenir un siège dans une écurie. Soit il verse cette somme lui-même, soit il reçoit une aide extérieure.

Pit-stop (ou arrêt aux stands) : court arrêt permettant de réaliser l'entretien du véhicule pendant une course.

Pit-wall : mur séparant la voie des stands de la piste. Derrière le pit-wall sont installés les ingénieurs et les dirigeants qui observent la course et communiquent aux pilotes les informations nécessaires.

Pneus (ou gommes, trains de pneus) : il en existe de plusieurs sortes : soft, medium, hard et wet. Les pilotes en disposent d'un nombre limité qu'ils doivent gérer pour optimiser leurs chances de l'emporter. L'usure des pneus est un élément stratégique crucial.

Pole position : le pilote le plus rapide en qualification obtient cette place. Il débutera la course en première position.

Qualifications : organisées la veille de la course et divisées en trois sessions (Q1, Q2 et Q3), elles définissent l'ordre de départ de la course. Le pilote qui réalise le meilleur temps obtient la pole position.

Safety car : lorsqu'un drapeau jaune est brandi (et si la situation le nécessite), cette voiture précède le leader en roulant plus doucement, permettant ainsi aux commissaires d'intervenir sur la piste en toute sécurité.

Silly Season (chaises musicales) : période pendant laquelle les pilotes et les écuries négocient pour signer les contrats pour l'année qui suit.

Tour de formation : juste avant le départ de la course, les pilotes effectuent un tour de piste au terme duquel ils prennent leur place sur la grille de départ.

Undercut : stratégie de course consistant à s'arrêter aux stands avant son concurrent.

Vibreur : dalles en béton rouges et blanches qui marquent la délimitation de certains virages.

Écuries

Dark Crown (couronne)
Owen Abbott
Enzo Adoni
Keelean (drapeaux croisés)
Mathieu Lecomte
Kai Porana
Riotti (éclair)
Ben Charley
Loris Doppia
Ted Wheeling (TsurW)
Sylvain Millet
Daniel Harris
Neptune (Poséidon)
Gabriel Hupert
Alak Oran
Peredes (arc tendu)
Diego Garcia
Filip Soria
Roar Racing (guépard)
Mathias Berg
Victor Leroy
Fizzles (bonhomme qui louche)
Simon Faure
Jacob Oak
Giants (lutteurs)
Felix Newman
Paul Becker
Cavarot (griffes)
Solveig Peterson
Sergio Velasquez

Articles de presse

06/07/2021 La Course

Gabriel Hupert : où en est le jeune français ?

Si notre dernier article traitait du cas de Mathieu Lecomte, qui semble enfin se reprendre en main en cette mi-saison, aujourd'hui, nous nous penchons sur la situation d'un de ses amis.

Poursuivons notre état des lieux du paddock avec le pilote français, Gabriel Hupert. Très bon au volant, sans être excellent, le parisien a finalement su, il y a quelques années, se démarquer en F2 pour obtenir un siège directement chez Neptune, écurie montante du second quart de la grille.

Voilà plusieurs saisons que la collaboration française suit son cours. Mais qu'en est-il réellement des résultats de Hupert ?

Il faut malheureusement noter qu'aucun exploit n'est au rendez-vous. Classé dixième dans le championnat, il ne comptabilise qu'un maigre score de trente points tandis que son coéquipier, Alak Oran, se place en septième position avec soixante-six points. Comment expliquer cette différence ?

Hupert n'a, certes, pas spécialement été chanceux sur cette première moitié de saison. Entre problèmes techniques et accidents, il a bien souvent été obligé de battre en retraite pour éviter le pire. Cependant, tout n'est pas à reprocher à la voiture ou aux circonstances de course. Le Français a aussi écopé d'un certain nombre de pénalités pour des erreurs de débutant.

Vu les rumeurs qui circulent au sujet de son siège, nous comprenons facilement que le stress puisse prendre le pas sur ses capacités. Perte de confiance en lui, doute, peur… tels sont les ennemis d'un jeune pilote qui a plus que jamais besoin de faire ses preuves.

Nous espérons de tout cœur que Gabriel Hupert saura retrouver ses esprits pour terminer la saison en beauté, car nous serions tristes de le voir quitter le paddock à la fin de l'année.

08/07/2021 Racing Mag

Quelle grille espérer pour la saison prochaine ?

Si personne ne s'attendait à la « *Silly Season* » de l'année dernière, celle de cette saison est bel et bien prévue. Les contrats prenant fin sont ceux de : Gabriel Hupert, Ben Charley, Jacob Oak et Paul Becker.

S'il y a bien un siège à propos duquel les rumeurs vont bon train, c'est bien celui de Neptune ! Sans fonds illimités, Hupert ne peut compter que sur ses capacités pour conserver sa place ou en trouver une nouvelle. Il se murmure cependant sur le paddock que Ronan Leceo, dirigeant de l'écurie, serait plus intéressé par le portefeuille de Jacob Oak que par les résultats peu brillants de Gabriel Hupert. Si rien d'officiel n'a été annoncé, il est de notoriété publique que l'ambiance n'est pas au beau fixe dans l'équipe française et que le jeune pilote serait sur un siège éjectable. Alak Oran leur offrant les points attendus, ils auraient plus besoin d'un pilote payant que d'un Français dans une mauvaise passe pour parfaire leur duo la saison prochaine.

Hupert pourrait, au mieux, espérer prendre un siège chez Riotti. Cependant, encore faudrait-il qu'il parvienne à convaincre les Italiens qu'il vaut plus que Charley, ce qui reste à démontrer. Ses plus grandes chances se situent auprès de Fizzles et Giants. Il devra, dans ce cas, prier pour grandir avec l'écurie ou se satisfaire de tomber dans la grille après peu d'années dans le haut du panier.

Si la chance n'est pas du côté du Français, n'oublions pas que la saison est loin d'être terminée. Tout peut encore se jouer et nous avons hâte de connaître le fin mot de ce jeu des chaises musicales !

05/07/2021 Trop Chaud !

Gabriel et Mélanie Hupert… Des frangins à croquer !

Entre pilote de Formule 1 et mannequin à succès, la famille Hupert n'est pas à plaindre ! Papa et Maman doivent être fiers de leurs rejetons. En tout cas, nous, nous les adorons !

Enfants du pays ayant réussi… Ils ravissent la France autant qu'ils nous font baver d'envie. Les deux blonds aux yeux bleus sont aussi élancés qu'attachants. Que vous préféreriez plutôt les sports mécaniques ou le monde de la mode, vous trouverez votre compte entre les deux Hupert.

D'un côté, Gabriel… Tout en muscles, fin, un charme fou et un talent pour la course. La combinaison nous donnerait presque des sueurs froides et des fantasmes à foison. Si nous regrettons le trop peu de clichés postés sur ses réseaux, nous nous ravissons de ses interviews, de sa voix grave envoûtante et de son évidente gentillesse.

De l'autre, Mélanie, la sœur aînée. Bien loin est l'époque où elle évoluait dans l'ombre de son frère. Aujourd'hui, difficile de rater une seule couverture de cette bombe ! Grande et fine, aux atouts indéniables, sa classe à la parisienne a fait tourner plus d'une tête. Nous sommes incapables d'arrêter d'admirer les photos de sa collaboration avec *Sooo-Sweet Bikini.*

Tous deux célibataires, ils font partie des Français les plus désirés au monde.

Partis de rien, ils forcent le respect en ayant tout construit et en s'étant battus pour s'ouvrir les portes d'un milieu si sélectif, impitoyable. Leur force de caractère ne fait qu'ajouter à leur capital séduction. Nous nous demandons comment ces deux-là peuvent encore être libres…

Comptez sur nous pour les garder à l'œil ! Nous ne raterons pas une occasion pour tenter notre chance !

1

Juillet – Autriche

GABRIEL

Après le désastre à Silverstone, je dois absolument me rattraper sur cette course.

Je n'étais même pas dans les points… Si ça, ce n'est pas un échec !

Je vais craquer. Mais je ne dois pas, car toute ma carrière est en jeu. Je n'aurai pas de seconde chance. Une telle chose n'existe pas dans ce sport où seuls les vingt meilleurs mondiaux ont un siège. Il ne faut pas perdre le mien. Sauf que si je continue à obtenir de si mauvais résultats, je serai à la retraite avant d'avoir eu le temps de dire « ouf », bon à tenir l'ombrelle de ma sœur pendant ses *shootings*.

Je me tape les joues pour me réveiller et me redonner de l'énergie avant de monter en voiture.

C'est l'effervescence sur la grille. La course va bientôt débuter, chaque écurie prépare ses monoplaces. De mon côté, j'essaye tant bien que mal de trouver un peu de confiance en moi.

Ces derniers temps, j'ai tellement galéré que je ne me sens plus assez en confiance pour tenter des mouvements risqués en piste. Vu que je n'arrive plus à autant oser, je ne dépasse pas assez et surtout, je me fais doubler. C'est un cercle vicieux : moins je réussis, plus je perds mes moyens et moins je réussis. Je donnerais cher pour obtenir les mêmes résultats qu'Owen, mon meilleur ami qui court pour l'écurie la plus performante du paddock.

Cependant, rien ne sert de m'apitoyer ou de rêver de prendre la place de mes potes. Je dois m'en sortir avec les cartes que j'ai en main, me battre et me surpasser pour avoir au moins autant d'opportunités que les mecs qui alignent les billets.

Je ne suis pas jaloux, je ne l'ai jamais été. J'ai conscience de la valeur du travail et du dépassement de soi. Je ne marche que de cette façon, car il s'agit des seules armes que je possède. Envier les autres ne m'amènera à rien.

Je me concentre sur ma respiration pour la calmer avant de courir. Je stresse et mon cœur bat bien trop vite alors que la course n'a pas commencé. J'inspire, compte jusqu'à trois, puis expire lentement par la bouche.

Une fine bruine adoucit la chaleur insoutenable de ce mois de juillet. La température de la piste sera moins élevée, c'est positif pour la gestion des gommes.

J'observe l'agitation sur le paddock. Je regarde particulièrement mes amis et me retiens de rire quand je les vois entourés de leur staff, des parapluies à la main pour les protéger. *Ils ne sont pas en sucre…*

Owen est chez Dark Crown, Mathieu chez Keelean et Loris chez Riotti. Tous les trois sont dans les meilleures écuries de la grille. Elles ont donc assez d'argent pour se permettre de payer des employés dont le seul rôle est de tenir un parapluie au-dessus de la tête de leurs pilotes. Ils sont si chouchoutés que c'en devient ridicule.

Chez Neptune, nous n'avons pas une telle chance. Nos moyens sont réduits. Si je veux un parapluie, je dois en apporter un et le tenir moi-même. En soi, ce n'est rien d'anormal. Je n'ai jamais été pourri gâté et je pense que je ne supporterais pas d'avoir quelqu'un pour effectuer ce genre de tâches à ma place. Je me sentirais minable de demander une telle chose à une tierce personne.

Peut-être que je réfléchis ainsi parce que je n'ai pas ce privilège. Je suppose qu'on ne le saura jamais, vu que je ne suis pas près de mettre un pied dans ces équipes.

J'ignore même si cette saison n'est pas la dernière pour moi. Tout le monde en parle et s'en donne à cœur joie pour débattre sur le sujet : je vais dégager. Mon écurie me le fait sentir, même si rien d'explicite n'a été dit. Je n'ai droit qu'à des reproches et sous-entendus malvenus. Je n'ai pas assez d'argent pour payer ma place, mes résultats sont mauvais, j'ai une malchance incroyable…

Je sais que je dois me dépasser aujourd'hui et pour toutes les courses à venir. Je dois me ressaisir, mettre mon angoisse de côté pour mieux me débrouiller en piste. Il me faut des arguments pour convaincre Neptune de me garder. Pour l'instant, je n'en détiens aucun.

Mon contrat se termine à la fin de la saison. Mon ennemi du paddock est pressenti pour prendre ma place. Mon coéquipier obtient de meilleurs résultats et s'en trouve favorisé en piste. Si je ne provoque pas de miracle avant la dernière course, je n'aurai que mes yeux pour pleurer.

— Putain ! Mais arrête de penser !

Je dois cesser de réfléchir à tout ça. Le Grand Prix est tout ce qui doit importer à cet instant.

On vient justement me chercher pour monter en voiture. D'ici cinq minutes, le tour de formation va débuter.

Je grimpe dans ma monoplace posée en P11 après des qualifications peu glorieuses. Les Ted Wheeling sont devant moi, les Peredes derrière. Ayant été coupés en Q2, nous avons pu choisir notre gomme pour les premiers tours de la course. Je pars en *hard* et, si ce n'est pas idéal pour un départ puissant, j'aurai l'avantage sur le long terme. Je dois garder cela en tête quand je me ferai passer à l'extinction des feux. Mes pneus monteront doucement en température, mais auront finalement plus d'adhérence sur la distance.

Je procède aux vérifications habituelles avant le lancement : eau, radio, volant. Quelques tics m'obligent à regarder trois fois dans mes rétros et à me faire craquer les doigts. Je trépigne d'impatience. Le départ ne va pas tarder, mais cette attente angoissante est insoutenable, surtout quand mon ingénieur se fait un plaisir de me rappeler nos objectifs. Je les connais, je n'ai pas besoin qu'on me les répète à longueur de temps.

— Tour de formation, m'annonce-t-il à la radio.

Les équipes se mettent de côté pour laisser les voitures partir en piste, chauffer un minimum les pneus avant de nous repositionner sur la grille.

J'enclenche une vitesse et suis la Ted Wheeling devant moi en gardant un peu d'espace pour pouvoir faire quelques accélérations durant le tour.

Je tiens fermement mon volant et tente de me détendre dans cette voiture avec laquelle j'entretiens une relation quelque peu conflictuelle depuis ce début d'année. J'ignore pourquoi, mais je ne parviens pas à la contrôler comme je le voudrais. Elle ne fait pas partie des meilleures, elle a ses défauts, mais je sais aussi qu'elle et moi ne nous convenons pas. Ma façon de piloter ne matche pas bien avec le fonctionnement de la monoplace. Je tente tant bien que mal de l'apprivoiser, mais ça prend plus de temps que prévu. Un temps que je n'ai malheureusement pas à disposition, contrairement à Mathieu qui se fait un plaisir de jouer au con sans peur de perdre sa place alors même que sa boss lui fout la pression. J'aimerais être aussi relax face à ma situation.

Entre le stress de perdre mon siège, celui imposé par mes supérieurs et cette incompatibilité avec la voiture, je commets des erreurs honteuses qui me coûtent à chaque fois très cher. Mon but du jour : terminer cette course dans les points, sans pénalité ou accident. Je devrais y arriver, c'est quand même mon métier !

Je me positionne à ma place sur la grille de départ. Mes yeux sont rivés sur les lumières rouges devant moi. Une fois tous les pilotes prêts, les feux tombent un à un. Quand le dernier s'éteint, mes réflexes prennent le relais. Mon pied appuie sur l'accélérateur, mes mains jouent avec la palette pour passer les vitesses. Je scrute mes rétros pour prévoir les dépassements possibles, tout en faisant attention à ne pas rentrer dans l'arrière d'une monoplace.

Au milieu du peloton, le plus gros risque est de se faire prendre en sandwich entre deux voitures. Je dois à tout prix éviter l'accident, je reste donc très prudent sur ce premier tour.

Comme prévu, les Peredes me passent sans mal. En *medium*, elles peuvent accélérer plus aisément. Je ne peux que subir. Je garde tout de même le cap et reste concentré. Quand enfin le classement se stabilise, nous pouvons enclencher nos stratégies.

— Garcia devant toi à moins d'une seconde. Conserve cet écart pour avoir le DRS quand il sera activé.

— Reçu.

Les Roar Racing sont encore assez loin pour que je ne m'en préoccupe pas trop pour le moment. Je m'applique à préserver l'écart demandé tout en m'assurant de ne pas surchauffer le moteur en restant trop près de la Peredes.

Soudain, je vois un nuage de poussière s'élever depuis le bac à gravier. Je n'ai pas le temps d'apercevoir ce qui se passe quand je déboule à plus de deux cents kilomètres-heure devant la zone.

— Sortie de piste pour Harris, pas de drapeau jaune, il est revenu en course. DRS activé sur le prochain tour.

J'accélère légèrement pour être certain de ne pas rater ce dépassement important. Je ne dois pas laisser la seconde Peredes me distancer pendant ce mouvement.

Le DRS s'active dans la ligne droite, les frottements d'air se réduisent et je gagne en aérodynamisme. Je peux facilement passer la première Peredes. Déjà, je vois la seconde non loin.

— Combien de tours pour rattraper la prochaine ? demandé-je, mon attention fixée sur l'objectif suivant.

— Deux tours à ce rythme.

Je reste calme et poursuis ma route avec concentration. Je m'applique dans chaque courbe pour ne pas commettre d'erreur malgré les réactions imprévisibles de cette voiture. Elle me paraît dure sous mes mains, comme si elle se débattait sous mes ordres. C'est à n'y rien comprendre. Mais je lutte et impose mes décisions à cette mécanique capricieuse.

— DRS activé, double la Peredes.

Je n'avais pas vraiment besoin qu'on me le dise.

Je sens ma voiture prendre en vitesse sur la ligne droite. Je remonte sur mon concurrent et le passe par l'intérieur de la courbe en sortie de zone. Il se débat quelques instants, mais la Neptune reste plus puissante. Mon vrai combat est contre les Ted Wheeling, et jusqu'ici, je n'ai pas souvent gagné.

J'enchaîne les tours à un bon rythme pour prendre du terrain sur les prochaines monoplaces. Mes pneus semblent en forme, rien à signaler sur la voiture.

— On reste sur le plan A, Gabriel.

— L'écart ?

— 4,5 sur Millet.

En P11, avec ce moteur et le même train que la Ted Wheeling, je ne sais pas si je vais pouvoir le rattraper. En plus, Millet est un vieux pilote avec des techniques de course assez originales. Chaque fois, il nous réserve des coups improbables acquis après des années de pilotage. Je n'en suis pas encore là, et j'ai souvent du mal à conjuguer ma stratégie avec ses idées foireuses.

Les premiers arrêts aux stands commencent sur le devant du peloton. Je monte artificiellement dans le classement tandis que les *leaders* se trouvent à présent au milieu de notre compétition secondaire. Mon instinct me dit de me battre contre les Keelean ou les Riotti quand elles arrivent derrière moi, seulement, mon équipe me rappelle que ma bagarre n'est pas avec eux. Je fatiguerais mon train pour rien. Je me contente de quelques mouvements défensifs avant qu'elles ne finissent par me passer en zone de DRS.

La course se poursuit sans trop d'évènements. J'enchaîne les tours jusqu'à ce que ma gomme me fasse sentir son usure. Il serait temps que je rentre aux stands pour éviter de perdre trop de rythme, de risquer une crevaison ou de creuser l'écart avec mes concurrents. Cependant, Oran a la priorité. Je dois attendre deux tours de plus pour recevoir mon appel aux *pits*.

Je déteste cette situation, même si c'est la chose la plus logique à faire pour l'écurie. Je dois accepter d'être le numéro deux et le fait que je ne fasse pas assez mes preuves pour mériter mieux.

Malgré tout, je ne m'en sors pas trop mal aujourd'hui. Je n'ai pas de problème à déplorer. Si tout se passe bien, je devrais parvenir à remonter pour me battre contre les Ted Wheeling.

— Box, box, m'appelle enfin l'écurie.

Je m'exécute et entre aux stands.

— Box confirmé.

Les membres du staff m'attendent à ma place, j'arrive à vitesse réduite et m'arrête pile devant eux pour les laisser m'enfiler un train *medium* pour la fin de la course. Malheureusement, l'arrêt qui ne devait durer que trois secondes s'éternise.

— Que se passe-t-il ? questionné-je, irrité.

Clairement, je ne me bats pas à armes égales. Je fais tout ce qu'il faut, mais je ne peux rien changer aux erreurs de mon écurie. Une fois de plus, je subis un aléa qui va réduire à néant toute ma stratégie de course. Je ne finirai pas où je le souhaite dans le classement, je n'aurai probablement pas de points, car remonter demandera trop d'efforts à ma gomme.

Cette course est un nouvel échec à ajouter à la liste déjà longue de mes déboires. Mon siège s'éloigne encore un peu plus.

J'aimerais faire mes preuves, me démener pour mériter une autre saison. Malheureusement, là, je dois me contenter d'assister à ma chute. Me raccrocher aux branches ne fera que retarder l'inévitable. Vraiment, seul un miracle pourrait me sauver cette année.

MAI

Après une longue journée de travail, je suis plus que ravie de sortir prendre un verre avec mon amie, Mélanie.

Les weekends de course sont les plus compliqués. Il y a toujours un membre du staff pour se blesser quelque part, quelqu'un pour choper une insolation ou une intoxication alimentaire. Si, en général, je ne chôme pas, les fins de semaine s'avèrent les plus dures.

Quand Mélanie m'a proposé une sortie, j'ai sauté sur l'occasion. Rigoler un peu et boire quelques verres me fera le plus grand bien.

Mel aussi avait besoin de prendre l'air. Après la course désastreuse de son frère, elle devait lâcher la pression. Elle s'inquiète tellement pour lui qu'elle va se créer un ulcère.

J'arrive à l'adresse qu'elle m'a donnée et la trouve déjà installée à une table, un *Martini dry* à la main. Je ne sais pas si elle réalise à quel point elle attire les regards. Depuis sa couverture de *Vogue*, sa carrière a pris un sacré tournant et maintenant, elle représente *la* femme à séduire. Je comprends ces regards affamés, moi aussi je la trouve canon. Grande, fine, grosse poitrine, belles fesses, yeux bleu clair, blonde : elle est un fantasme sur pieds. Plus elle pose pour des magazines réputés, plus elle semble devenir sexy.

Je dois avoir une piètre allure, à côté, après ma journée de travail. C'est déjà un miracle que j'aie pris le temps d'enfiler autre chose que ma blouse. J'ai simplement passé la première robe que j'ai vue avec des escarpins classiques.

Je n'ai cependant pas eu le temps de me maquiller. Je regrette ce choix quand j'aperçois autant de visages canon dans ce bar branché.

Je ne risque pas de me trouver un amant pour ce soir… Non pas que ça soit une priorité, de toute façon.

— Je t'ai commandé un *Sex on the beach,* c'est ce que tu prends habituellement, non ? me questionne Mel quand j'arrive à son niveau.

Je la serre affectueusement dans mes bras. Elle est clairement ma plus proche amie. Nous nous retrouvons aussi souvent que nos deux boulots nous le permettent. Mélanie passe beaucoup de temps sur le paddock pour soutenir son frère et comme je suis médecin chez Neptune, nous pouvons nous voir régulièrement. C'est d'ailleurs ainsi que nous nous sommes rencontrées, il y a trois ans.

— C'est parfait, merci !

Je m'installe à la table dans un soupire bruyant.

— M'en parle pas, m'imite Mel en soufflant.

Je rigole.

— Ça va ! Tu n'as pas eu à soigner les mycoses vaginales du staff toi, aujourd'hui, dis-je en grimaçant.

Elle éclate de rire et reconnaît sans mal que ma journée a probablement été plus longue que la sienne.

La seule chose qu'elle gère sur le paddock, c'est son frère. Sinon, elle passe du temps avec ses copines : Lise, Nora et moi.

Lise est son amie d'enfance qui est maintenant en couple avec le champion du monde Owen Abbott. Nora était à la base une collègue de Lise avec qui elles sont toutes les deux devenues amies. Moi, j'ai rencontré Mélanie chez Neptune quand elle venait voir son frère au tout début. Elle s'ennuyait et ne connaissait personne ; j'étais en formation, sans amis. Nous avons vite sympathisé.

Elle m'a présentée à Lise, mais comme cette dernière reste peu sur le paddock, nous n'avons jamais vraiment eu l'occasion de tisser des liens. Lise voyage beaucoup trop pour que nous puissions nous voir régulièrement, surtout depuis qu'elle a obtenu un poste à la fédération pour lutter en faveur de l'égalité des chances.

Quant à Nora, elle s'est vite retrouvée isolée au départ de Lise pour son nouveau job. Mélanie l'a prise sous son aile, nous a fait nous rencontrer. Le *feeling* est tout de suite passé. Seulement ce soir, elle ne pouvait pas se joindre à nous. Une réunion chez Dark Crown l'a coincée.

— Tu as vu Gabriel, aujourd'hui ? me demande mon amie.

Je secoue la tête en grimaçant. Gabriel n'est pas le plus assidu de mes patients. De toutes les personnes que je dois garder à l'œil, les pilotes sont ceux qui sont censés venir le plus régulièrement. Étant devenue la titulaire du poste après le départ de mon formateur, je suis en charge d'eux, contrairement au reste de l'équipe médicale.

Si Alak respecte les règles à ce sujet, Gabriel a tendance à esquiver une fois sur deux. Vu qu'il s'agit du frère de Mel et d'un pote, je ne lui cherche pas de noises. Il a déjà bien assez à gérer.

— J'imagine qu'il n'était pas d'humeur à parler après sa course, l'excusé-je.

Mélanie ronchonne avant de prendre une grosse gorgée de son cocktail.

— Je te jure, je commence vraiment à m'inquiéter. Je ne l'ai jamais vu aussi fermé, stressé. Il est sur les nerfs, je ne le reconnais pas. Si en plus il ne va pas à ses rendez-vous médicaux…

Je lui attrape la main à travers la table.

— Même s'il ne vient pas toujours, je fais attention à lui quand je le vois en dehors. Son métier est par définition stressant. Il traverse une mauvaise période, mais je ne peux pas lui filer des calmants, ça serait désastreux en piste. Honnêtement, ce qu'il lui faudrait, c'est un psy…

Mélanie roule des yeux.

— Gab, se confier ? relève-t-elle, dubitative. J'aimerais voir ça, tiens !

C'est pourtant bien son problème. Cet homme garde tout pour lui, il croit devoir se battre seul. De ce que je constate, il se tape surtout la tête contre un mur. Si j'avais un conseil à lui donner, ça serait de quitter cette écurie toxique pour lui. Sauf que ce n'est pas une option pour un pilote. Je me contente donc de faire mon travail. Nous ne sommes de toute façon pas assez proches pour que je me permette ce genre d'intervention.

Le serveur m'apporte enfin mon cocktail. Mel et moi pouvons trinquer à cette soirée de détente.

— Arrête un peu de penser à ton frère ! Parlons plutôt de l'acteur canon avec qui tu es sortie l'autre jour.

Elle glousse en rougissant.

— Charmant… J'ai passé un bon moment.

Voyant qu'elle s'en tient là, je me dois de la pousser pour en savoir plus. Clairement, sa vie est plus excitante que la mienne. Si je trouvais assez de temps pour les rencards avant ma titularisation, maintenant, je bosse tellement que je suis trop épuisée pour me lancer dans une nouvelle relation. Sans parler du fait que le paddock est un monde restreint qui ne m'offre pas de grandes possibilités. En réalité, le problème se situe surtout à ce niveau.

— Tu vas le revoir ? cherché-je, curieuse.

Elle hausse les épaules.

— Je ne sais pas. C'était sympa, on a passé un bon moment, mais… ma carrière passe avant. Je n'ai pas vraiment le temps pour une relation suivie.

Je comprends tout à fait. Je suis dans la même position. Ma carrière est importante, elle me prend du temps, les relations arrivent après. Ou alors je me raconte ça, car je ne rencontre personne qui en vaille la peine…

— Tu restes combien de temps ?

La fin du weekend de course annonce bien souvent son départ. Je ne sais pas si elle a des rendez-vous qui l'attendent ou si elle compte traîner encore un peu avec son frère. Ces deux-là sont inséparables, c'est assez dingue. Je n'ai jamais eu une relation pareille avec mon frangin. J'imagine qu'avoir tout construit de leurs mains les a rapprochés.

Mélanie veille sur Gabriel comme s'il était son gamin, j'ignore comment il fait pour ne pas étouffer. Mais il la surveille tout autant et je suppose qu'il apprécie d'avoir quelqu'un auprès de lui en permanence. Célibataire endurci alors que presque tous ses potes sont casés, ça doit lui faire du bien d'avoir quelqu'un à qui parler.

— Je ne repars pas avant dimanche prochain. Je devais aller en Grèce pour un *shooting*, mais ça a été annulé, le photographe est malade. Je vais en profiter pour essayer d'égayer Gabby et de l'obliger à aller voir son médecin.

Je trouve cette situation toujours aussi bizarre. Je n'avais pas spécialement prévu de devenir si proche de la sœur d'un de mes patients. Bien que je parvienne facilement à séparer travail et vie privée, parfois, il m'est difficile d'oublier que le même Gabriel que j'ausculte régulièrement est aussi le frère de ma meilleure amie avec qui je passe certaines soirées.

Si dans mon cabinet nous sommes professionnels, légèrement froids et impersonnels, il nous est arrivé de nous voir dans des situations peu glorieuses. Non pas que me prendre une cuite de temps à autre me rende moins professionnelle, mais ça peut aisément mettre à mal l'image qu'on a de son médecin. Sans parler que le Gabriel distant en consultation devient bien plus divertissant alcoolisé.

Cette situation fait que nous ne sommes pas réellement amis, sans pour autant être de parfaits inconnus ou des collègues. Nous traînons ensemble par la force des choses en dehors du boulot. Nous nous entendons bien, mais ne cherchons pas la présence de l'autre.

— C'est bizarre, tu sais ? la taquiné-je. De forcer ton frère à se déshabiller devant ton amie ?

Elle rigole en s'imaginant la scène.

— Ce n'est pas comme si un de vous deux avait des idées déplacées ! Je n'ai jamais vu deux personnes se tenir aussi éloignées l'une de l'autre.

Ça, c'est sûr ! Au moins, il n'arrivera jamais rien de gênant à ce sujet. Il ne s'est jamais rien passé entre nous et il ne se passera probablement jamais rien. Si Gab est un bel homme, plutôt attirant, il est surtout mon patient et le frère de ma meilleure amie. Il ne m'intéresse pas vraiment et inversement.

— Bon, et si on parlait un peu d'autre chose que de ton frangin ? proposé-je.

Mélanie grimace.

— Désolée, c'est juste qu'il…

— Je sais, la coupé-je d'un ton compatissant. Mais là, on est venues se détendre !

Elle acquiesce.

— Finis ton verre qu'on aille danser, imposé-je dans un sourire.

Mon amie rit en s'exécutant. Je l'imite alors même qu'il me reste bien plus à boire qu'elle. Quand nous avons terminé nos verres, je la prends par la main pour la traîner sur la petite piste de danse. La musique rythmée nous embarque et nous nous déhanchons pour oublier nos journées pourries.

Quand je rentre à mon hôtel deux heures plus tard, j'ai les pieds en feu, le cerveau un peu embrumé, mais la satisfaction d'avoir soufflé et profité de la soirée avec ma copine. Je suis d'attaque pour une nouvelle semaine à ce poste que j'adore et que je n'échangerais contre rien au monde.

2

Août – Italie

GABRIEL

J'aimerais pouvoir dire que la seconde course en Autriche s'est mieux déroulée que la première, mais la vérité c'est que je n'ai pas obtenu assez de points en me plaçant en P9. En soit, j'ai fait du bon travail. J'ai démarré en P15 à cause d'un accident pendant les qualifications. J'ai donc bien rattrapé le coup en me positionnant dans le top 10. Sauf qu'Oran, lui, a terminé bien plus haut que moi avec le même problème.

Je ne suis pas dans une situation idéale et je n'arrive pas à sortir de cette spirale infernale.

Après une interview plus que chiante, je traverse le paddock, un goût amer en bouche en repensant à tout cela, mais aussi aux questions humiliantes qui m'ont été adressées.

— Hupert ! m'interpelle Leceo, mon boss, avant que je ne parvienne à ma voiture sur le parking.

Génial, juste la personne que j'aurais aimé éviter. J'arbore un masque de fausse politesse pour me tourner vers lui.

Je n'ai pas le temps d'en placer une qu'il enchaîne sur ce qu'il a à me dire. La bienséance, ce n'est clairement pas son truc.

— Demain matin, nous ferons une réunion pour parler de tes performances.

Mes performances, pas *nos* performances. Ils n'ont rien à reprocher à Oran. En même temps, il est leur nouveau poulain qui, boosté par la confiance, s'en sort bien en piste. Quant à moi, même si j'obtiens un bon résultat, je n'ai droit qu'à des remontrances. L'écurie cherche à me virer, je le sens. La moindre erreur ne fait que s'ajouter à leur liste d'arguments pour me remercier à la fin de l'année, quand bien même des promesses avaient été lancées, évoquant le fait de grandir main dans la main.

Je ne me fais pas d'illusions. Ce sport est impitoyable et je ne dois jamais attendre de faveur de la part de qui que ce soit sur le paddock. Mais je me sens un peu trahi. Si à une époque, j'étais leur pilote français star, aujourd'hui, ils se moquent de l'image. J'imagine que ce qu'ils veulent, c'est plus d'argent pour plus de performances. Choses que je ne peux pas apporter.

Je sais que je ne suis pas en forme en ce moment, mais ils ne font rien pour m'aider. Au mieux, ils m'enfoncent. Le manque de confiance est la némésis d'un pilote. Je n'ai pas encore trouvé comment surmonter cette épreuve. Seul. Car personne ne pourra jamais comprendre ma position.

Cachant tant bien que mal ma frustration, j'accepte :

— J'y serai.

Le froid qui s'est installé entre mon patron et moi se fait sentir plus que jamais. L'air en devient irrespirable. Je suis donc extrêmement soulagé quand il met fin à cette conversation sans plus de cérémonie. Au moins, il ne fait pas semblant…

Je devrais être fixé sur mon sort dans deux ou trois courses. Je ne compte cependant pas attendre la sentence pour prévoir un plan B. Je passe coup de fil sur coup de fil pour trouver une solution. Entre les dirigeants d'écuries et les sponsors, je fais de mon mieux pour mettre toutes les chances de mon côté.

Si je ne peux pas plaider ma cause par mes résultats, peut-être qu'avoir un peu plus d'argent en poche pourra jouer en ma faveur. Je mise aussi sur mes anciennes performances, ma fidélité et mon investissement, choses connues de tous. Je ne rechigne pas quand on me demande de bosser plus, de faire plus, toujours plus. Je comprends la valeur du travail, tout comme les personnes à qui je m'adresse.

Je tente de jouer de mon charme sur certains, de mon arrogance avec d'autres. Toujours est-il que, mis à part d'interminables négociations et discussions, je n'ai pas de proposition de siège ou d'investisseurs.

Sur le chemin vers l'hôtel, j'essaye d'appeler à nouveau Riotti. Je veux plaider ma cause en exposant ma volonté prouvée en course en Autriche. Seulement, ils ne répondent pas. Ils doivent être trop occupés à féliciter leurs pilotes actuels…

Je conduis jusqu'à mon hôtel où je regagne mon étage sans tarder. Je n'ai pas très envie de croiser un journaliste avec qui discuter de tout cela.

J'entre dans ma chambre et m'apprête à passer un nouvel appel quand j'aperçois ma sœur avachie sur le canapé du salon.

— Tu es au courant que tu possèdes ta propre suite ? la taquiné-je.

Elle balaye ma remarque de la main.

— Je préfère venir emmerder mon petit frère.

Son clin d'œil a le mérite de me tirer un sourire. Plutôt que de passer cet appel, je décide finalement d'aller m'installer avec elle.

Je soulève ses jambes sans ménagements et m'assois à moitié sur elle sans me préoccuper de ses protestations. Nous avons tous les deux près de trente ans, mais ça ne nous empêche pas de nous comporter comme deux gamins en présence de l'autre.

— Tu fais quoi ce soir ? demande-t-elle, après s'être avouée vaincue.

Je soupire en me laissant glisser sur le coussin.

— J'ai prévu de me prendre une cuite en matant *Astérix et Obélix : Mission Cléopâtre.*

Mélanie lève les yeux au ciel.

— Tu es déprimant…

— Et déprimé, lui rappelé-je mi-amusé, mi-sérieux.

Elle se relève pour me mettre un coup de coussin.

— Va pour la cuite ! Mais pas ici, on sort ! décide-t-elle.

Je secoue vivement la tête tout en argumentant :

— Je n'ai aucune raison de sortir Mel, en plus je ne veux voir personne.

Sauf que ma grande sœur a pris sa décision et qu'elle ne souhaite rien entendre.

— Tu vas lever tes fesses de ce canapé, te doucher – parce que tu pues la mort –, enfiler un truc sympa et on va sortir. Tu sais pourquoi ? Car je repars ce soir, que Lisie est là cette semaine et que tu as besoin de traîner avec tes potes ! Voire de te trouver une femme avec qui passer la nuit… ça ne te ferait pas de mal de tirer un coup.

— Tu vois ? Ça, c'est une conversation que je n'aurai jamais avec toi. Ça me dégoûte, la rappelé-je à l'ordre.

Elle me rit au nez, clamant une fois de plus que je suis bien trop coincé. Je ne comprends pas en quoi ne pas vouloir discuter de ma vie sexuelle avec ma sœur me rend coincé, mais soit…

— Pourquoi tu es encore assis là ? Allez, debout ! À la douche ! ordonne-t-elle.

Je ne sais pas si c'est le fait qu'elle soit mon aînée qui me pousse à obéir. Elle a raison de toute façon, sortir ne me fera pas de mal. Quitte à prendre une cuite, autant le faire avec mes potes. En plus, passer du temps avec Mélanie me redonne toujours le sourire.

Je file donc à la douche, heureux de retirer mes fringues pour me débarrasser de la sueur post-effort. J'enfile rapidement un jean et une chemise avant de me coiffer, puis de passer mes mocassins « *so* parisiens », selon Loris. Je ne sais pas trop de quoi il se moque celui-là avec son obsession purement italienne pour ses cheveux.

Je rejoins Mélanie dans le salon où elle m'annonce avoir déjà prévenu les autres. Sans comprendre ce qui m'arrive, elle me met en voiture pour nous emmener dans un club branché qu'elle semble bien connaître.

Nous entrons en même temps qu'Owen et Lise. À l'intérieur, nous retrouvons les amies de Mel, Nora et Mai. Bien que cette dernière soit censée être mon médecin plutôt que son amie… Non pas que ça me dérange, mais c'est parfois un peu gênant. Heureusement que nous nous entendons bien.

Loris est le dernier à arriver avec son mec, Marin.

Une fois tous réunis, nous trinquons à une bonne soirée avant que diverses conversations ne s'engagent dans le groupe.

— J'imagine qu'on peut rêver pour apercevoir Mathieu, ce soir ? interroge rhétoriquement Owen.

Lise soupire.

— On ne va pas se faire la remarque à toutes les soirées. Il ne veut pas nous voir, on ferait mieux de s'y habituer, réplique-t-elle, triste.

J'aimerais le défendre, rassurer Lise sur la question. Le truc, c'est que je commence vraiment à me demander si nous n'avons pas perdu notre ami. Depuis la mort de Mike, membre de la bande et meilleur pote de Mathieu, ce dernier n'est plus que l'ombre de lui-même. Surtout, il nous évite et nous n'arrivons plus à l'aider. Ça va faire presque un an maintenant que Miller a eu son accident au Portugal.

Il me manque.

Penser à ça ne risque pas de me remonter le moral... J'avale une nouvelle gorgée de mon cocktail. J'ai dû en prendre plus que je ne croyais, car mon verre est déjà vide. La cuite va arriver plus rapidement que prévu.

— Doucement, Gab, tu vas rentrer en rampant, me met en garde Owen.

Je lui lance un regard éloquent.

— C'est l'idée, vieux.

Il grimace.

— Bon bah je te suis alors.

C'est dans ces moments-là que je sais que ce mec est mon meilleur ami. Toujours là pour moi, dans les bons comme les mauvais jours. Qu'il se soit remis avec Lise n'y change rien. Même si nous nous voyons forcément moins souvent, il est toujours présent dès que je fais appel à lui. C'est un gars en or. Il sait ce que je traverse, et au lieu de m'engueuler ou de me secouer, il se charge de me changer les idées, d'être un soutien.

Malgré tout, le regard qu'il jette vers Lise avant de me suivre dans ma cuite me pince un peu le cœur. La personne la plus importante de sa vie, c'est elle. Ça a toujours été le cas, mais c'en est décuplé depuis qu'ils se sont remis ensemble l'année dernière. Ils sont la définition de la notion d'âme sœur. Owen ne décide presque rien sans la consulter et inversement. Si elle lui avait demandé de ne pas boire, il se serait exécuté. Sauf que c'est Lise, qu'elle est aussi mon amie et qu'elle n'est pas comme ça.

Je suis heureux pour eux. Terriblement.

Ils me font juste me sentir un peu seul parfois. Même Loris est avec son mec. Je suis clairement la cinquième roue du carrosse. Sans parler de Matt qui déserte. Au moins, avec lui, nous étions deux célibataires. Maintenant, je me retrouve tout seul.

Je file au bar avant de me mettre à déprimer en songeant à tout ça.

Je récupère un verre pour moi et un pour Abbott avant de revenir vers notre groupe.

— Ne viens pas pleurer dans mon cabinet quand tu auras mal au crâne demain, me taquine Mai.

— Encore faut-il qu'il s'y pointe à ton cabinet, me reproche Mélanie.

Si j'apprécie Mai, c'est ce genre de remarque qui me met parfois mal à l'aise. Objectivement parlant, Mai Dillon est une femme adorable, intéressante, intelligente, plutôt mignonne. Ses origines vietnamiennes créent un mélange très attirant avec ses racines françaises. Elle est aussi une médecin très compétente, moderne et dynamique.

Le problème, c'est que sa relation avec ma sœur m'empêche de me lâcher entièrement en sa présence. Que ça soit professionnellement parlant ou amicalement, je ne sais pas où me positionner. J'ignore jusqu'à quel point elle répète tout à mon aînée. Puis-je lui faire confiance et lui révéler certaines choses personnelles ? Rien n'est moins sûr.

Je ne vais clairement pas aller la voir pour une diarrhée si c'est pour que nous en discutions autour d'un repas avec ma sœur par la suite. En clair, c'est une bonne copine avec qui une certaine froideur s'est installée. C'est dommage, car elle est probablement la femme célibataire la plus canon de la soirée.

Owen vient me sauver de cette conversation en récupérant son verre.

— De quoi on parle ? demande-t-il en souriant aux filles.

Lise s'assoit entre Nora et Mel qui l'accueillent avec bonheur. Je ne sais pas à quel moment nous nous sommes retrouvés avec autant de nouvelles têtes dans la bande. C'est plutôt sympa, ça bouscule notre dynamique pour la stimuler.

— Mélanie était en train d'emmerder son frère, répond Mai dans un soupir amusé.

— La routine, quoi, réplique Lise.

— Dites-lui vous, qu'éviter son médecin ce n'est pas l'idée de l'année ! tente ma sœur.

Lise et Owen secouent la tête, ils ne comptent pas prendre part à cette conversation. Dieu merci. Nora se contente de glousser, sans apporter aucun soutien. Mai, elle, paraît aussi gênée que moi.

— Si ça se trouve, il vient me voir et tu ne le sais pas, répond-elle. Il y a ce truc qu'on appelle le secret médical. Ça te parle ?

Ma sœur se contente de lui tirer la langue. Moi, je lui suis reconnaissant de m'aider sur ce coup. Nous savons tous les deux que je l'évite. Malgré tout, elle me couvre. C'est plutôt cool de sa part, mieux que de me jeter sur les rails.

J'engloutis une bonne moitié de mon verre pour m'occuper et échapper au regard inquisiteur de ma frangine. Cette soirée ne risque pas de me divertir si elle continue de me prendre la tête. Heureusement, Owen est là pour m'embarquer vers de meilleurs horizons.

Nous laissons les filles de côté pour passer un moment entre potes. Loris étant en train de roucouler, la langue dans la bouche de son mec, ça ne sera que nous deux. Mais c'est déjà bien suffisant pour profiter.

Nous enchaînons les verres en jouant à des jeux débiles. Enfin, l'alcool m'aide à décompresser et je peux cette fois rigoler. J'en ai bien besoin. Demain, je vais encore en prendre pour mon grade, alors autant faire le plein des batteries maintenant.

MAI

— Ouais, bah je ne m'enverrai pas en l'air ce soir, râle Lise en regardant Owen et Gabriel complètement torchés.

Mélanie se moque d'elle.

— Tu pourrais, mais ça ne serait pas la folie.

Je ne sais pas à combien de verres ils en sont… Clairement beaucoup trop.

— Qu'est-ce qu'il ne faut pas faire pour que cet abruti retrouve le sourire, rouspète Mélanie.

Lise grimace.

— Laisse-le respirer, lui conseille Nora. Il prend cher en ce moment, je comprends qu'il ait besoin de se défouler.

— Il est définitivement plus divertissant comme ça que quand il fait la tête, remarqué-je.

Non pas qu'il soit très divertissant avec moi. C'est encore plus flagrant ce soir. Il m'évite comme la peste. Je comprends, mais c'est un peu vexant. Je donne mon maximum pour calmer les inquisitions de Mel, pour lui couvrir les fesses et garder une ambiance amicale dans la bande. Lui, il se contente de regards froids et malaisants. Super. Très constructif.

Je ne sais pas pourquoi, mais je suis remontée comme un coucou ce soir. Déjà, ça me gonfle de voir autant de couples vivre le parfait amour sous mes yeux quand je n'arrive pas à me trouver un mec. Ce n'est certes pas une priorité, mais je ne dirais pas non à un peu d'affection. Ni même à un peu de sexe.

Les voir se bécoter est franchement dur à encaisser. En plus, je vais avoir mes règles cette semaine. Ma libido en devient explosive. Je pourrais sauter sur le premier venu si je ne me contrôlais pas. Sauf que les rares mecs que je trouve appétissants sont hors concours.

Loris est gay.

Owen est presque marié.

Le copain de Loris est gay.

Gabriel… C'est Gabriel quoi. Au mieux, il m'ignore, au pire il me fait sentir comme une indésirable. Sa froideur n'a rien d'attirant. Ce mec est un amour avec tout le monde, sauf moi. Il me tient à l'écart et ça me gonfle. Ça m'énerve d'autant plus de le trouver mignon. Parce qu'il l'est. Ce soir, il est vraiment canon. Très élégant, propre sur lui, coiffé, rasé. Sans parler de son sourire qu'on ne voit plus si souvent.

Voilà que ma libido refait des siennes. Je ne vais pas sauter sur le frère de mon amie. Je foncerais dans un mur, à coup sûr. En plus, il est ivre… elle serait toute molle.

— Allô la Terre !

Nora me rappelle à la réalité en agitant frénétiquement une main devant mon visage.

Merde… J'espère que je ne matais pas ouvertement Gab, ça serait mortifiant.

— Vous disiez ? demandé-je en tentant de paraître détendue.

— On parlait mecs, m'apprend Mel. Nora expliquait que Harris lui avait fait des avances, mais qu'elle ne se sentait pas de sortir avec un pilote.

— Ce à quoi j'ai répondu qu'un pilote, c'est de la bombe, rétorque Lise, amoureuse.

Nora lève les yeux au ciel devant l'argument minable de son amie avant de se tourner vers moi.

— Je demandais donc quel était ton avis.

Je soupire bruyamment avant de prendre une gorgée de *Martini* et de lui conseiller très sérieusement :

— Franchement… Fuis le plus loin possible.

Les filles éclatent de rire.

— Arrête ! Tu n'étais pas si mal avec Faure, si ? m'interroge Nora.

Je hausse les épaules.

— C'était sympa… mais ne t'attends pas à voir le mec souvent. Va construire une relation avec un gars présent une semaine sur deux ! expliqué-je.

— Mais, pour du sexe ? insiste-t-elle.

Je vois que nous sommes toutes sur la même longueur d'onde ce soir.

— En parlant d'un mec pour du sexe, intervient Mel en me regardant, Berg te chauffe toujours ?

Décidément, c'est ma soirée.

— Je l'ai repoussé. Encore. Les pilotes, j'ai donné. C'est bon.

Lise rigole. Elle s'apprête à répondre quand Owen et Gabriel commencent à se déhancher sur le dernier titre de Doja Cat.

— Je dois filmer ça, annonce Mélanie.

Elle s'exécute en sortant son portable.

Je les observe en riant de bon cœur avec les filles. Ça vaut le détour. Même ivres, ils dansent plutôt bien. Lise se pâme devant son homme. Mélanie se moque de son frère. Nora tente d'imiter leur chorégraphie.

Mon regard s'accroche une nouvelle fois au bassin de Gabby. S'il le bouge aussi bien dans un pieu, ça promet d'être intéressant.

Mais pourquoi je pense à ça, putain ?

— Il n'est pas près de se trouver un coup d'un soir en dansant aussi mal, se lamente Mélanie.

Elle ne pourrait pas être plus éloignée de la vérité. Son frère me fait mouiller la culotte aujourd'hui. Pourtant, Dieu sait qu'il se comporte comme un con.

— Depuis quand tu te mêles de ses histoires de cul, toi ? la provoque Lise.

Mélanie soupire.

— Non, mais sérieux. Il a moins de relations qu'une nonne ! À ce niveau, sa santé entre en jeu !

Lise éclate de rire.

— Nora, tu ne veux pas coucher avec lui ? questionne Mel, bien trop pompette.

Et pourquoi pas moi ? Je suis vexée.

— Désolée. Mon genre c'est plutôt les mecs un peu plus… moins pâles, refuse Nora en grimaçant.

— Ouais, bah Mathieu n'est pas là ! argumente Mélanie.

— Demande à Mai ! riposte Nora.

Le rouge me monte aux joues sans que je ne puisse rien contrôler. Si ça continue, elles vont lire sur mon visage que la perspective ne me rebute pas le moins du monde. Le petit sourire en coin de Lise en dit déjà bien assez long. Ce qui n'était qu'une blague pourrait bien prendre un tout autre tournant.

— Je ne fais plus dans les pilotes.

J'essaye d'être la plus convaincante possible. Sauf qu'en vérité, si celui-là se décidait à me draguer, je ne serais pas certaine de dire non.

3

Août – Italie

GABRIEL

Le réveil est dur, ce matin. Je paye clairement mes excès de la veille. Pour autant, je ne regrette pas. Mélanie avait raison, ça m'a fait un bien fou d'en profiter avec mes amis.

Petite pensée pour Owen qui ne doit pas être dans un bien meilleur état que moi. Lui, au moins, a sa femme pour prendre soin de lui jusqu'à demain. *Veinard.* Moi aussi, j'aurais bien aimé rencontrer l'amour de ma vie à douze ans. Ça m'aurait évité autant d'essais infructueux, d'être encore célibataire et de me lamenter sur ma solitude.

Non pas que je ne puisse pas me trouver de la compagnie pour quelques nuits, mais je ne suis pas d'humeur à ça. Ni à m'attacher à quelqu'un d'ailleurs. Je me plains pour me plaindre quoi, en bon Français que je suis.

Je regarde l'heure sur mon téléphone.

Heureusement que j'ai pensé à mettre un réveil avant la soirée, autrement j'aurais bien pu rater ma réunion et ça n'aurait pas été beau à voir.

Malgré tout, je ne suis pas en avance, alors je me presse pour me lever, m'habiller et avaler une aspirine pour ma tête. Mieux vaut éviter de vomir sur le patron, ça ne serait pas très bien vu.

Je me pointe à ce rendez-vous en traînant des pieds. Je sais à quoi m'attendre et je ne suis clairement pas d'humeur pour ça.

Quand j'arrive dans le box réservé à ce genre de meeting entre deux courses, je remarque rapidement les ordinateurs, mais surtout l'absence de café ou de viennoiseries. Ça annonce la couleur. C'est *ce* type de rendez-vous.

Je réfléchis une seconde à faire demi-tour quand le reste de l'équipe débarque. Cette fois, je suis coincé et je vais devoir endurer cet instant en serrant bien fort les dents. Songer à mes portes de sortie est un nouveau moyen que j'ai trouvé pour me changer les idées dans ces moments d'humiliation. Je dois penser à ça et ne rien écouter de ce qui va m'être reproché.

Pour critiquer mon travail, ils sont forts. Pour prendre le volant, il n'y a plus personne. J'aimerais les voir tenter ce que j'accomplis. Ils ne se rendent pas bien compte de ce que ça implique, des risques que je prends, du talent que demande le pilotage de telles voitures.

— Bonjour tout le monde, lance Leceo en entrant à son tour. On commence, allez !

Il me faut un café.

Des graphiques apparaissent sur les écrans. Il y a ceux représentant mes performances, ma conduite, mes décisions sur le circuit. Puis il y a ceux d'Oran… Leur but est de me montrer ce qu'il parvient à faire avec la voiture que je ne contrôle pas. Je n'avais pas vraiment besoin d'eux pour savoir ces choses-là.

Des ingénieurs entament la description et l'analyse des graphiques en expliquant clairement ce que cela signifie : je ne vais pas assez vite.

Ils tentent de m'expliquer la meilleure façon d'aborder certains virages, les moments propices pour freiner ou accélérer.

Là encore, plus facile à dire qu'à faire, *bande d'enfoirés.*

Elle est bien belle la théorie, encore faut-il prendre le risque de la suivre, maîtriser la voiture pour qu'elle suive ces décisions, ne pas avoir quelqu'un sur sa trajectoire, adapter le tout à son train de pneus, à la température de la piste et j'en passe.

Ils ont conscience de tout cela et je sais qu'ils prennent ces paramètres en compte quand ils me servent un tel discours. Malgré tout, je ne le digère pas. Ils me mettent tous dans une position délicate, sous les ordres de Leceo qui m'observe de biais.

Je ne lui ferai pas le plaisir de lui montrer que mon ego en souffre. À la place, je feins de m'intéresser à la présentation. Je pose des questions et remercie tout le monde pour cette aide.

N'empêche qu'à la fin de la réunion, j'ai une boule au ventre qui m'enserre si fort que je pourrais régurgiter le café que je n'ai pas eu le temps de boire.

— Putain… marmonné-je quand je me retrouve seul.

Je profite d'un peu de calme pour tenter de me remettre les idées en place. Une fois de plus, ils ne m'aident pas à reprendre confiance. Les doutes m'engloutissent par tous les coins. Suis-je encore assez bon pour piloter ? Est-ce déjà l'heure de ma retraite ? Je pensais tenir au moins jusqu'à mes quarante ans.

Qu'est-ce qui m'arrive ? Je suis mou, pété de trouille. Je ne prends pas assez de risques. J'ai peur qu'en en prenant, je provoque une sortie de piste, un accident, que le résultat n'en vaille pas la peine. Je dois récolter les points, pas risquer de démonter la monoplace.

Pourtant, je ferais bien de me montrer plus audacieux, car ma stratégie actuelle ne fonctionne clairement pas.

Rester assis là ne va pas non plus m'aider à me changer les idées. Je récupère donc mes affaires et file au parking trouver ma voiture.

Neptune m'a prêté ce modèle à la signature de mon contrat. Il s'agit d'un de leur dernier *design*. Le plus puissant de tous. Je prends parfois le temps de m'amuser avec sur circuit.

Je monte derrière le volant sur lequel le logo de l'écurie est fièrement gravé dans le cuir. Le trident de Poséidon, ça en jette sur un bolide pareil. J'enclenche le moteur qui gronde à mes oreilles dans une musique envoutante.

J'ai besoin de ça pour vivre, de l'adrénaline au moment de prendre les commandes de bêtes déchaînées comme ces voitures. J'aime les contrôler, les brider, les pousser dans leurs retranchements. Je dois faire partie des pilotes qui s'y connaissent le mieux en mécanique, ayant dû m'atteler à la construction de mes propres karts à mes débuts. J'ai énormément appris sur le fonctionnement d'un moteur. Conduire n'en est que plus jouissif.

J'enclenche la première et pars sur une route de campagne à la sortie du paddock. Les installations de la course disparaissent dans mon rétroviseur pour laisser place à la brousse italienne. La voie n'a pas été refaite depuis un moment, quelques trous sont parsemés ici et là. Les éviter me procure les sensations que je cherche.

J'ai besoin de me défouler, de m'éloigner, d'arrêter de penser l'espace de quelques instants. Conduire est la seule chose qui m'aide à y parvenir.

Je ne mets pas la radio. Je me contente d'écouter mon moteur ronronner quand je monte dans les tours. La route est dégagée, alors je me permets de prendre de la vitesse. Plus vite, toujours plus vite.

Les sensations sont différentes de celles ressenties en course. Je n'ai pas de casque, pas de combinaison, personne pour me donner des indications sur ma façon de conduire. Je suis seul avec ma voiture et mes décisions. C'est grisant et je me sens enfin me détendre.

Mon mal de tête n'est pas très loin. L'espace de quelques instants, je me rappelle que j'ai pris une cuite il n'y a pas si longtemps et je dois encore avoir un peu d'alcool dans le sang. Mieux vaut ne pas me faire arrêter, même si cette perspective m'inquiète peu. La dernière fois que des agents m'ont contrôlé pour excès de vitesse, ils m'ont demandé une photo et des autographes, sans oublier de s'émerveiller devant le bruit du moteur. Être connu a toujours quelques avantages.

Mes parents ne seraient pas fiers de m'entendre dire ça.

La route devient de plus en plus sinueuse. C'est ce que je préfère. Je garde une vitesse élevée pour prendre les virages. Le chemin est libre, alors je déborde sur la voie d'en face pour mieux négocier la courbe. Une ligne droite apparaît à la fin de ce passage. J'enfonce mon pied au plancher pour sentir les forces me plaquer contre mon siège. C'est bon et je me sens revivre.

Les cyprès défilent sur les bords de la route. Les champs secs et les églises perdues au milieu de nulle part ne sont plus que des formes floues quand je les dépasse. Les quelques voitures qui me croisent me font parfois des appels de phares. Quelques conducteurs sortent leur main par la fenêtre pour m'offrir un pouce levé. Conduire une telle voiture suscite ce genre de réaction. Ils m'envient. De mon côté, mes pensées se calment enfin.

Je ferme les yeux quelques instants pour sentir la puissance m'emporter. J'ai besoin de ça, de prendre ces risques, surtout en ce moment. Là, j'ai le contrôle. Ce bolide, je le gère parfaitement. Je ne suis pas entièrement le problème ! Je suis un bon pilote. Neptune pourrait aussi reconnaître que leur voiture n'est pas la meilleure du paddock.

Je traverse des villages qui semblent abandonnés, en aperçois d'autres au loin, nichés sur des collines qui ne paraissent pas avoir reçu de pluie depuis trop longtemps.

J'accélère de nouveau en ligne droite, apprécie de me retrouver plaqué contre mon siège.

Un virage arrive en fin de route. J'attends le dernier moment pour ralentir sans oublier que cette voiture demande un temps de freinage plus élevé que ma monoplace.

Le soleil surgit à travers les nuages après quelques jours de gris. Ce rayon pourrait presque me faire croire qu'il s'agit de la main de Dieu, venant bénir un petit coin de paradis. Loris m'aurait clairement sorti un truc du genre. Cette pensée me tire un petit sourire.

Malgré la beauté de cette scène, la lumière m'éblouit et rappelle à mon bon souvenir mon mal de crâne du tonnerre. L'instant ne dure que quelques secondes. L'ombre reprend ses droits et mes yeux se réadaptent à cette nouvelle luminosité.

Mais trop tard…

— Merde ! crié-je, en faisant une embardée.

Un motard, lui aussi peu prudent, apparaît soudainement devant moi. Le temps que mes yeux se focalisent à nouveau sur la route, je n'ai pas assez de marge de manœuvre pour réagir à cette présence imprévue. Je braque sur le côté par réflexe. Je ne vois plus la moto, ni rien d'autre d'ailleurs.

Je sens mon véhicule perdre l'adhérence jusqu'à sembler s'envoler. Mon inconscient prend le dessus. Il active mon instinct pour serrer tous mes muscles. Mes entraînements m'aident à garder le cap malgré les tonneaux qui sont en train de me faire valser dans tous les sens.

Les quelques objets présents dans la voiture s'envolent et viennent taper les vitres, heurter mon corps. Je ferme les yeux, me coupe de cette réalité.

J'ignore combien de temps passe avant que mon véhicule ne s'arrête enfin. Le calme soudain n'est perturbé que par ma respiration éreintée. J'abaisse les bras et rouvre les yeux pour me reconnecter à l'instant.

J'ai la tête qui tourne, je me sens *groggy*. Il me faut quelques minutes avant de reprendre entièrement conscience de ce qui vient de se passer. Je regarde de partout sans réellement voir ce qui m'entoure.

J'ai eu un accident.

Encore sous le choc, j'ai du mal à comprendre ce que j'observe. Les vitres sont brisées en mille morceaux, mais le verre n'a pas éclaté. Les airbags se sont déclenchés. Je sens une odeur asphyxiante de fumée, probablement échappée du capot.

Je décroche mon attention de la scène pour me concentrer sur moi.

Je prends conscience de chacun de mes membres et de toutes les parties de mon corps pour déceler l'une d'elles qui pourraient me faire souffrir.

Mon crâne tambourine dix fois plus fort que ce matin. Un peu de sang coule de mon arcade sourcilière. J'ai, malgré mes efforts, dû me taper la tête pendant les tonneaux.

J'évalue la situation avant de prendre une décision évidente : je dois sortir de là.

Je retire difficilement ma ceinture de sécurité qui m'enserre le torse. Elle s'est bloquée sous le choc pour me protéger, mais me broie à présent les côtes. Je parviens à ouvrir la portière et à m'extirper hors de la voiture à travers la tôle abîmée. Je titube à quelques mètres de la carcasse pour estimer les dégâts. Seulement, mes jambes n'arrivent à me tenir que sur quelques mètres. Je m'effondre par terre, plus que je ne m'assois.

— Putain…

Je me frotte le visage de mon tee-shirt, le souffle court. Je suis engourdi de partout. Je serais incapable de dire où j'ai mal, si j'ai quelque chose de cassé ou une commotion.

Je dois appeler les secours.

Non, surtout pas ! me hurle une petite voix dans ma tête.

Je regarde de nouveau l'état de la voiture, puis celui de mon corps. Si Neptune apprend que j'ai eu un accident, je suis bon pour rester sur la touche pour quelques courses « au cas où ».

Qu'est-ce que je viens de faire ?

Il est hors de question que je sois arrêté ! Je dois rester en piste. Je ne peux pas me permettre de rater un seul Grand Prix. Il me faut une solution. *Ça ne peut pas être la fin.*

— Comment vais-je régler ça ? demandé-je dans le vide.

Mon cerveau réfléchit à cent à l'heure pour me sortir de ce mauvais pas plutôt que pour chercher un moyen de me mener à l'hôpital.

La voiture est dans un sale état. Je ne vais pas pouvoir cacher l'accident. Tout le monde saura qu'il s'agit de la mienne…

Je ne sais même pas où je suis.

Mon portable ?

Je tape mes poches frénétiquement et suis soulagé d'y trouver le Saint-Graal. Bon, l'écran a connu des jours meilleurs, mais au moins, je vais pouvoir appeler quelqu'un pour me tirer de cette merde.

J'observe la tôle pliée en cherchant une solution. Mon cerveau va aussi vite qu'il le peut avec les frappes que je ressens contre ma tempe. Je vais avoir une sacrée bosse.

Ou pire…

Je secoue la tête pour en sortir ces idées indésirables. Ce n'est pas le moment de paniquer.

Après de longues minutes, la situation m'apparaît de plus en plus clairement. La lumière m'a ébloui, je n'ai vu la moto à éviter qu'au dernier moment, j'allais un peu trop vite… La violente embardée m'a fait perdre l'adhérence et je suis parti en tonneaux dans un champ. Au moins, je n'ai pas croisé d'arbre… Ça aurait pu être bien pire.

La tôle a encaissé le gros de l'accident, mais je ne peux pas encore savoir jusqu'à quel point j'ai pu souffrir du choc. Je suis bien trop dans les vapes pour prendre conscience de quoi que ce soit. Je n'arrive qu'à réfléchir à un moyen de me sortir de cette connerie.

Quelle que soit ma solution, je dois parvenir à cacher cet accident à Neptune pour continuer les courses. Le reste, on verra plus tard.

Une liste de noms défile sous mes yeux. Qui accepterait de me couvrir ?

Mes potes m'enverraient directement à l'hôpital, ce que j'aimerais éviter. Des inconnus avertiraient la presse. Mon écurie… tout est dit pour cette dernière.

Je regarde bêtement mon téléphone comme si un miracle allait me tomber dessus.

Dieu ne montre pas son nez cette fois. J'ai simplement un message de mon…

— Oh oui ! m'exclamé-je, content d'avoir trouvé quelqu'un.

J'appelle mon assistant sans plus attendre. Jeune, dévoué, fan… Il est toujours prêt à tout pour m'aider. Lui n'aura pas d'alcool dans le sang, il n'est pas illogique qu'il ait pu être amené à prendre ma voiture. Putain… J'espère qu'il va m'écouter. J'ai honte de l'utiliser de la sorte, mais je n'ai pas le choix. Je n'ai vraiment pas le choix. Personne ne doit savoir, sinon je suis mort.

Ou alors c'est une hémorragie interne qui aura ma peau.

Ça me fera toujours moins mal que de perdre mon siège.

La sonnerie retentit une fois, deux fois. Le bruit met ma tête à rude épreuve. Quand il décroche, je n'attends pas une seconde pour lui expliquer. Plus je traîne ainsi au milieu de nulle part, plus je prends le risque que quelqu'un passe et appelle les secours.

D'ailleurs, où est la moto ?

Je regarde vivement autour de moi.

Personne.

Quel enculé !

— Monsieur Hupert ? répond mon assistant.

Je vais droit au but.

— Dorian, quand tu as dit que tu serais prêt à tout pour moi, tu le pensais ?

Ma voix éraillée et désespérée me surprend. Parler fait accélérer mon souffle, je ressens alors une douleur dans mes côtes. J'ai besoin de repos. Je dois partir d'ici, et vite.

— Ou-oui, bégaye-t-il.

Je soupire de soulagement.

— OK mon gars. Il va falloir que tu prennes ta voiture et que tu me rejoignes à la position que je viens de partager avec toi. Vite. Très vite. Tu peux faire ça ?

Mon impatience s'entend, je me sens de plus en plus coupable. En quel genre d'enfoiré suis-je en train de me transformer ?

Je ne peux pas perdre mon siège.

— J'arrive, affirme-t-il.

Je perçois déjà le moteur de sa berline. C'est un bon gars. Je lui verserai une grosse prime pour ce coup-là.

Je m'allonge le temps qu'il me retrouve. La douleur de ma tête ne faiblit pas. Elle se déplace même jusque dans mon dos, mes côtes, mes fesses, ma jambe gauche.

Faites que je n'aie rien de cassé !

Le choc vibre encore à travers moi, mais ce n'est rien. Ça va passer. Si je peux bouger et réfléchir, c'est que je vais bien. La voiture a absorbé l'impact pour me protéger. Je vais bien. Ça serait top que mon cerveau se tienne au courant de cette information et cesse d'envoyer des messages nerveux de douleur dans tout mon corps.

Je relâche mon souffle quand j'aperçois mon assistant en train de se garer au bord de la route. Je vois l'instant où il prend conscience de la situation quand il accourt vers moi, son téléphone à la main.

— N'appelle personne ! hurlé-je.

Surpris, il marque un temps d'arrêt, tout en abaissant son portable.

Bien, nous avons évité le pire.

— Ça va, lui assuré-je.

Ses yeux passent de la voiture, à moi.

Je tente de sourire et de me relever pour lui prouver que tout va bien. Si ma vision se voile, il n'en saura jamais rien.

— Qu- Que s'est-il passé ? bégaye-t-il, terrifié.

Je balaye la situation de la main, comme si tout ça n'était pas aussi grave que ça en avait l'air. L'adrénaline reprend le dessus et me permet de retrouver une forme que je ne possède clairement pas à cet instant.

— Écoute-moi. J'ai eu un accident, mais je vais bien. Sauf que personne ne doit savoir ce qui s'est passé. Tu comprends ce que ça signifie ?

Il soupire.

— Vous devez aller à l'hôpital… tente-t-il de me faire entendre raison.

Je secoue vivement la tête.

— Si je vais à l'hôpital, Neptune le saura, la presse aussi et moi…

Mon regard est éloquent et il connaît assez bien ce sport pour saisir les implications.

— S'il te plaît, je ne peux compter que sur toi.

Je joue sur sa corde sensible, j'utilise son adoration pour les pilotes contre lui. Là, je suis prêt à tout pour avoir ce que je veux. Je me déteste pour ça, mais je n'ai juste pas le choix.

Je vois dans ses yeux le moment où il décide de me suivre dans ma connerie.

— On va faire comme si *tu* avais eu l'accident, d'accord ?

Il hoche la tête, une expression mitigée sur le visage.

— J'ai besoin de toi, insisté-je d'un ton ferme.

Ces mots semblent le convaincre de se reprendre. Son travail consiste à être mon bras droit, certes, pas dans ce genre de situations, mais c'est probablement là la plus grosse mission que je lui confierai jamais.

— On s'en tient à cette histoire : tu allais chercher les envois de mes sponsors, je t'ai prêté ma voiture pour que tu ailles plus vite, une moto t'a surpris, tu as fait une sortie de route pour l'éviter, OK ?

Il hoche vivement la tête en répétant à voix basse les instructions.

— La voiture est amochée, mais le choc n'a pas été si violent, poursuit-il. Je vais bien et vous êtes venu me chercher, car vous êtes la première personne que j'ai appelée.

J'aime ce mec.

— C'est parfait. C'est exactement ça.

Nous répétons cette histoire une nouvelle fois avant de nous décider à contacter une dépanneuse et de tenir au courant l'écurie. Le contrat signé entre lui et l'équipe oblige cette dernière à l'indemniser dans ce genre de cas. Il recevra un cachet sur son compte avant de percevoir mon remerciement. C'est la seule chose qui m'aide à garder la face et de ne pas m'insulter de me montrer aussi minable. Je suis incapable d'assumer ce coup-là.

— Ils vont vouloir m'ausculter, pense-t-il alors que nous attendons la dépanneuse.

Par sécurité, je pars m'asseoir dans sa voiture. Déjà, si on m'aperçoit dans cet état, notre secret ne fera pas long feu, ensuite, ça me permet de ne pas sombrer dans un malaise. J'ai vraiment besoin de repos.

— Demande à voir le docteur Dillon, je m'occupe du reste.

Il hoche la tête, soulagé d'avoir une solution servie sur un plateau.

Enfin, la dépanneuse arrive. Nous signons quelques papiers, je me fais discret. Ils embarquent la voiture au moment où Leceo me rappelle. Je lui serre la version inventée de l'histoire qu'il gobe sans problème. Tant que cette incartade ne fait pas les gros titres, ça lui va. Satisfait de savoir que Dorian ne leur collera pas un procès aux fesses, il se contente de lui promettre une visite chez le médecin et tous les soins dont il aura besoin.

Une fois tous ces détails réglés, nous montons en voiture pour qu'il me ramène à l'hôtel. Le trajet se déroule en silence. De toute façon, je suis si épuisé que je dors les trois quarts du temps. Dorian est inquiet, je le sens, mais là, je ne peux plus faire semblant. La douleur me mine, j'ai besoin de repos. Je lui explique rapidement que le choc m'a épuisé. Je ne sais pas s'il me croit, mais au moins, il me laisse à ma chambre d'hôtel sans polémiquer.

Là, je m'effondre sur mon lit et dors pendant ce qui me paraît être une journée entière.

4

Août – Italie

GABRIEL

Je reste allongé pendant deux jours.

Ne pas aller voir un médecin après un accident de voiture est aussi con que risquer d'avoir un accident de voiture moins d'une semaine avant une course. Cette décision est probablement la plus stupide que j'aie jamais prise.

Les essais libres ont lieu demain et je ne me sens clairement pas en forme.

Ma tête continue de taper, j'ai l'impression d'avoir des côtes fêlées. Je souffre le martyre quand je m'assois. Mon cul ne m'a jamais autant fait mal. Mes jambes me pèsent. Cependant, ce qui m'inquiète le plus, c'est mon dos.

Quelle que soit ma position, j'ai mal. La douleur qui, au début, ne se faisait sentir que dans le bas du dos, s'est étendue vers le haut.

La seule chose qui me rassure est que je peux encore bouger. Je n'ai donc rien de cassé. Du moins, je pense. J'ai tellement appris à encaisser des coups étant plus jeune que je ne sais plus ce qui s'avère une raison de se rendre à l'hôpital ou non.

Je ne peux pas aller aux urgences, ça, c'est certain. Toute ma couverture volerait en éclat. Dorian et moi nous sommes si bien débrouillés pour cacher l'accident, ce n'est pas le moment de tout gâcher.

Mon assistant est allé voir Mai, comme prévu. Étant donné les circonstances, je lui ai envoyé un message en plaidant pour qu'elle se comporte plus en amie qu'en médecin pour la conclusion de ce rendez-vous. Vu que Dorian n'avait pas de blessures, c'est passé. Elle a noté qu'il n'avait rien, mis à part la fatigue due au choc. Elle a tenté de m'obliger à lui donner une explication sur cette histoire, mais j'ai tenu bon.

De mon côté, j'ai essayé de m'en tirer sans voir un docteur. Malheureusement, il serait peut-être temps que j'accepte la réalité : je *dois* consulter. Si je passe à côté de quelque chose de grave, ça pourrait me coûter cher dans un futur plus ou moins proche.

Je dois arrêter de me voiler la face, je ne vais pas pouvoir m'en sortir à si bon compte après une connerie pareille.

Je dois simplement limiter la casse.

La seule personne à laquelle je pense, c'est Mai. Elle est ma médecin attitrée, elle est tenue par le secret médical comme elle l'a si bien rappelé à la soirée. Elle est obligée de ne rien balancer si je le lui demande, non ? Et puis, nous sommes amis, pas vrai ? Elle ferait ça pour moi ?

Qu'est-ce que je me déteste d'avoir été aussi glacial avec elle ! Maintenant que j'ai grand besoin de ses services, je ne suis pas sûr d'arriver à les obtenir.

— Non, mais tu t'entends là ?

Je refuse de devenir ce genre de mec ! Je ne suis pas manipulateur, ni opportuniste. Je n'utilise pas les gens, je ne mens pas.

À quoi en suis-je réduit pour un putain de siège ?

Je me déteste.

Qu'est-ce que je peux faire d'autre ? Je dois tenter d'appeler Mai. C'est une femme adorable. Elle tient à ma sœur, alors peut-être qu'elle fera ça pour le frère de sa meilleure amie. Surtout, elle est jeune et pas aussi rigide que son prédécesseur. Lui m'obligeait à venir le voir. Elle est plus laxiste.

Sans plus attendre, je lui envoie un texto. La consulter me donnera aussi une excuse pour sauter les rendez-vous auxquels je dois assister. Je suis incapable de m'y rendre dans cet état. Je titube plus que je ne marche, je serais cramé à des kilomètres.

Moi : « Coucou Mai ! Comment tu vas ? Dis-moi, tu aurais un créneau pour moi dans la journée ? Un long créneau ? »

J'angoisse en attendant sa réponse. Si elle ne peut pas m'aider, je ne saurai pas vers qui me tourner.

Quand je vois les trois petits points s'afficher sur mon écran, mon stress diminue un peu.

Mai : « Viens à 14 h. Qu'est-ce qui se passe ? »

Évidemment qu'elle se doute qu'il y a un problème. Je ne vais la voir que quand j'ai de véritables soucis.

Moi : « Pas grand-chose. T'inquiète ! »

Elle va croire que je suis camé à lui envoyer des trucs si mièvres. Ce n'est pas vraiment dans mes habitudes avec elle.

Mai : « Prends-moi pour une imbécile. Ramène tes fesses maintenant, finalement. »

Merde… Au moins, je serai fixé plus rapidement que prévu. Je vais probablement me prendre une rouste aussi. Elle va me démonter. J'espère juste qu'après, elle acceptera de me couvrir.

Je prie mentalement tout en me préparant pour la rejoindre.

Moi : « J'arrive dans 20 minutes. »

J'enfile un caleçon propre et noir. Autant dissimuler le peu qu'elle n'a pas déjà vu de mon corps dans ce cabinet. Je me débarbouille, me coiffe et mets du déo pour me montrer sous mon meilleur jour. J'essaye au maximum d'avoir bonne mine malgré les cernes qui se sont creusés sous mes yeux et le teint blafard que je me paye depuis l'accident. Si je peux aussi jouer de mon charme pour l'amadouer, ça sera ça de pris.

Je passe un jogging et un tee-shirt avant d'appeler Dorian pour qu'il m'amène au rendez-vous, vu que je n'ai plus de voiture…

Je prends une grande inspiration pour me préparer à cette rencontre. Il faudra me montrer implacable, déterminé. Je dois la convaincre et lui cacher une partie de la douleur que je ressens, sinon, elle n'acceptera jamais de me laisser m'en sortir.

Ma carrière repose en partie sur ce rendez-vous. Je croise les doigts pour que Mai se range de mon côté malgré le peu de sympathie qu'elle doit avoir pour moi.

MAI

À quelques minutes de recevoir Gabriel en rendez-vous, je me sens soulagée de ne plus être soumise à mes hormones. Mes règles ont débarqué, prenant la place de ce désir irrépressible de m'envoyer en l'air avec le premier mec canon venu.

Je ne sais pas comment j'aurais géré ce rendez-vous si j'avais eu envie de sauter sur mon patient. Le voir se déshabiller en étant en plus tentée de l'aider à le faire ? Non merci. Je tiens encore à ma dignité et à ma réputation de médecin déontologique.

D'un autre côté, je m'en veux beaucoup d'avoir pensé à le mettre dans mon lit. Gabriel est non seulement mon patient, mais aussi le petit frère de ma meilleure amie et plus ou moins un pote. Je ne dois plus jamais me laisser aller à songer à ça. Si je pouvais contrôler mes pensées, c'est ce que je ferais. En attendant d'acquérir cette capacité, je vais me contenter de dissimuler ces quelques déviances et fantasmes concernant un mec complètement inaccessible.

Je prépare la salle pour son arrivée. Je désinfecte ce qui doit l'être et change le papier sur le siège de mon cabinet. Étant prête rapidement, je m'applique ensuite à réarranger les stylos sur mon bureau. La visite de Gabriel est si surprenante qu'elle me rendrait presque nerveuse.

Pourquoi vient-il me voir ? Est-ce qu'il a quelque chose de grave, quelque chose qui a pu traîner ?

Plus je l'attends, plus je suis stressée. J'essaye d'imaginer toutes les raisons possibles de cette consultation « d'urgence ». Ses textos étaient franchement bizarres. Ça ne lui ressemble pas. C'est comme s'il cherchait à m'amadouer avant de se montrer. Ça n'annonce rien de bon. Gabriel m'a plus habituée à une froideur réservée qu'à des effusions d'amitié par SMS.

J'ai clairement hâte qu'il arrive, que je sois enfin fixée.

Décidément, mes rendez-vous sont de plus en plus déconcertants en ce moment. Entre son assistant qui s'est pointé sans la moindre égratignure et Gabriel qui m'appelle au secours… Mon cerveau cherche un lien entre ces deux évènements, mais je ne vois vraiment pas comment il pourrait y en avoir.

Je n'ai pas le temps de plus y réfléchir : on toque à ma porte.

Je m'essuie les mains sur ma blouse, respire à fond et vais ouvrir en enfilant mon masque de professionnelle de santé. Me détacher de tout ça, paraître insensible sans être inhumaine, c'est la clé pour me faire respecter, mais surtout pour me protéger de ce qui pourrait m'atteindre.

J'ouvre la porte et découvre Gabriel, fatigué, appuyé contre le chambranle. Son assistant se tient à ses côtés, les sourcils froncés. Je le sens préoccupé, voire nerveux.

— Salut Mai.

Gabriel tente de sourire, mais son visage grimaçant n'a rien de rassurant.

— Bon, je… Je vais vous laisser, bégaye Dorian en s'enfuyant.

Mes yeux passent de l'un à l'autre. Je persiste à trouver Dorian très vif pour quelqu'un qui a subi un méchant accident de voiture. Si Gabriel ne m'avait pas demandé de la jouer discrète…

Attendez une minute ?

Cette fois, mon cerveau parvient à établir un lien entre ces deux rendez-vous étonnants. Suis-je en train de tirer des conclusions hâtives ?

— Dis-moi que ce n'est pas ce que je pense, ordonné-je en commençant déjà à me faire une idée de la situation.

Gabriel soupire bruyamment et me pousse dans le cabinet pour refermer la porte derrière nous. Son sourire mielleux tombe pour laisser place à une expression de détermination. Il part s'asseoir lourdement sur une chaise avant de se décider à me répondre.

Une grimace tire ses traits avant qu'il ne la dissimule sous un nouveau sourire aussi faux que la marque de mon sac à main.

À quoi joue-t-il ?

— Mai, avant que je ne t'explique, tu dois me promettre de tout garder secret.

J'hallucine. Pour qui il se prend, là ? J'ai déjà bien voulu accéder à ses demandes pour son assistant, mais il ne faut pas pousser. D'autant qu'il n'a aucun argument pour me convaincre de l'écouter. Nous ne sommes pas amis, il s'en est assuré.

Les bras croisés, je le provoque :

— Essaye encore.

Son sourire tombe, mais il déploie beaucoup d'efforts pour le remettre en place. Sa posture change, il se montre plus ouvert. Surtout, ses yeux prennent une douceur charmante. S'il avait déjà joué à ça avec moi, ça aurait pu fonctionner. Sauf que c'est tellement surprenant que la manœuvre devient parfaitement énervante. Il se moque de moi éhontément en croyant y parvenir en plus.

— Je te demande pardon, Mai. Pour toutes ces fois où je n'ai pas été très avenant envers toi. Je ne me suis pas comporté comme je l'aurais dû et j'en suis désolé. J'ai vraiment besoin de toi. J'ai besoin d'une amie sur qui compter.

Il doit réellement espérer que je lui sauve les fesses pour tenter un coup pareil. J'en suis franchement vexée.

— C'est un peu tard pour la carte « Amitié », monsieur Hupert. Mettez-vous en sous-vêtements que je vous ausculte et dresse un état des lieux de votre situation qui est… clairement inquiétante.

S'il croit pouvoir me charmer pour m'avoir dans la poche, il se goure. Il ferait mieux d'être honnête. Je ne suis pas une abrutie qu'on utilise à sa guise. J'ai été parfaitement sympa malgré sa tendance à la froideur parce que je comprenais son comportement. Mais là… Chercher à me séduire pour me faire penser que nous sommes amis ? Me manipuler ? Quel enfoiré !

Son attitude bascule brusquement dans un nouveau registre. Il laisse le charme de côté pour jouer sur la pitié.

— Mai… Je t'en supplie… Je ne sais pas quoi faire. Je ne peux rien dire à l'écurie. J'ai besoin de toi. Je ne le mérite pas et encore moins en me comportant de la sorte, mais… Pitié, j'ai besoin d'un médecin qui puisse m'aider. Et me couvrir. Je sais que je fais de la merde, que j'ai toujours été un abruti avec toi… Mais j'ai mal, Mai… Chose que l'écurie ne doit pas apprendre.

Je prends le temps de l'observer. La douleur se lit sur ses traits. Son teint est pâle. Il se tient courbé, comme pour soulager une inflammation dans son dos. Il ne cesse de cligner des yeux et de froncer les sourcils. Je suppose qu'il a aussi mal à la tête. Enfin, il ne s'appuie que sur une de ses fesses…

Je n'ai même pas besoin qu'il m'explique pour comprendre. Cet abruti a demandé à son assistant de le couvrir en racontant qu'il avait eu l'accident à sa place.

Je pourrais le gifler. Il faut être passablement stupide pour risquer sa vie de la sorte. Quelle idée d'attendre pour consulter ? Il pourrait avoir une commotion, une hémorragie interne, des côtes cassées et j'en passe.

Il croit pouvoir courir comme ça ? Il pourrait se tuer.

— Je suis désolé, poursuit-il. On peut recommencer à zéro, du moment où je suis entré dans le cabinet ? Je te raconte ce qui est arrivé et je t'explique pourquoi on doit le cacher. Surtout, j'arrête de dire des conneries. Promis. S'il te plaît…

Je viens m'asseoir sur le rebord de mon bureau face à lui. Je prends son menton dans la main pour soulever son visage. J'observe la réaction de ses yeux face à la lumière au-dessus de moi. Ça a l'air d'aller.

— Tu l'as payé combien ton assistant, pour qu'il la ferme ?

Il a au moins la décence de paraître coupable en entendant ce reproche.

Je suis furieuse après lui. Furieuse qu'il me prenne pour une imbécile, furieuse qu'il se mette en danger de cette façon, furieuse qu'il souffre sans oser parler. Il a conscience qu'il se comporte comme un con, mais il le fait quand même.

— Je n'en suis pas fier.

Pour le coup, je le crois.

On est en train de parler de Gabriel Hupert. Je pense le connaître assez bien pour comprendre que ce comportement ne lui ressemble pas. Oui, il n'est pas des plus chaleureux avec moi, mais je suis son médecin. Il n'y a rien d'anormal à ça. Je sais que mon amitié avec sa sœur le met mal à l'aise.

Mais il est là, à me mentir, manipulant et enrôlant un jeune dans sa connerie… Il est désespéré, manifestement prêt à tout pour s'en sortir.

Mon cerveau tourne à cent à l'heure pour trouver la marche à suivre. Je veux l'ausculter, vérifier un minimum de choses avant de tenter de le convaincre de faire les examens nécessaires. Il m'inquiète et je ne souhaite pas qu'il s'enfuie si je continue de lui voler dans les plumes.

Le couvrir ? Franchement, je comprends pourquoi il a besoin de discrétion, mais je n'aime pas ce que ça impliquerait pour sa santé.

Si seulement mon formateur était là… Lui n'avait pas de pitié pour dénoncer les pilotes qui tentaient de dissimuler un état compliqué.

Moi ? Je viens à peine de prendre ce poste. Je n'ose jamais frustrer personne. Je sais à quel point Gabriel tient à son siège. Est-ce que je pourrais être celle qui le lui retire ?

Putain…

Voilà pourquoi on ne doit jamais lier de relations personnelles avec ses patients ! Et encore, Gabriel n'est même pas un vrai ami !

— Dis-moi ce qu'il s'est passé, où tu as mal, depuis quand…

Il hoche la tête avant de soupirer de soulagement en entendant mon ton adouci.

— J'ai fait une embardée à cent cinquante kilomètres-heure pour éviter une moto sur une route de campagne. J'ai perdu le contrôle et l'adhérence, la voiture est partie en tonneaux dans un champ.

Je me frotte la tempe pour tenter de garder mon calme.

Pourquoi roulait-il sur une route de campagne à une allure aussi élevée ? Qu'il prenne des risques en piste, c'est une chose. En dehors de toute surveillance médicale ? Quel con ! Mélanie avait raison de s'inquiéter pour sa santé mentale.

— Après l'accident, j'ai beaucoup dormi et j'ai minimisé les efforts. J'ai sauté mes entraînements, poursuit-il, peu fier.

Il change de position sur son siège, une grimace refait surface.

Il me fait vraiment de la peine.

— Je pensais que la douleur partirait, mais non, termine-t-il avec lassitude.

— Tu as pris quelque chose ? interviens-je.

Il secoue la tête de gauche à droite.

— Parle-moi des douleurs, demandé-je, concentrée.

Je ne dois pas laisser mes émotions prendre le dessus. Pas maintenant.

— Depuis l'accident, j'ai mal à la tête. Je crois que j'ai une bosse. Ma nuque est engourdie et si je tourne trop la tête à gauche, ça me fait mal. Mais c'est surtout mon dos. Ça a débuté vers mes reins et c'est un peu remonté. La douleur est permanente.

J'acquiesce en prenant mentalement des notes. Mon cerveau commence à émettre diverses hypothèses sur la source de ses maux.

— Sinon, mes côtes me travaillent quand je respire trop fort ou que j'éternue. Mes fesses me donnent l'impression de m'être fait enc…

Je l'interromps en retenant un rire :

— J'ai saisi.

Il sourit enfin pour de vrai. Voilà qui me rassure un peu.

— Rien d'autre ? Les bras ? Les mains ? Les jambes ?

Il secoue la tête.

— J'ai des bleus, quelques égratignures. Ah, si : ma jambe gauche me lance légèrement, mais ce n'est pas le pire.

Eh bien… Sacré *listing*. Frustrée, je lâche :

— Et tu as attendu pour venir me voir ? Tu es stupide, Gab.

Il soupire en se frottant les yeux et s'explique.

— Tu sais ce que ça implique…

Je ne le sais que trop bien. D'où sa présence tardive. C'est pour ça que nous surveillons les pilotes d'aussi près. Ils sont prêts à tout pour pouvoir prendre part aux courses, quitte à mourir en piste. Ils n'ont aucun instinct de survie.

— Tu me laisses jeter un œil à tout ça ?

Il hoche la tête avant d'enlever ses chaussures, ses chaussettes. Il s'attaque ensuite à son tee-shirt qu'il tente de retirer avec un peu de difficulté. N'y tenant pas, je lui viens en aide pour lui éviter de se faire encore plus mal.

Il me remercie d'un sourire penaud, honteux.

Il ôte son jean avec plus de facilité, puis vient s'asseoir sur le siège au centre de la pièce. Je l'y rejoins avec mon stéthoscope en m'appliquant à ne rien regarder de superflu. À cet instant, je suis son médecin, pas son amie. Il est un patient, un corps sans personnalité que j'analyse avec détachement.

Je commence par vérifier ses constantes, ses réflexes, ses sens. Une fois ce premier examen passé, je m'applique à examiner chaque partie de son corps qu'il a mentionnée comme douloureuse.

Une grosse bosse orne sa tête. Il a effectivement des bleus de partout, quelques coupures, mais rien de grave à ce niveau. Je lui tâte les côtes, la cuisse, les fesses. Je fais de mon mieux pour tenter de déceler quelque chose, mais sans examen approfondi, je ne peux être sûre de rien. Je ne pense pas qu'il se soit cassé quoi que ce soit. Peut-être s'est-il fêlé une côte ? Il a aussi pu se pincer un nerf, se froisser un muscle.

Ce qui m'inquiète cependant, c'est son dos et sa nuque. Une blessure grave à ces endroits, pourrait lui coûter très cher. Je dois me contenter d'émettre des suppositions en espérant avoir raison. Néanmoins, j'aimerais réellement qu'il aille passer des radios.

Je lui demande de prendre diverses positions, lui fais faire quelques mouvements. Si ça lui fait mal, il reste silencieux, patient.

Quand je pense en avoir terminé, je m'assois près de lui pour que nous en discutions.

— Alors, je vais mourir ? questionne-t-il, un sourire dans la voix.

Je le reprends en me retenant d'entrer dans son jeu.

— Gabriel…

Il sait définitivement se montrer charmant quand il veut. Il est à son avantage, là, à moitié nu avec ce corps sculpté et sa bouille d'ange. Élégant jusqu'au caleçon, la classe à la française.

— Je ne vais pas si mal, Mai, tente-t-il d'un ton grave, posé, sûr de lui.

Je secoue la tête pour me débarrasser de son emprise. Il ne m'aura toujours pas comme ça.

— Qu'est-ce que tu en sais ? Tu as des rayons X dans les yeux ?

Il rigole nerveusement.

— Tu dois faire des examens, Gabriel. On pourrait passer à côté de quelque chose de grave.

Il refuse.

— Je le sentirais si j'avais quelque chose d'important, non ? Je suis juste engourdi. Avec des cachets, ça devrait le faire ! argumente-t-il.

— Tu me demandes de prendre un risque qui va l'encontre du serment que j'ai prêté, contré-je froidement.

C'est rare qu'il me regarde dans les yeux. Aujourd'hui, ce sont deux ciels d'azur qui me scrutent pour tenter de me convaincre.

— Je ne peux pas. Je ne peux pas donner une raison de plus à Neptune de me virer, lâche-t-il, nerveux.

— Ta vie vaut moins que ton siège alors ? essayé-je, préoccupée.

Le déclic que je voulais lui faire prendre ne vient pas. *Il est déconnecté de la réalité.*

— Je vis pour courir, donc oui, affirme-t-il fermement.

— Putain de pilotes !

Face à ma plainte, il se contente de hausser les épaules.

— J'ai vraiment besoin de toi. J'ai besoin de tes soins, de ton soutien et de ton silence, insiste-t-il.

Gabriel ne m'a jamais parlé pendant si longtemps. D'habitude, il s'enfuit en courant après un rendez-vous. Là, il est prêt à tout, prêt à me brosser dans le sens du poil, à me charmer, à me flatter. Et c'est bien ce qui m'inquiète. Si je refusais de l'aider, qu'est-ce qu'il pourrait faire pour s'en sortir malgré tout ?

Vaut-il mieux que je le couvre tout en le gardant à l'œil ou que je le laisse se débrouiller, quitte à le pousser à faire des choix douteux ?

— Tu me mets vraiment dans une situation de merde !

— Je t'en supplie… répète-t-il, en venant glisser mes mains dans les siennes.

Il en est presque à tomber à genoux. Ne se rend-il pas compte de ce qu'il en est réduit à faire pour un siège ? Il est prêt à perdre toute dignité pour continuer de courir ? À se jouer de son entourage ? C'est malsain !

— Tu as besoin de repos. Dans tous les cas, tu ferais mieux de ne pas conduire ce weekend, conseillé-je.

Son visage se crispe aussitôt. Que n'ai-je pas dit ? Nous sommes mal barrés…

Je me reprends avant qu'il ne me fasse un discours sur la question :

— Je sais, tu ne peux pas. Sauf qu'il le faut !

Il secoue vivement la tête, se fermant catégoriquement à cette proposition.

— Tout, mais rien qui compromette ma place, Mai. Je viendrai te voir tous les jours s'il le faut, j'avalerai tous les cachets possibles, je te laisserai me faire ce que tu veux, mais je *dois* courir.

Sa santé mentale est clairement atteinte.

— Tu ne te rends pas compte. Si tu as réellement quelque chose de grave et que tu as un accident en piste…

— Au moins, je serai mort et je ne m'en rendrai pas compte ! intervient-il, sérieux.

Mais qu'est-ce que je peux répondre à ça ? Il est complètement dingue. Je poursuis en lui lançant un mauvais regard :

— Je vais faire comme si je n'avais pas entendu cette remarque.

Ce sport ne tourne pas rond.

— Même si je te suis, te prescris des médicaments, te masse, t'enduis de crème… Sans diagnostic précis, ça pourrait aggraver ton cas. Je ne veux pas te mettre en danger.

— Tu as probablement déjà établi une liste des choses que je pourrais avoir. On n'a qu'à éviter les traitements sensibles vis-à-vis de ces hypothèses. Je te promets que je me ferai examiner à la fin de la saison.

Mais il s'entend, ou bien l'accident a endommagé son audition en plus de sa logique ?

— Tu es bon à enfermer en hôpital psychiatrique, Gabriel.

Il ne s'en offusque même pas. Il continue sur cette voie :

— Et si on essayait pendant quelques jours ? Tu me couvres pendant quelque temps, tu me soignes du mieux possible et moi je viens te consulter très régulièrement.

On voit ce que ça donne et on avise. Je t'en prie, Mai, insiste-t-il avec douceur.

Toujours en caleçon, mes mains dans les siennes et le visage implorant, il ne compte pas me lâcher avant d'avoir obtenu gain de cause.

Qu'est-ce que je suis censée faire ? Refuser, le laisser livré à lui-même, continuant à prendre les pires décisions possibles ? Ou accepter de garder son secret tout en le surveillant de près, quitte à risquer de passer à côté de quelque chose d'important ?

En soit, je ne vois pas ce qu'il pourrait y avoir de très grave. Il ne se tiendrait pas debout de cette façon, sinon. Ce qui m'inquiète, c'est la conséquence des courses sur son corps déjà affaibli. Les chocs sont rudes. Si ses cervicales sont fragilisées, si son dos encaisse un choc…

— Si je te couvre, il faudra venir me voir après chaque Grand Prix, après chaque entraînement, après le moindre effort.

Gabriel accepte mes conditions sans hésiter.

— Tu devras m'écouter, prendre ce que je te conseille, entendre mes mises en garde et saisir la mesure des risques de cette histoire.

Il hoche de nouveau la tête, l'espoir de plus en plus présent dans ses yeux.

— Tu répondras à mes messages et mes appels. Interdiction de m'éviter et si tes douleurs augmentent, tu rappliques immédiatement, c'est clair ? vérifié-je d'un ton dur.

— C'est promis. De ton côté, pas un mot à Neptune, certainement pas à Mel, ni à personne d'autre. C'est entre toi et moi.

Il me tend la main, attendant que j'accepte ce *deal* parfaitement inadmissible. Son regard est doux, rassurant, mais déterminé. Je me le reprocherai sûrement plus tard, mais là, je ne vois pas d'autre solution que d'entrer dans son jeu. Je dois le garder à l'œil.

Je serre sa main tendue en me maudissant déjà.

S'il ne me faisait pas autant peine…

Je profiterai de ce temps passé avec lui pour lui faire prendre conscience de sa situation. En être réduit à ça ? Pour piloter ? Vraiment, il y a un truc complètement malsain dans ce sport. Gabriel n'en est pas la seule victime. J'aimerais juste qu'il parvienne à sortir de cette passade destructrice. Si lui ne m'a jamais porté dans son cœur, moi, je l'apprécie. Il est quelqu'un de bien, mais ce sport le met dans des états intolérables.

Avec un peu de chance, j'arriverai à faire remonter à la surface le Gabriel gentil, amusant. Car cette version désespérée, manipulatrice et angoissée de lui ne devrait même pas exister.

— Rhabille-toi et dégage avant que je ne change d'avis.

Il s'exécute du mieux possible avec sa douleur.

— Je n'ai pas droit à des ordonnances ? s'interroge-t-il.

Je secoue la tête tout en le prévenant :

— Je m'occupe de ça et tu ne prendras rien qui ne viendra pas de ma main.

Si l'ordre l'énerve, il n'en dit rien.

Je vais malgré tout chercher quelques antidouleurs en attendant de recevoir les médicaments et les crèmes que je pense lui prescrire.

— Avale ça et dis-moi dans deux heures si ça a pu apaiser certaines douleurs, OK ?

— Merci, Mai.

Il avale sans réfléchir, c'est déjà ça. Énervée, je le congédie.

— Va dormir.

Cette fois, il rit en hochant la tête. Toutefois, avant de partir, il vient me prendre dans ses bras. C'est bref, mais assez surprenant pour que je prenne entièrement conscience de l'instant.

— Tu me sauves la vie, me chuchote-t-il à l'oreille.

Je suis gênée, terriblement gênée. Je ne sais pas où poser mes mains. Son odeur emplit mes sens, c'est à la fois agréable et désarçonnant. Nous sommes beaucoup trop proches pour que ça soit naturel. Gabriel ne m'a jamais approchée à moins d'un mètre... Voilà qu'il envahit mon espace personnel.

Il se détache assez rapidement de moi pour que je ne commence pas à analyser les parties de nos corps qui se touchent, ce que je sens sous mes mains ou ce que ça peut provoquer chez moi.

Vraiment, il est temps qu'il sorte de ce cabinet.

— Bonne journée.

Cette fois, il ne se fait pas prier quand je le vire gentiment et appelle son assistant en sortant. Il me lance un dernier clin d'œil avant de passer la porte.

Dans quoi est-ce que je viens de m'embarquer ?

5

Août – Italie

GABRIEL

Avant les essais, il y a encore un certain nombre de rendez-vous auxquels je dois assister. Finalement, c'est vraiment bien tombé que Mai m'ait pris ce matin. Je peux me reposer avant de rejoindre la conférence de presse qui m'attend en fin de journée.

Il n'y aura pas grand monde. Ce sera plus facile de cacher mon état si moins d'yeux sont braqués sur moi. L'antidouleur que m'a passé Mai m'aide aussi à bouger plus aisément. Ce n'est pas un médicament miracle, mais je sens un peu moins ma fesse. M'asseoir n'est plus une aussi grosse torture.

Je n'arrive pas à croire qu'elle ait accepté de me couvrir. Cette femme s'est érigée au rang de déesse dans mon estime. Je sais ce que ça lui en coûte et je pensais vraiment qu'elle allait m'envoyer paître, surtout après les conneries que j'ai pu balancer. Sauf qu'elle a accepté d'être ma sauveuse, ce dont je lui suis plus que reconnaissant.

Après une petite sieste, je la tiens au courant de mon état après la prise du médicament, comme elle me l'a demandé. Je compte bien respecter les termes de notre accord. Je ne veux certainement pas me moquer d'elle, la vexer ou prendre cette histoire par-dessus la jambe. J'ai conscience des risques. Sa surveillance rapprochée est parfaitement justifiée et nécessaire. Je ne la décevrai pas plus que je ne l'ai déjà fait.

Moi : « La douleur s'est un peu calmée, mais rien de très significatif. J'arrive juste à m'asseoir sans avoir l'impression de me prendre un clou quelque part. Encore merci, Mai. J'ai une dette éternelle envers toi. »

À partir de maintenant, je compte bien arrêter de me montrer froid, distant ou faux comme il y a quelques heures. Je préfère oublier toutes les raisons qui me poussaient à agir de la sorte pour tenter de créer une réelle amitié entre nous. Mon sort est entre ses mains, elle a accepté de mettre son poste en péril pour m'aider. Je pense que ça mérite de mieux apprendre à nous connaître, voire à nous apprécier. J'ai vingt-sept ans. Il serait temps que je me montre un tant soit peu mature. Jusqu'ici, Mai l'était pour nous deux. J'ai franchement honte de moi.

Mai : « C'est déjà positif si on peut calmer la douleur avec des cachets, mais s'il te plaît… arrête de parler de te prendre des trucs dans le cul. Nous n'en sommes pas encore là, toi et moi. C'est gênant. Considère cette requête comme une partie de ta dette. »

Son texto me tire un rire. Elle n'a pas fini de me faire payer mes choix. Je le mérite après tout.

J'avais déjà remarqué son caractère plutôt fort. Elle est une femme charismatique. Son poste à responsabilités montre qu'elle en a dans la tête, qu'elle est déterminée et indépendante. Elle nous suit sur toute la saison, mais bosse aussi une partie de l'année avec le staff. Elle n'a pas autant de vacances que moi. Il faut être passionnée par son métier pour accepter ces conditions de travail.

L'alarme que j'avais programmée sur mon téléphone sonne. Je dois me rendre à la conférence de presse.

J'utilise le peu de force qu'il me reste pour m'habiller aux couleurs de Neptune. Dorian m'attend déjà en bas de l'hôtel. Je le rejoins sans tarder. Ce genre d'impératif, c'est comme un pansement : plus tu l'arraches vite, mieux c'est.

Je monte en voiture en serrant les dents. Me baisser tire sur mon dos. Si je tolère facilement les autres douleurs, celle-ci me torture. J'espère vraiment que Mai parviendra à l'apaiser, car sinon, j'ignore comment je pourrai courir.

Elle va y arriver.

Je n'ai pas le temps de m'apitoyer sur mon sort que Dorian me tend un petit sachet.

— Le docteur Dillon m'a demandé de vous donner ça, m'informe-t-il. Elle m'a dit de vous répéter que c'était « pour votre derrière douloureux ».

Mon assistant a au moins le mérite de retenir son sourire. Elle va définitivement me faire payer mon comportement. Je peux bien la laisser se moquer de moi, si ça veut dire obtenir de quoi calmer ma peine.

Dorian me file ensuite une bouteille d'eau. J'avale la pilule sans rechigner. Avec un peu de chance, un effet placebo m'aidera dans tous les cas à m'apaiser.

J'interroge Dorian alors qu'il démarre la voiture.

— Tu es allé la voir ?

Il grimace en haussant les épaules.

— Elle m'a surtout convoqué, explique-t-il. Elle n'était pas ravie.

Merde…

— Je suis désolé de t'avoir embarqué là-dedans. Vraiment, ce n'est pas dans mes habitudes…

Il balaye mes excuses d'un rire.

— Ne vous inquiétez pas. Je suis content de vous servir enfin à quelque chose. Et puis… le docteur Dillon… elle est jolie, ce n'est pas un supplice de me rendre à son cabinet.

J'éclate de rire en imaginant la tronche de Mai si elle entendait ça. Le gamin fantasme complètement sur elle. Il doit s'imaginer des trucs pas possibles avec ses gadgets de médecin.

— Quoi ? demande-t-il, amusé. Vous ne la trouvez pas mignonne, vous ?

Je secoue la tête, incrédule. À quel moment me suis-je retrouvé à parler du physique de Mai avec mon assistant de huit ans mon cadet ?

— Je ne me suis pas franchement posé la question, avoué-je.

Mais maintenant qu'il a soulevé le sujet… C'est vrai qu'avec sa peau mate, ses cheveux raides couleur d'ébène et ses yeux marron légèrement bridés, elle est plutôt canon. Elle est, en plus, très singulière, il n'y en a pas deux sur le paddock comme elle. Elle est élancée, charismatique et surtout, elle porte la blouse. Aussi cliché que ça puisse paraître, ça a son charme.

Je dirais qu'elle a pris le meilleur de ses deux origines. Le mixte est très réussi.

Songer de cette façon à elle n'est pas l'idée de l'année. Je ferais mieux d'arrêter ça tout de suite. Mai est mon médecin, elle reste l'amie de Mélanie. Actuellement, elle est surtout ma sauveuse et je ne compte pas me risquer à l'offusquer en ayant des pensées déplacées à son égard.

Entre nous, ça a intérêt à être purement platonique. Je préfère changer de sujet :

— Tu peux me tutoyer Dorian. On va être amenés à faire beaucoup de déplacements ensemble, alors autant qu'on se détende un peu.

Mon assistant acquiesce en souriant, probablement heureux d'être considéré comme plus qu'un petit stagiaire de passage.

Nous arrivons finalement à la conférence. Dorian me dépose avec un sourire d'encouragement. Je vais sûrement en prendre pour mon grade là-dedans. J'espère juste que Leceo ne sera pas présent pour assister à cette énième humiliation. Même si ma réputation n'est pas ma principale inquiétude aujourd'hui, elle n'en reste pas moins importante pour la suite des évènements.

Malgré tout, mon but du jour est de parvenir à supporter toute la conférence sans que qui que ce soit ne remarque mon état. Je prépare donc mon meilleur sourire et serre les dents le plus fort possible en entrant. J'espère que d'ici une demi-heure, le cachet de Mai aura fait effet. Je vais devoir croiser les doigts.

Oran est déjà là. Je le rejoins pour m'asseoir sur la chaise à mon nom. Quelques minutes plus tard, les questions tombent. Les journalistes sont plutôt sympas, ce soir. Ils se contentent de sujets classiques sur les performances de la voiture, sur nos attentes pour les prochaines courses. Ils reviennent sur des évènements des dates précédentes. Je n'ai pas besoin de trop me creuser la tête pour répondre. Il n'y a pas de piège.

Au bout d'une heure, je réalise que je dois déployer moins d'efforts pour rester assis sans gigoter. Mes fesses ne sont plus douloureuses, tout comme ma jambe. La tension dans mes côtes est présente, mais supportable.

Mon dos me fait toujours souffrir, mais comme je peux me concentrer uniquement sur cette partie de mon corps, j'arrive à gérer.

Je pourrais embrasser Mai. Quel soulagement !

Quand notre responsable communication sonne la fin de la conférence, je manque de crier de joie. Je vais pouvoir rentrer et me reposer. Demain commencent les essais et cette fois, je ne vais pas pouvoir esquiver.

Je dois être en forme tout le weekend. J'espère grandement ne pas aggraver mon état. De toute façon, je n'ai pas le choix. Je pense souffrir pendant encore quelque temps. Il va falloir que je m'y habitue rapidement. C'est ma décision de continuer à pousser alors que je devrais faire une pause. Je dois assumer et certainement pas me plaindre.

Le cachet de Mai faisant toujours effet au moment de me coucher, je parviens à profiter d'une nuit complète, réparatrice. Je regagne un peu de la force si nécessaire pour monter dans ma monoplace. Dorian me file une nouvelle pilule au moment de venir me chercher. Je la prends comme un *junkie* qui attend sa dose. J'ai cruellement besoin de ce coup de pouce pour survivre à cette journée.

Juste avant mon arrivée sur le paddock, je reçois un message de Mai.

Mai : « Comment tu vas ? Tu es certain de vouloir piloter aujourd'hui ? Je peux te faire porter pâle. Dans tous les cas, passe me voir ce soir, qu'on fasse un point. »

Je rêvais d'avoir une femme qui se préoccupe de moi comme Lise le fait avec Owen. Sauf que quand j'ai émis ce souhait, je pensais plus à une situation romantique qu'à une relation médecin-patient. J'aurais peut-être dû être plus précis.

Moi : « Je m'en sors. Je vais piloter,
c'est ce que je sais faire de mieux,
quelles que soient les circonstances.
On se retrouve ce soir. Merci. »

Je n'ai pas le temps de voir si elle me répond, car dès que j'arrive sur le paddock, mes équipes viennent me trouver. Je passe au box enfiler ma combinaison. J'essaye de prendre de grandes bouffées d'air pour ne pas paraître constipé quand je marche. Je bois aussi beaucoup.

Je pense parvenir à dissimuler la situation, car personne ne me fait la moindre remarque.

Au moment de monter en voiture, cependant, ce n'est plus aussi simple. Me contorsionner pour me glisser dans le cockpit me demande un effort colossal. Je siffle à travers mes dents bien malgré moi. Le bruit ambiant m'aide à cacher ces marques de faiblesses.

J'inspire et expire profondément pour calmer les pulsations que je sens dans mon dos. Je dois me concentrer uniquement sur ma conduite ou je pourrais commettre une erreur fatale. Plus que jamais, je dois éviter un accident.

Mon écurie me lâche sur la piste quelques minutes plus tard. Tout le monde compte sur moi pour prendre mes marques et estimer jusqu'à quel point nous allons être performants ce weekend. Je teste le circuit, les conditions, les pneus. Je dois monter en vitesse, trouver les limites de la voiture.

Plus j'accélère, plus les forces que subit ma nuque sont dures à encaisser. Je ne me suis pas assez entraîné ces jours-ci. Ma douleur se réveille à cet endroit. Je commence à stresser, car si mes cervicales ont un problème, je suis dans une merde bien plus grosse que prévu.

Je dois me reprendre, ce n'est pas le moment de paniquer. Je vais bien, je suis encore conscient, c'est bon signe.

Je ne conduis pas pendant longtemps, aujourd'hui. J'enchaîne juste quelques tours pour que mes ingénieurs courses aient assez de données pour établir une stratégie plus précise sur le weekend.

Je laisse échapper un gros soupir quand je suis rappelé aux stands. C'est terminé pour cette session. Dieu merci. Je ne sais pas combien de tours de plus j'aurais pu endurer.

Sortir de la monoplace s'avère un supplice encore plus dur que celui de monter dedans. Je me hisse hors de la voiture en grognant. Heureusement, avec mon casque toujours planté sur ma tête, personne ne le remarque.

Pour une fois, j'ai vraiment hâte d'aller voir Mai. J'ai terriblement besoin qu'elle me soulage. Je prie pour qu'elle ait trouvé une solution miracle à laquelle je n'ai pas pensé tout seul.

Une fois hors de la voiture, je retire mon casque, mes gants et m'apprête à filer au cabinet quand mon boss m'intercepte.

— Qu'as-tu pensé de la session ? demande-t-il sans même me saluer.

Je me creuse les méninges pour essayer de trouver quelque chose à raconter quand mon cerveau est, lui, toujours concentré sur la pulsation qui me vrille les tempes après cet effort démesuré.

— On a un bon rythme. Le cul glisse un peu au sixième virage, les pneus montent très facilement en température. Globalement, ça va.

Leceo hoche la tête avant de soupirer.

— Tu dois conduire plus vite, Hupert. Oran t'a mis une demi-seconde. C'est beaucoup trop.

Franchement, j'aurais pensé encaisser pire, vu les circonstances.

— Aujourd'hui, je voulais me familiariser avec le circuit et les conditions de course sans risquer l'accident inutile, mens-je. Demain, je pousserai plus.

Mais pourquoi fais-je une promesse que je ne peux pas tenir ? Putain, si seulement j'avais le choix !

Leceo acquiesce.

— Je préfère que tu pousses dès que tu es en piste. Garde-le en tête.

Trop content de pouvoir piloter malgré mon accident, je ne polémique pas et accepte le reproche sans broncher. Je me suis trouvé plutôt performant étant donné les douleurs qui m'ont vrillé le corps tout du long. Malgré tout, je vais devoir faire mieux, car si Leceo ne parle toujours pas clairement du non-renouvellement de mon contrat, c'est ce qui pend au-dessus de ma tête.

Je garde un peu espoir de me faire des idées sur la situation. Peut-être que je dramatise les choses et que la presse s'emballe pour rien. Ils ne m'ont pas encore signifié leur décision alors que nous en sommes à plus de la moitié de la saison. Généralement, un pilote est prévenu avant d'être remercié. Ils n'attendent pas la dernière minute. C'est le seul détail qui pourrait me laisser croire que j'ai une ultime chance. Je ne dois pas risquer de la perdre ; c'est pourquoi je dois tout faire pour rester, m'améliorer et garder ma place.

Pour cela, il faut déjà que j'aille consulter mon médecin. Je n'attends pas une seconde de plus pour me rendre à son cabinet sur le paddock.

Son box n'est pas loin de la piste. Je la trouve devant sa porte, en train de discuter avec Nora.

Elle ne m'a pas encore vu. Elle glousse à un truc que lui raconte son amie. Cette femme a vingt-huit ans, mais elle en fait clairement moins. Dorian n'a vraiment pas tort :

elle est canon. Nul doute qu'elle nourrit de nombreux fantasmes dans le staff.

N'ai-je pas été un peu con de l'avoir gardée à distance tout ce temps ? Si j'avais été malin, j'aurais cherché à la séduire il y a quelque mois, quand elle n'avait pas encore le poste de titulaire et qu'elle ne tenait pas mon sort entre ses mains.

M'envoyer en l'air régulièrement m'aurait fait le plus grand bien. Mais non, une fois de plus, j'ai fait le choix le plus pourri de l'univers. Je ne sais pas pourquoi je pense à ça. Je viens la voir pour qu'elle me soigne, pas pour la conquérir. Il n'y a absolument rien de romantique là-dedans, surtout que je n'ai pas pris le temps de me doucher avant de débarquer. Je suis trop con. Si Mathieu daignait me parler, il se serait méchamment moqué de moi.

Je suis vraiment en manque pour suivre les fantasmes de mon assistant. Il faut que je me trouve une femme avec qui passer du bon temps et vite. Plus rien ne va dans ma tête.

— Salut, les filles, lancé-je en arrivant à leur hauteur.

— Comment tu vas, Gabby ? me demande Nora, un grand sourire aux lèvres.

Maintenant qu'elle fait partie de la bande, elle se montre sous son vrai jour et je dois dire qu'elle me fait souvent mourir de rire. Lise a bien fait de nous la présenter. Mélanie l'a tout de suite adoptée.

— Nickel ! Qu'est-ce que tu fais chez l'ennemi ? la taquiné-je pour dissimuler mon mensonge.

Bossant au pôle communication chez Dark Crown, elle traîne rarement vers les box des concurrents.

Elle hausse les épaules et me répond quelque chose que je n'écoute pas, trop concentré sur le regard inquisiteur du docteur Dillon qui m'examine à la loupe.

— Je t'appellerai pour qu'on se fixe une date, intervient Mai. Je dois m'occuper de celui-là, la remercie-t-elle.

Nora lui fait un clin d'œil et file sans demander son reste.

— Soyez sages ! lance-t-elle avant de disparaître.

Mai éclate de rire.

— Celle-là… Toujours là pour foutre de la gêne où il n'y en a pas.

Elle m'observe une dernière fois avant de me pousser à l'intérieur du cabinet. Mai l'autoritaire est de retour. Pour le coup, je suis prêt à supporter tous ses ordres si elle peut me venir en aide.

Mai Dillon, je suis à ton entière disposition.

MAI

— Alors, commencé-je une fois à l'intérieur, à quel point ça t'a fait mal ?

Voyant son petit sourire, je sais qu'il va me sortir une bulle.

— Sans mentir, Gabriel, imposé-je avant qu'il n'ait ouvert la bouche. Sur une échelle d'un à dix, dix étant le moment où tu vas tomber dans les pommes.

Il réfléchit un instant avant de me donner son auto-évaluation.

— Avec les cachets, je dirais que je suis à… six ?

En convertissant la valeur pilote pour obtenir un chiffre d'une personne lambda, on est donc à huit. Plutôt que de m'alarmer, je lui demande à nouveau de me décrire ses douleurs et à quel moment elles ont été les plus fortes pendant l'effort. Il me parle surtout de ses cervicales, chose que je note précieusement. Ça sera la première partie à soulager.

— Allez, déshabille-toi. Je vais vérifier tes constantes et après on fera quelques soins sur tes points sensibles.

Il s'exécute sans cacher la peine causée par certains mouvements. Il crispe particulièrement la mâchoire au moment de se baisser pour retirer ses jambes de la combinaison.

Pourquoi fallait-il qu'il vienne en combinaison, d'ailleurs ? C'est *le* fantasme auquel il ne faut pas succomber sur le paddock. Autant dire que ce n'est pas mon fort. Avec Simon, j'avais déjà un petit faible pour les retours de course.

Gabriel ne s'est pas rasé aujourd'hui. Ça fait tout drôle, lui qui est toujours si apprêté. Il a clairement la tête ailleurs en ce moment. J'espère que j'arriverai à l'aider un minimum, même s'il s'agit là de la pire idée du siècle.

En tout cas, ça lui donne un air différent, plus viril peut-être. Je n'irais pas jusqu'à dire qu'il fait mauvais garçon, on ne va pas abuser, on parle de Gabby quand même. Dans le genre gendre idéal, il est plutôt pas mal d'après ce que m'ont raconté les filles. Malgré tout, ses dernières frasques en ma compagnie me font un peu remettre en doute ces affirmations. Il peut tout à fait se comporter comme un con quand il est désespéré.

N'empêche qu'il reste un mec à qui on peut facilement accorder sa confiance. Sa belle gueule le fait paraître inoffensif.

Cette pensée me tire un rire que je regrette quand il relève la tête vers moi.

— Vas-y, prends-toi une barre pendant que je me déshabille. Ce n'est pas du tout vexant, ronchonne-t-il.

J'ignore s'il rigole ou pas. Il doit savoir que son corps n'a rien *d'amusant*. Il ne porte plus que son fuseau et son caleçon. Son torse sculpté luit encore d'un peu de transpiration après ses essais libres. Ses cheveux sont en bataille, ses joues légèrement rosies par l'effort. Ses bras s'activent dans un enchevêtrement de muscles et de veines saillantes pour retirer le dernier vêtement. Il n'y a vraiment rien d'amusant à cet instant…

— Toutes mes excuses, ô merveilleux Gabriel au corps d'Apollon. En fait, je pensais à ta sœur.

Je ne sais pas d'où je sors cette excuse, mais ce n'était clairement pas le truc à dire. Cette fois, je crois qu'il est vexé.

— Je ne relèverai pas à quel point c'est tordu, râle-t-il.

Plutôt que de continuer cette conversation inutile au vu de la situation, je reviens sur un terrain professionnel.

— Je suis allée chercher un certain nombre de cachets pour t'aider à surmonter la douleur pendant la course et à la calmer le reste du temps. Je te rappelle que je te traite sans savoir réellement ce que tu as et que –

— Je sais. J'en supporterai seul les risques. Tu n'es responsable de rien.

Je pourrais argumenter pendant des heures sur ma part de responsabilité réelle, mais je pense que ça reviendrait à perdre mon énergie inutilement.

— J'aimerais aussi éviter de te droguer, donc on va y aller petit à petit.

Hippocrate doit être en train de s'arracher les yeux à me voir prendre de tels choix.

— Tu t'es renseignée sur la régulation antidopage ? vérifie-t-il.

Là, c'est moi qui suis vexée.

— Tu me prends pour une débutante ?

Il lève les yeux au ciel avant de secouer la tête.

Je profite du silence qui s'est installé pour vérifier ses constantes. J'écoute son cœur, sa respiration, je prends sa tension et teste ses réflexes. Tout me semble en ordre à ce niveau-là.

— On va s'attaquer à tes douleurs les unes après les autres. Tes fesses et ta jambe ?

Il regarde les parties en question avant de me faire un compte rendu.

— Je dirais que ça me lance.

— Je pourrais t'étirer un peu, voir ce que ça donne., pensé-je à voix haute.

Il hoche la tête.

Je vais chercher une poche de glace dans mon congélateur avant de lui demander de la poser sur ses côtes.

— On parlait bien de mes jambes, hein ? s'assure-t-il, perdu.

Je rigole.

— Ouais, désolée, j'ai simplement eu une idée pour faire d'une pierre deux coups. Mets la glace sur tes côtes pour les soulager et, pendant ce temps, je t'étire.

Il s'exécute tandis que je viens prendre sa jambe gauche dans mes mains. Je pose sa cheville sur mon épaule pour avoir un meilleur accès. Je commence par le masser, avant de repousser sa cuisse vers son torse en douceur.

— Je te rappelle que je ne suis pas non plus kiné.

Ce n'est pas en lançant des évidences que je vais assurer mes arrières, mais ça me soulage de partager ce qui me tracasse dans toute cette situation.

Il se contente de hocher la tête.

— Je ne compte certainement pas mettre mon kiné dans la confidence, réplique-t-il. En plus, lui non plus, je ne vais pas le voir souvent… De toute façon, tu es plus douce que lui.

Bon sang… Ce mec est le sportif le moins attentif à sa santé !

— Tu es au courant qu'il y a une raison à avoir une équipe médicale qui vous suit ?

Il grimace sous la tension de son muscle.

— On a une équipe médicale uniquement parce qu'il y a des tunes en F1. Je faisais très bien sans avant, je ne vois pas pourquoi ça changerait quoi que ce soit maintenant. C'est ridicule d'avoir autant de monde aux petits soins pour moi.

Sa remarque m'attendrit. Mélanie aussi débite souvent ce genre de propos. Ces deux-là ne sont pas nés avec une cuillère en argent dans la bouche. Ils en sont bien plus cohérents dans leur façon d'appréhender leurs avantages actuels. Ils sont humbles. C'est ce que j'adore chez Mélanie. Gabriel est finalement comme sa sœur sur ce point.

Papoter m'aide à ne pas trop me concentrer sur le fait que je suis en train de tâter beaucoup de peau du frère de mon amie. Je trouve qu'on ne parle pas assez des cuisses galbées chez les hommes. Les torses, les fesses, c'est bien. Mais les belles cuisses, je dois dire que ça fait aussi son effet. Celles de Gabriel ne sont pas pour me déplaire. Sa peau est plutôt douce, pâle, recouverte de poils blonds. Surtout, elles sont musclées, mais pas exagérément. Il doit pouvoir monter en voiture, après tout.

J'essaye, par ailleurs, de faire au mieux pour ne pas laisser mon regard glisser vers une autre partie de son corps, parce que là, ça serait commettre une grosse bêtise. Gabriel le prendrait très mal.

— La glace n'est plus très glacée, m'apprend le pilote.

Je repose délicatement sa jambe sur la table avant de récupérer la poche. Je vais la remettre au congélateur et reviens avec des compresses chauffantes.

— Installe-toi sur le ventre.

Il s'exécute en rigolant.

— Je vais commencer à croire que tu apprécies de me donner des ordres.

Je hausse les épaules avec un sourire diabolique.

— C'est même devenu mon passe-temps favori.

L'entendre rire m'aide à me rassurer sur ce que je suis en train de faire. Le soutenir de la sorte va à l'encontre de ma formation et de mon serment. J'ai conscience de tout ce qui est en jeu pour lui, mais je sais aussi que j'ai pris une décision douteuse en le suivant dans sa connerie.

Je ne suis pas certaine de l'aider.

Mais sa détresse est telle que je ne me vois pas l'abandonner à son sort non plus.

Ce n'est pas le moment de tout remettre en question. Je pourrai toujours faire marche arrière si rien ne s'améliore dans une semaine.

Je dépose une compresse chaude sur sa cuisse avant de m'attaquer à ses fesses.

Surpris par mon toucher, il sursaute, me faisant reculer.

— Désolé, se reprend-il. Je ne m'y attendais pas.

Il est embarrassé. Je n'oublie pas sa détermination d'il y a à peine quelques jours à m'éviter, gêné par le fait que je sois son médecin.

— Je n'en ai pas pour longtemps, détends-toi, dis-je d'un ton neutre.

Il ne réplique rien et se contente de patienter. J'enchaîne quelques mouvements que j'ai appris avec mon formateur sans pour autant me considérer comme une professionnelle. Une fois encore, il ferait mieux de s'adresser à un kiné pour ces questions-là. Malgré tout, je m'applique pour le soulager et surtout, rester détachée. Je ne voudrais pas qu'il croie que je profite de la situation. Ce qui, pour le coup, n'est pas le cas.

— La compresse me fait du bien, m'informe-t-il, tendu.

— Je vais en mettre une autre sur tes fesses, expliqué-je avant de m'exécuter.

Il va pouvoir se détendre. Je ne toucherai plus son derrière aujourd'hui et tant mieux, vu le malaise.

— Tu préfères essayer en premier la glace ou le chaud pour ton dos ? demandé-je.

— Continuons avec le chaud, décide-t-il.

Je lui applique une ceinture chauffante avant de venir m'attaquer à son cou. C'est de loin le plus délicat. Je pensais lui étaler une crème qui pourrait calmer la tension en travaillant certains points stratégiques. Seulement, j'ai tellement peur d'aggraver les choses, que j'hésite. Il a horriblement mal, et je n'aime pas ne pas le soulager, mais je ne peux pas risquer de le paralyser.

— Tout va bien ? demande-t-il en relevant la tête.

J'acquiesce tout en m'asseyant sur mon tabouret.

— C'est un bonheur ces trucs chauds. Je te vénère, là, tout de suite.

Son ton rêveur, presque orgasmique, parvient à calmer le stress qui m'a envahie.

— Qu'est-ce qui ne fallait pas faire pour obtenir un sourire de Gabriel Hupert à mon intention, le provoqué-je.

Il dissimule la rougeur sur ses joues en replongeant sa tête dans le siège. Finalement, il se décide à me faire face pour me proposer :

— Et si on repartait à zéro, doc ? Je ne t'ai pas spécialement montré la meilleure facette de ma personnalité.

Je rigole, puis continue de le taquiner :

— On m'a vendu un mec adorable, avenant, drôle, mais moi, je n'ai eu le droit qu'à son double antipathique.

Il se joint à moi pour en rire.

— Si tu n'étais pas comme cul et chemise avec ma sœur, aussi !

Je pourrais lui faire remarquer qu'il n'agit comme ça qu'avec moi et non avec Lise ou Nora. Ça serait cependant puéril. Il a proposé de repartir de zéro et je pense que c'est la meilleure chose à faire. Je ne suis pas spécialement rancunière.

— Je vais essayer de m'occuper de ta nuque, mais je ne te cache pas que c'est la partie qui m'angoisse le plus. Je ne veux pas faire de connerie.

Il m'offre un sourire plutôt rassurant pour quelqu'un qui peut risquer d'être paralysé.

— Fais ce que tu penses être la meilleure solution.

Je lui explique ce que je souhaiterais faire pour qu'il me donne son accord. Quand il accepte, je m'applique à étaler la crème le plus délicatement possible en n'appuyant que là où je suis certaine de ne rien aggraver.

Chaque fois qu'il grimace ou qu'il siffle, je m'arrête pour le laisser me dire si je peux continuer ou non. Il est résistant. Peut-être trop. Je ne veux juste pas le pousser trop loin. Je vais devoir prodiguer ces soins régulièrement et pendant quelque temps pour qu'ils aient un effet. Nous devons y aller petit à petit.

Après presque deux heures de consultation, je décide qu'il est temps qu'il rentre pour se reposer. Je lui fais une liste des médicaments, lui explique quand et comment les prendre. Il m'écoute avec attention et prend même les consignes en photo, au cas où il les perdrait.

— Merci, Mai. Vraiment, insiste-t-il.

Je sens qu'il aimerait faire plus que se tenir là, sur le pas de la porte, à une distance raisonnable de moi.

— Arrête de me remercier, Gab. Contente-toi de me dire comment ça évolue, OK ?

Il me sourit en hochant la tête, toujours planté devant moi.

— Maintenant, file.

Il a raison de se sentir redevable, car il l'est. Ce n'est pas pour autant que j'ai envie que nous subissions ce genre de moment gênant à chaque fois qu'il viendra me voir. Parce qu'il va venir souvent, à présent.

Mon ordre le fait rire.

Il me surprend alors en me serrant brièvement contre lui. C'est terriblement attentionné de la part d'un homme qui ne sait pas comment me montrer qu'il apprécie tout ce que je fais pour lui.

Gabriel est quelqu'un de bien. Pour une fois, il me le prouve directement.

Il s'en va et je referme vivement la porte derrière lui.

Je suis contente d'avoir pu l'aider. Il me semblait marcher avec plus de facilité en partant. Malgré tout, je ne me sens pas bien. La culpabilité me tenaille le ventre. Je le couvre alors que je devrais l'envoyer passer des radios, le balancer à l'écurie, à sa famille. Il doit faire examiner sa nuque.

J'aimerais parvenir à dire non, mais c'est un de mes pires défauts. Je veux constamment aider tout le monde et Gabriel s'est infiltré dans cette faille.

Mon mentor m'avait prévenue, il m'avait conseillé de faire attention à ça. Je l'ai pourtant écouté. Je n'arrive simplement pas à appliquer ce précepte, pas encore.

Je suis jeune pour ce poste. Je succède à peine à mon formateur. Je suppose que j'ai toujours beaucoup à apprendre.

Gabriel est clairement ma plus grosse leçon jusqu'ici.

6

Août – Italie

GABRIEL

Les essais d'aujourd'hui se passent bien mieux que ceux de la veille. Si ma nuque et mon dos me font toujours autant souffrir, les soins de Mai parviennent à calmer ma douleur dans la jambe. Pour le reste, j'arrive à faire abstraction le temps de la session.

Évidemment, je ne manque pas de la tenir au courant. Vu l'énergie qu'elle gaspille à m'aider, je suis content de pouvoir lui dire que ses efforts ne sont pas vains. Même si elle est loin d'être satisfaite, moi, je réussis à retrouver un peu le moral. Reboosté, j'arrive à obtenir des résultats corrects. Si les choses continuent de cette façon, je devrais passer un bon weekend.

Aujourd'hui ont aussi lieu les qualifications pour définir la grille de départ de la course de demain. C'est là que je dois absolument rester concentré pour obtenir la plus haute position possible. Je dois commencer le Grand Prix sous les meilleurs auspices.

Juste avant de démarrer, je reçois un message de Mélanie et de mes parents pour m'encourager. Ils ont créé une conversation de groupe pour ces moments. Ils sont vraiment adorables. Seulement, là, ça me met surtout la pression. Je ne veux pas les décevoir. Ils ont tant donné pour que j'arrive jusqu'ici. Je n'ai pas envie qu'ils me voient tout foirer en *live*.

Un pic de stress monte en moi juste avant d'entrer dans ma monoplace. Ce n'est pas bon. D'une, je dois me détendre pour garder ma concentration. De deux, cette tension additionnelle tire sur mon dos déjà épuisé.

— Je compte sur toi, Hupert, me lance le boss, sans même un regard.

— Connard, marmonné-je, sur les nerfs.

Heureusement, il est bien assez vieux pour ne plus tout entendre. Sans parler du temps qu'il passe sur le paddock. À écouter tous ces moteurs gronder, il a dû perdre quelques cellules auditives.

Je fixe l'horloge. La session commence dans cinq minutes. Je devrais déjà être en voiture, mais rien qu'à la perspective d'y monter, mon dos me prévient qu'il me le fera payer. Il va pourtant bien falloir que j'y aille. Qu'est-ce que je pensais il y a cinq secondes ? Que ça allait mieux ? *Putain…*

Je n'ai jamais eu autant hâte de consulter mon médecin. Je préfèrerais mille fois les massages de Mai à ce supplice. D'autant que je commence à m'y habituer. Ça ne fait que deux jours, mais je l'ai déjà vue trois fois. Ses soins m'apaisent plus qu'ils ne me guérissent. Évidemment, je ne lui ai pas partagé cette information. Déjà qu'elle s'inquiète à mort, si je lui disais que ses idées ne m'aident qu'au minimum, elle risquerait de vriller. Je préfère continuer ainsi. Je suis certain que sur le long terme, elle fera des miracles. Puis, le temps passé avec elle me détend beaucoup plus que celui que je suis censé dédier à mon kiné – que je ne peux pas supporter.

Je monte finalement en voiture. La douleur se rappelle gentiment à moi quand je m'assois à ma place, mais je serre les dents pour la forcer à glisser en arrière-plan. Pour mieux penser à autre chose, je me chante une chanson que j'ai en tête en ce moment. Réfléchir aux paroles m'oblige à me concentrer sur autre chose que mon dos ou ma nuque qui souffre du poids du casque.

Je répète mécaniquement les manipulations de vérifications avant de démarrer la voiture. Je suis les instructions du staff jusqu'au moment où on me demande de sortir des stands. Là, je me laisse guider par des années d'apprentissage, de compétition et de formation. Mon instinct a gravé ces gestes dans ma mémoire, ce qui m'aide énormément quand j'ai un peu de mal comme en ce moment.

Malgré tout, aujourd'hui, je veux me dépasser.

Survivre à la Q1 se fait sans souci. Les écuries en bas du peloton ne parviennent de toute façon pas à suivre la vitesse des autres. La Q2 me demande un peu plus d'efforts. Je dois enregistrer trois tours avant de me positionner en sécurité dans le classement des meilleurs temps.

Tout se joue en réalité en Q3. Plus je me qualifie haut pour demain, plus j'aurai de chances d'y rester tout au long de la course. Je ne me fais pas d'idées, je sais que je ne partirai pas avant les DC, les Keelean ou les Riotti. Ces écuries sont bien trop performantes. En revanche, je peux me placer juste derrière elles. Là est mon objectif.

Le chronomètre est lancé pour cette troisième phase des qualifications. Je suis en pneus *soft* pour aller le plus vite possible. Ma voiture ne contient que le carburant nécessaire pour quatre tours. Je dois rester léger.

Je m'élance alors sur la piste en ignorant les forces imposées à ma nuque qui pourraient me faire hurler. Je n'ai jamais autant ressenti la pression subie dans les accélérations et les virages.

Allez, Gab ! C'est bientôt fini !

— P8, Gabriel. Millet à deux dixièmes de toi.

— Je peux faire mieux, affirmé-je, déterminé.

J'ignore où est Oran dans le classement. Je sais simplement que je veux le battre. Il ne doit pas me prendre cette place.

— Il te reste deux minutes, m'annonce mon ingénieur.

Tant que je commence un tour dans la dernière minute, je peux le terminer même si le temps est écoulé.

C'est donc ce que je fais. Je débute un tour enregistré alors qu'il reste moins d'une minute au compteur. Certains ont déjà leur temps final. Nous ne sommes plus que cinq en piste.

J'accélère encore. Encore. Je repousse mes limites. Je me fais mal, mais je dois prouver ma valeur.

Je sens que j'améliore ma performance. Mon premier secteur est parfait. Le second me demande beaucoup d'énergie, mais il passe aussi. Alors je suis reboosté à bloc pour le troisième et quand je traverse la ligne d'arrivée, l'exclamation de mon ingénieur m'indique que j'ai fait le job.

— P7, Gabriel, P7. Bravo !

Putain... Elle m'aura coûté cher, cette place.

Il faut que j'aille voir Mai et fissa. Cependant, cette fois, je vais faire l'effort de me doucher avant de me pointer. Je ne prends pas le temps de saluer tout le monde ou de traîner pour me taper une discussion avec Leceo. J'offre simplement quelques minutes à des journalistes comme mon contrat me l'impose. Je file ensuite rapidement à mon box où je profite d'une douche express avec l'installation de fortune. Je me change et vais me planquer chez Mai avant que quelqu'un ne puisse me choper.

Avant de toquer à sa porte, je me force tout de même à présenter un masque de bien-être. Si elle voit à quel point j'ai mal, elle va paniquer et c'est ce que je dois éviter. Je ne lui mens pas entièrement, je minimise simplement quelques détails de mon état.

— Déjà ? s'étonne-t-elle quand elle me trouve devant son cabinet.

Finalement, j'aurais peut-être dû attendre un peu. Mon empressement risque de me trahir, malgré mes talents d'acteur.

— Que veux-tu ? Je prends goût à tes massages, lancé-je, avant de réaliser qu'elle pourrait croire que je la drague.

Elle fronce les sourcils. Elle n'est pas dupe, mais au moins, elle ne relève pas. Elle me fait entrer et comme ces petits rendez-vous commencent à devenir une routine, je n'attends pas ses indications avant de me déshabiller et de m'installer sur son siège médical. Elle me rejoint en faisant glisser son tabouret. Elle prend mes constantes pour la centième fois cette semaine, mais je ne fais pas de remarque. Faire son travail minutieusement est important pour elle. Je ne vais certainement pas m'en plaindre.

— Il paraît que tu t'es donné, aujourd'hui, me rapporte-t-elle.

Pourquoi faut-il toujours que ça commère sur le paddock ?

— Tu t'intéresses aux courses, toi ? la taquiné-je.

Elle hausse un sourcil, l'air de dire « T'es con ou quoi ? ».

— Figure-toi que le staff est plus bavard que toi sur les efforts que tu déploies en piste.

Je ne suis vraiment pas aidé. C'est malin de sa part, malgré tout, j'aurais préféré qu'elle me fasse confiance. J'ai conscience que je ne le mérite pas, je suis en ce moment même en train de lui mentir ; mais ça m'aurait arrangé qu'elle n'aille pas chercher les informations ailleurs.

— Je n'ai pas le choix Mai, lui rappelé-je d'un ton grave.

Elle soupire.

— Tu as le choix de te bousiller encore plus le dos. Manifestement, tu as déjà pris ta décision.

Elle sait vous faire sentir comme un abruti fini. Si je ne percevais pas l'inquiétude sur ses traits, je dirais qu'elle veut juste me remettre à ma place. Cependant, son froncement de sourcils montre en réalité qu'elle stresse et qu'elle aimerait arriver à me faire entendre raison.

C'est plutôt mignon de sa part. Il y a malgré tout déjà bien assez de monde qui se préoccupe de moi.

Une fois qu'elle en a fini avec mes constantes, elle s'attaque à ses massages quotidiens. Si au début, j'étais crispé de savoir ses mains sur mon derrière, je commence à bien apprécier ce toucher. Maintenant que la gêne de départ s'est envolée, je parviens à savourer ses gestes sans oublier que ces derniers n'ont rien de personnel. Il ne manquerait plus que j'aie la trique à me faire masser par mon médecin. Ça la foutrait mal.

Si je me laisse avoir par une telle idée, c'est que je dois vraiment m'envoyer en l'air.

— Si je te demandais comment tu te sens, tu me répondrais honnêtement ? cherche-t-elle, peu optimiste.

Je relève la tête pour croiser son regard.

— Ça dépend, tu m'attaches au siège, selon ce que je te dis ? répliqué-je, amusé.

Elle rit. Je considère donc cette approche comme réussie. Elle aussi a bien besoin de se détendre dans cette histoire.

— Ce n'est pas dans mes habitudes d'attacher qui que ce soit, Gabriel. Sauf si le mec est particulièrement convaincant, ajoute-t-elle ironiquement.

Son humour est le miroir de son caractère : dur, mais franchement rafraîchissant.

— J'ai mal, avoué-je. Surtout à la nuque et au dos, ce qui me fait un peu oublier le reste. Mais ma jambe va mieux je trouve.

Elle acquiesce en réfléchissant.

— J'aimerais essayer une crème pour ton dos, m'informe-t-elle.

Je lui donne le feu vert sans attendre. Je suis prêt à tout si ça me permet de rester en piste.

Elle rigole.

— Je suis franchement tentée de te proposer un truc débile pour voir si tu dirais oui tout aussi vite, ajoute-t-elle, moqueuse.

Je n'ai pas le moindre doute qu'elle le ferait.

— C'est de bonne guerre. Tant que ça ne vire pas au glauque.

Je n'aurais jamais cru me trouver dans cette situation un jour. Si les gars savaient, j'en entendrais parler pendant des siècles.

— Tu entends quoi par « glauque » ? s'interroge-t-elle, amusée.

Ses gestes sont plus doux. Je crois que je parviens à la dérider, ou du moins, à lui changer les idées. Je continue donc sur ma lancée.

— Genre, une thérapie à coup de fessées, ou par morsures.

Elle éclate de rire en s'arrêtant de me masser.

— Rigole, rigole. Tu n'as pas idée de ce que certains fans me proposent ! poursuis-je en jetant un œil pardessus mon épaule pour l'observer.

Son chignon passe d'avant en arrière sur sa tête alors qu'elle glousse. Son sourire illumine son visage et j'ai l'impression d'avoir une toute nouvelle femme en face de moi. Celle-ci me plaît dangereusement.

Stop !

Certainement pas, Gabby ! Sors-toi ça de la tête illico.

— Tu as déjà dit oui ? À certains trucs ? m'interroget-elle, amusée.

Je ne pourrais pas être plus ravi de planquer mon visage dans le siège à ce moment-là.

— Oh, raconte ! saute-t-elle sur l'occasion. Je ne répéterai rien à Mel !

Vais-je vraiment lui avouer ces trucs ? Ça la fait tellement rire… Je la préfère un milliard de fois détendue. J'ai réellement envie de devenir ami avec elle et ce n'est pas que par intérêt. Je dois cependant reconnaître que j'ai aussi un intérêt à la voir s'attacher à moi : elle risque moins de me lâcher soudainement.

Voilà que je recommence avec mes idées monstrueuses. Putain, j'ai honte de moi… Mai ne mérite pas que je songe à ce genre de conneries. Surtout que je ne les pense pas vraiment ! Je disjoncte.

— Tu ne dis rien à Mel, à Lise, à Nora ou aux gars, lui fais-je promettre en relevant le visage vers elle.

Ma requête la fait encore plus sourire. Elle répond en mimant une fermeture éclair sur ses lèvres. Ses yeux noisette pétillent d'amusement. Sans plus réfléchir, je me confie sur un sujet que je m'étais juré d'enterrer avec moi.

— J'ai peut-être dit oui à une fille qui m'a demandé…

Je ris nerveusement rien que d'y penser. Je ne sais ce qui m'a pris ce soir-là. Je dois être aussi rouge que mes fesses après le massage de Mai.

— Demandé quoi ? me presse-t-elle, curieuse.

Je soupire et lâche ce secret rapidement pour passer à autre chose.

— Elle était américaine et elle voulait que je lui susurre des mots français pendant l'acte. Je ne savais pas quoi dire alors… j'ai juste énuméré les objets que je voyais. Je n'ai jamais débandé aussi vite, avoué-je finalement en rigolant.

Elle prend le temps de s'imaginer la scène avant de se foutre ouvertement de moi.

— Ouh… m'imite-t-elle, lampe, drap, rideaux, réveil ! Oui !

Au moins, l'anecdote l'aide à oublier toutes les raisons qui pourraient justifier qu'elle arrête de me couvrir. Le reste du rendez-vous se passe dans la bonne humeur, ce qui finalement, parvient à me détendre presque plus que ses soins.

* * *

Si la douleur dans ma jambe semble s'être envolée, les autres sont toujours aussi présentes. Les cachets m'aident grandement, mais pas assez pour supporter deux heures de Grand Prix sereinement.

Je me sens d'attaque pour monter dans la monoplace, mais j'angoisse à l'idée de passer autant de temps à bord alors que mon dos me crée des sueurs froides de temps à autre. Dans un moment de panique, j'envoie un message à Mai que je regrette aussitôt.

Moi : « Je peux prendre deux cachets à la fois ? »

Elle va vite comprendre le but de ma question et va s'inquiéter plus qu'elle ne le fait déjà. Je suis vraiment trop con. Sa réponse ne se fait pas attendre.

Mai : « Ne monte pas dans cette putain de voiture si tu ne le sens pas ! Je ne veux pas de ta mort sur ma conscience, égoïste ! »

Je vais y passer à mon prochain rendez-vous : elle va me pendre par les couilles. L'idée me ferait presque plus stresser que la course.

J'essaye des exercices de respiration, des étirements. Je me mets dans une bulle pour tenter de trouver le calme dont j'ai besoin pour me lancer malgré la douleur.

Surtout, je mets mon téléphone de côté pour ne pas lire les messages de ma famille. Ce n'est pas le moment. Je dois me concentrer sur la compétition et sur moi. Le reste attendra.

L'objectif du jour est de maintenir ma position du début à la fin de la course. Je peux espérer une erreur des pilotes de devant pour gagner une place, mais je ne dois pas me montrer trop gourmand. La plus grande difficulté sera de me défendre contre ceux de derrière.

Plus rapidement que prévu, je me retrouve en piste, prêt à démarrer. Je respire profondément, mais mon ingénieur ne le relève pas.

Les lumières tombent, la course commence. Je prends un bon départ qui me permet de me protéger efficacement de Millet qui fond sur moi.

Je garde une bonne vitesse, accélère dans la ligne droite et prie tous les dieux qui existent pour que la première courbe ne me fasse pas perdre connaissance sous l'intensité des forces imposées à ma nuque.

Ça passe !

Non sans mal, mais ça passe.

Plus que deux heures à endurer cela en restant concentré.

Je peux y arriver. Je dois y arriver.

J'oublie ma famille, l'inquiétude de Mai, les conséquences possibles. Je suis à fond dans ma course. Je veux réussir pour leur faire fermer leur gueule, montrer ma valeur et mériter mon putain de siège !

J'ai la rage et c'est probablement ce qui m'aide à supporter cette course dans son intégralité. Comme l'année dernière à la mort de mon ami Mike, la haine me pousse à dépasser mes limites. J'ai un but en tête que je veux atteindre.

Je défends ma place avec brio, même lorsque je perds en rythme à cause de l'usure de mes pneus. L'arrêt aux stands se fait sans accroc. Alors même que l'avantage est donné à Oran en stratégie et que les Ted Wheeling tentent un *undercut*, je parviens à regagner ma position en deuxième partie de course. Les écuries de tête ne commettent pas d'erreur, mais aujourd'hui, je suis le meilleur du reste de la grille.

Clairement, ça vaut le mini-malaise qui me prend au moment de me garer dans le parc fermé à la fin du Grand Prix. Je suis en P7 et c'est le meilleur résultat que nous pouvions espérer obtenir sur cette date. Je suis fier de moi, peu importe que je perde connaissance l'espace d'une minute ou deux à la fin. Personne ne le saura et c'est le plus important. J'ai fait le taf.

Le supplice dure encore quelques instants après la course. Je dois répondre aux journalistes, prendre un peu de temps pour les fans qui ont fait le déplacement et subir un discours de Leceo sur les performances de l'écurie.

Ce n'est que deux heures plus tard que je peux passer à l'hôtel me doucher, me changer et me reposer. Cependant, mon répit est de courte durée. Un appel de Mai me rappelle à la réalité. Je dois encore aller la voir avant de sombrer pour la nuit et elle n'est manifestement pas d'humeur à m'attendre.

— Tu as intérêt à ramener ta fraise dans la seconde, Hupert ! Ou je viens te chercher par la peau du cul et la douleur de ton dos sera le dernier de tes problèmes ! hurle-t-elle quand je réponds.

Franchement, je ne réfléchis pas une minute de plus avant d'obéir. Je suis trop épuisé pour répliquer et trop soucieux des conséquences potentielles si je n'accepte pas cet ordre.

MAI

— Il se fout de ma gueule, celui-là ! m'emporté-je en parlant toute seule.

Me faire rire pour m'amadouer et détourner mon attention, il croyait vraiment que j'allais me laisser avoir comme ça ? Je suis médecin, pas une abrutie finie ! Comment ose-t-il encore essayer de me manipuler ?

La douleur est lisible sur chaque centimètre de son corps et il s'imagine que je pense que tout va bien ? Évidemment qu'il souffre.

J'ai écouté sa radio tout le long de la compétition. Si sa respiration effrénée ne m'avait pas mis la puce à l'oreille, sa perte de connaissance en fin de course aurait fait le travail. Comment ses responsables ont pu ne pas se rendre compte de ça ? Il y avait même la caméra pour montrer sa tête tombant en avant alors qu'il ne répondait plus à personne. Ils croyaient quoi, tous ? Qu'il avait du mal à réaliser son incroyable performance ? Qu'il en était sans voix ?

Je vais l'étriper.

Surtout, je vais arrêter ces conneries et l'envoyer à l'hôpital.

Déjà qu'il souffrait après quelques tours de piste… Une course entière a dû l'achever. Je ne comprends pas qu'il ne soit pas venu me voir directement après. Ça fait partie de notre accord et s'il ne respecte pas cette demande, ça ne peut pas fonctionner.

Quand il arrive, je prends énormément sur moi pour ne pas me laisser aller à la colère. Mon cerveau me dit de rester calme pour lui parler, mon cœur, lui, m'invite à le gifler. Heureusement que mes études m'ont appris à ne pas agir sur un coup de tête.

— Hey, Mai, tente-t-il avec son petit sourire.

— Tu t'assois et tu la fermes, réponds-je, furieuse.

Il grimace, mais obéit. Je n'en ai pas fini avec lui.

— Tu es donc complètement stupide, c'est bon à savoir, énoncé-je en guise d'entrée en matière. Non seulement, tu ne me dis pas vraiment comment tu vas, comme tu l'avais promis… mais en plus, tu esquives la consultation après la course, là encore, après avoir promis de venir. Tu me prends pour une putain de conne et tu crois arriver à me convaincre du contraire avec ton petit sourire ? Le coup de « Gabriel, le plus charmant des français », ça ne fonctionnera pas avec moi. Alors arrête les mensonges et assume tes conneries. Va à l'hôpital ! Merde !

Ma tempe bat de plus en plus fort à mesure que je lui crie dessus. Soit il ne réalise pas ce qu'il fait, soit il s'en moque. Dans tous les cas, je n'aime pas le voir se faire du mal. Je ne veux pas l'aider à continuer dans cette voie. Je suis pétée de trouille pour lui, alors qu'il prend toute cette histoire par-dessus la jambe.

Il se tourne sur le siège pour attraper mes mains. J'essaye de me défaire de ce geste, mais il me tient aussi fermement que délicatement.

— Mai, calme-toi, tente-t-il gentiment.

Je viens de lui cracher tout mon venin à la tête et lui, il reste parfaitement posé.

Sa force de caractère m'épate, je peux au moins reconnaître ça. Mais j'ai pris ma décision.

— J'arrête, Gabriel. Je ne peux pas continuer. C'est n'importe quoi, surtout si je ne peux pas te faire confiance sur…

— Mai, me coupe-t-il fermement. Je ne te mens pas et je ne joue pas à un jeu malsain avec toi pour te manipuler. Je n'ai pas oublié de venir ce soir, j'ai juste pris un peu temps après la course qui a été dure, c'est vrai. C'était éprouvant et…

— Tu es tombé dans les pommes, Gabriel !

Il grimace.

— C'était la fin du Grand Prix, j'étais garé. C'était simplement le contrecoup et la baisse d'adrénaline. Ça arrive, même en temps normal.

Je me laisse tomber sur le tabouret à côté de lui. Je retire à nouveau mes mains des siennes et cette fois, il me laisse faire.

— J'ai été performant. Rien que ça, ça prouve que tes soins m'aident ! Que ça va mieux !

Il se ment à lui-même, ce n'est pas possible…

— Ne m'abandonne pas ! On avait dit qu'on essayerait assez longtemps pour que ça ait de réels effets. On ne peut pas arrêter maintenant ! J'ai besoin de toi, Mai.

— Non, tu as besoin d'aller à l'hôpital.

Il soupire face à mon entêtement.

— J'irai. Mais pas tout de suite.

Plutôt que de continuer cette conversation, clairement vouée à foncer dans une impasse, je me mets au travail pour me sentir un minimum utile. Je reprends mes gestes habituels. Ça m'aide à me calmer et surtout, à vérifier qu'il va réellement bien.

Gabriel a au moins la décence de ne pas plaider sa cause pendant que je l'ausculte. Il se contente de m'observer avec attention. Je l'ignore du mieux possible et ne lui décroche pas un mot.

Quand j'en ai terminé avec ses constantes, je tâte sa nuque et son dos. Je le sens raide, encore sous l'effet des forces qu'il a encaissées. Aujourd'hui, je ne le masse pas. Je me contente de lui appliquer de la crème et de la chaleur sur les parties à détendre. Je ne veux pas plus fatiguer ses muscles qu'ils ne le sont déjà en les stimulant.

Je le laisse sur le siège avec les compresses chauffantes et vais m'installer à mon bureau pour instaurer une distance nécessaire entre nous. C'est ça ou je le tape à coup de stéthoscope.

Il respecte mon choix un long moment. Il se contente d'attendre que les compresses refroidissent. Puis, finalement, il change d'avis et se lève pour s'asseoir à côté de moi, sur mon bureau. Il soupire avant de prendre délicatement mon visage dans sa main. Il attire mon attention vers son regard.

— Mai, je t'en supplie…

Je n'ai jamais lu un tel désespoir dans les yeux de quelqu'un.

— J'aimerais avoir un millier de raisons pour te convaincre, mais la seule qui compte vraiment, c'est que j'ai besoin de ça, que tu es la seule à pouvoir m'aider, la seule en qui j'ai confiance.

— Tu ne m'apprécies même pas, Gabriel. Comment tu peux dire que tu as confiance en moi ?

Il secoue la tête.

— Tu te trompes. J'apprécie énormément la femme que j'ai appris à connaître ces derniers jours. Elle a beaucoup d'humour, me flatte-t-il.

— Tu m'en demandes trop, expliqué-je en maudissant les larmes qui montent.

Je tiens à cet abruti. Je le considère bizarrement comme un ami, je me sens responsable de lui. Je n'aime pas cette situation.

— On peut ajouter une nouvelle clause à notre accord, propose-t-il d'une voix posée.

Il a une maîtrise de lui que j'admire. Ce mec à plus de couilles que tous ceux que j'ai croisés jusqu'ici.

— Je t'écoute, concédé-je.

Il me sourit, content que j'accepte de l'entendre.

— On continue comme ça, mais moi, je vais cette fois m'assurer que la pression n'est pas trop forte pour toi. Je te détends pour contrer l'inquiétude que je te crée.

Sa proposition a le mérite de me faire sourire. C'est attentionné. Certainement pas miraculeux et ça n'arrangera en rien sa santé. Malgré tout, c'est vrai que j'ai accepté de lui laisser un peu de temps pour vérifier si les soins ont un réel effet. Ça ne peut pas se régler d'un coup de baguette magique en quelques séances. Le stress est cependant un gros problème de mon côté. Je ne peux pas continuer comme ça.

Je n'arrive pas à croire ce que je m'apprête à dire…

— Je suis d'accord pour essayer comme ça. Mais tu as intérêt à faire du bon travail pour me détendre, Gabriel, parce que tu es à deux doigts de me créer un ulcère.

Il est surpris, mais parvient à maîtriser sa réaction. Il se contente de me sourire en me tendant la main pour sceller notre nouvel accord. Finalement, il change d'avis pour m'inviter à me lever et rejoindre ses bras ouverts à mon intention.

— Merci, me chuchote-t-il à l'oreille.

Je soupire, consciente qu'il m'a une fois de plus convaincue de marcher dans une combine idiote. Ce con contrôle son charme à la perfection. Pas étonnant que sa sœur fasse tout ce qu'il lui demande. Je comprends mieux : il a un don pour vous convaincre. Je n'ose pas imaginer ce que ça donne quand il se décide à draguer quelqu'un. Dieu merci, il ne me voit pas de cette façon ! Sinon, je serais foutue.

7

Août – Portugal

GABRIEL

Cette semaine au Portugal est probablement celle que je redoutais le plus. J'ignorais ce que ça me ferait de retrouver ce circuit après ce qui s'est passé l'année dernière.

Les images me reviennent en tête chaque fois que je vois le tracé. L'accident, le feu, la fumée… Puis la sentence qui tombe : ce Grand Prix a finalement été fatal à Mike.

Comme tout le monde, je suis allé lui rendre hommage en déposant une gerbe de fleurs sur la partie du circuit où il est décédé. C'est une vieille tradition pour honorer les pilotes tués en course. J'aurais préféré ne jamais avoir à le faire pour un des mecs de notre bande.

Autant dire que je n'ai pas la tête entièrement sur les épaules cette semaine, mais je fais de mon mieux pour tout surmonter, aller de l'avant et faire ce que l'on attend de moi.

J'ai déjà la chance de ne pas être seul pour traverser cette épreuve. Owen, Loris et Lise partagent ma peine.

Nous nous soutenons les uns les autres. Je suis triste que Mélanie ait été retenue pour cette date. J'aurais bien aimé l'avoir à mes côtés. Malheureusement, elle ne décide pas de ses rendez-vous.

Mai aussi a pris le temps de s'occuper de ma santé mentale. Elle était là, l'année dernière. Elle a tenté de me soutenir à ce moment-là, mais je l'ai repoussée. Cette fois, je suis content de pouvoir lui en parler. Elle m'est d'une aide précieuse quand mes amis ne peuvent pas être présents. Nous avons tous une course à préparer.

Malgré tout, Owen, Loris, Lise et moi avons décidé de prendre le temps de déjeuner ensemble pour nous retrouver. Mathieu n'a pas répondu à l'appel, *étonnamment*. Je dirais bien que je comprends, que cette semaine est encore plus dure pour lui que nous autres. Mike était comme son petit frère. Cependant, c'est pareil depuis le début de la saison. Je ne peux donc plus lui trouver la moindre excuse pour mettre ses proches de côté.

Voir Owen et Lise, installés à une table de leur hôtel, plus amoureux que jamais, me redonne le sourire. J'oublie facilement les affronts de Mathieu quand j'observe mon meilleur ami dans cet état. Il est enfin entièrement heureux et je suis content pour eux.

— Pitié, attendez d'être dans votre chambre pour nous faire un gosse, les provoqué-je en arrivant.

Je me laisse tomber plus que je ne m'assois sur ma chaise. Si ma jambe ne me fait plus souffrir et que les douleurs dans mes fesses se font moins sentir, mon dos, lui, me hurle d'aller me coucher à jamais. Je retiens difficilement une grimace qu'Owen capte dans la seconde.

— Tout va bien ? m'interroge-t-il, déjà inquiet.

Plus il traîne avec sa femme, plus il se comporte comme mon père. Il est clairement mûr pour enfanter, celui-là.

— Laisse-le boire un verre avant de lui tomber dessus, lui reproche Lise.

Et comme l'ordre vient d'elle, il obéit. Je lui fais un clin d'œil pour la remercier. Lisie est ma deuxième sœur et elle prend toujours soin de veiller sur moi quand Mel n'est pas dans les parages. Je suis bien trop chouchouté pour que ça reste sain.

Loris finit par arriver à son tour et nous commandons une bouteille de vin en attendant de choisir nos plats.

— Comment vous allez ? se préoccupe Doppia, les sourcils froncés.

C'est une question rhétorique, j'imagine. Nous sommes tous dans le même état.

— Je ne passe pas ma meilleure semaine, répond Owen.

Et moi donc ! Entre Mike et mon accident, je suis bon à enterrer. Heureusement que Mai prend soin de moi. Elle fait des miracles. Elle me soulage énormément, même si la douleur reste fulgurante. J'ai tenté de m'en tenir à ma parole et de la détendre au maximum, mais avec le souvenir de Mike au milieu, je ne sais plus où donner de la tête.

— Gab ? m'appelle Lise, un sourire amusé au visage.

— Leceo continue de te faire chier ? m'interroge Loris, remarquant mon inattention.

Mieux vaut qu'ils mettent mon drôle de comportement sur le compte de mon boss. Moins ils en savent, moins je m'en prends dans la figure. Je préfère donc rester vague.

— Ouais…

Le serveur vient noter nos commandes, ce qui m'évite d'affronter le regard dubitatif de mon meilleur ami. Dès qu'il repart, je lance Lise sur son travail. Je lui pose toutes sortes de questions qui me permettent de ne pas rester au centre de l'attention.

Le sujet dérive ensuite naturellement sur la personne manquante à cette petite réunion. Je ne suis pas le seul à être vexé. En revanche, si moi j'ai d'autres chats à fouetter avec mes affaires, ce n'est pas le cas d'Abbott. Il est remonté comme une pendule contre Matt. Lise tente de le calmer en lui pressant la jambe, mais rien n'y fait. Il se sent trahi alors que ça fait des années que nous nous serrons les coudes. Pour ma part, je suis aussi très énervé contre lui. Il ne se tient pas du tout au courant de ce qui se passe pour moi, il ne sait même pas que je vais probablement me faire virer. J'aurais aimé avoir son soutien. Moi, je ne l'ai jamais laissé tomber.

Les plats arrivent, nous offrant une distraction bienvenue. Nous nous sommes retrouvés pour nous remonter le moral les uns les autres, pas pour déprimer en groupe.

— Tu as si soif que ça, Gabby ? me demande Owen quand je termine mon troisième verre.

Si ça peut m'aider à rester assis sur cette putain de chaise… Mon dos me tue, j'ai envie de m'étirer, mais ça attirerait beaucoup trop de regards. Je ne sais même pas quoi répondre. Mon silence pousse Owen à me questionner une nouvelle fois. Il ne me lâchera pas tant que je ne lui aurais pas donné une raison valable à mon attitude peu habituelle.

— Il y a un problème ? insiste-t-il.

L'inquiétude dans sa voix pourrait me convaincre de tout balancer. Sauf que ça ajouterait trois personnes à la campagne « Emmener Gabriel à l'hôpital ». Mai se débrouille très bien toute seule sur ce point.

Je lui sers donc une seconde explication pour justifier mon agitation et tenter de le rassurer. Ce n'est pas tout à fait faux, simplement pas vrai non plus.

— Ça va. J'y vais juste un peu fort en ce moment. Je suis fatigué, c'est tout.

Cette fois, c'est Lise qui ne me croit pas.

— Tu as mauvaise mine, Gabby. Tu es calme aussi…

Je ressemble même à un fantôme selon mon médecin préféré.

— Je ne passe pas ma meilleure saison, me contenté-je de répliquer.

Étant donné qu'il s'agit d'un sujet sensible, ils ne cherchent pas plus à creuser. Une fois encore, nous sommes là pour nous détendre et non parler de choses qui fâchent.

Même si je commence à m'habituer à cette douleur et aux contraintes qui en découlent, j'irais mieux si elles n'étaient pas omniprésentes. J'ai bizarrement hâte de m'entraîner pour avoir une raison de retrouver Mai. Dès que je passe chez elle, je me sens soulagé pour toute une nuit. Autant dire que je ne crache pas dessus.

— On se voit après la course ? propose Doppia.

Owen et Lise se consultent mutuellement d'un regard. J'accepte sans hésiter.

— Je suis définitivement partant.

Loris et moi tournons notre attention vers nos amis.

— Ça ne nous fera pas de mal, approuve Owen au nom de son couple.

Nous hochons tous la tête comme pour signer un accord.

— Essayez d'inviter Mathieu si vous le croisez sur le paddock, demande Lise, triste. On ne sait jamais…

— Il ne viendra pas, rappelle Owen, dur.

J'acquiesce, d'accord avec lui.

— C'est une semaine spéciale. S'il te plaît, retente Lise d'un ton doux, mais implacable.

— On le fera.

Je lui fais cette promesse, malgré tout conscient que Mathieu ne vit pas non plus sa meilleure vie en ce moment. Satisfaite, Lise lâche l'affaire avec un Owen qui boude à ses côtés. Je suis incapable de ne pas me foutre de sa gueule, ce qui a le mérite de le faire rire.

Nous terminons le repas en parlant de tout et de rien, mais surtout de voitures. Nous comparons les écuries, les résultats. Ça se finit en débat pour déterminer qui est le meilleur pilote de tous les temps. Quand Owen a le culot de s'arroger ce titre, nous décidons qu'il est temps de nous en aller. De toute façon, nous avons tous des rendez-vous cet après-midi qui requièrent notre présence.

Loris annonce qu'il nous offre le repas. Lise s'en va aux toilettes. Je me retrouve seul avec Owen à attendre que les deux autres reviennent.

— Prêt pour ce weekend ? m'interroge-t-il.

— Joker.

Nous rions nerveusement.

— Si je peux faire quoi que ce soit, vieux…

— Je sais, le coupé-je.

Le regard que nous échangeons en dit long. Il comprend mieux que personne que je suis dans une merde noire pour l'année prochaine. S'il apprenait pour l'accident, je serais mort et enterré.

— Je te préviens, je vais sans doute passer mes nerfs sur Matt si on le croise, expliqué-je.

Owen sourit diaboliquement.

— Je te couvre auprès de Lisie.

Nous nous tapons dans la main, complices.

Je réalise alors que si je perdais Owen comme Mathieu a perdu Mike, je serais probablement dans un sale état moi aussi.

— On est durs, reconnais-je finalement.

Owen acquiesce, ayant sûrement partagé cette pensée.

— Faut qu'il se réveille, argumente-t-il. On ne va pas le laisser sombrer sans rien faire.

— On a déjà essayé beaucoup de choses.

Owen soupire.

— Autant tenter de lui hurler dessus. Ça, on n'a pas encore essayé.

La dernière fois qu'Owen a eu besoin de relâcher la pression sur quelqu'un, c'était quand Magnus Nilson trichait pour lui faire perdre le championnat. Quelque chose cloche. Je l'interroge donc à mon tour.

— Tout va bien ?

Cette fois, c'est lui qui botte en touche. Je lui laisse un moment pour décider de se confier malgré tout. Il finit par le faire quand il aperçoit Lise sortir des toilettes, le téléphone à l'oreille. Il soupire.

— C'est juste que… je pensais la voir plus que ça. En plus, chaque weekend où elle vient sur le paddock, elle essaye d'aider Matt qui l'envoie chier. Ça l'attriste et, bref… J'aimerais qu'on passe le peu de temps qu'on a ensemble autrement.

Je hoche la tête sans pouvoir réellement comprendre ce qu'il ressent. Je n'ai jamais aimé une femme comme il aime Lise. Je sais juste que si Owen me dit ça, c'est qu'il est à deux doigts de tout envoyer valser pour la retrouver pleinement.

— Elle est enfin épanouie, argumenté-je. Après tout ce qu'elle a enduré, elle méritait de trouver le job de ses rêves. Ça va se calmer. Pour l'instant, elle doit remettre toutes les écuries dans le droit chemin, mais après, elle aura moins de boulot.

— Je sais, soupire-t-il.

— La soirée vous fera du bien, affirmé-je en le tapant affectueusement dans le dos. Tu vas danser avec elle, la faire rigoler, vous allez vous envoyer en l'air. Franchement, mec, pense aux copains qui n'ont pas autant de chance…

Cette fois, il éclate de rire.

— Vous partagez ? demande Lise en nous rejoignant.

Loris débarque à son tour.

— J'expliquais à Owen comment combler sa femme, réponds-je en ricanant.

Lise écarquille les yeux avec une expression de pur malaise, rendant Owen encore plus hilare.

— Je crois que je préférais quand tu étais anormalement silencieux, finalement, me taquine-t-elle.

Retrouver mes potes était définitivement ce dont j'avais besoin aujourd'hui. La douleur se fait moins pressante quand je passe un bon moment, que j'oublie le reste. La course aura bientôt lieu et c'est grâce à ces instants que je me sens un peu plus prêt à en découdre.

Après mon entraînement, je vais filer voir Mai et profiter de cet autre rendez-vous agréable. Elle aussi sait me faire rire. Maintenant que je me suis donné pour mission de la détendre, nous sommes de plus en plus à l'aise l'un avec l'autre.

Je vais ensuite trouver Mathieu et tenter pour la énième fois de le secouer. Il reste mon ami et malgré le ressentiment que je commence à éprouver contre lui, il fait partie de ma famille.

Je vais faire de mon mieux en course pour honorer Mike, puis j'irai profiter de la soirée avec mes potes.

Mon corps me le fera sûrement payer, je serai crevé, mais au moins, ma santé mentale ira mieux.

MAI

Gabriel : « Je te préviens, je ne suis pas au meilleur de ma forme ! (Course + soirée + entraînement) »

Je rigole à son message quand il toque à ma porte.

— Entre !

Effectivement, il n'a pas une super mine aujourd'hui. Non pas que son teint de fantôme lui soit très seyant d'habitude. Mais là, il a en plus la tronche du gars qui s'est entraîné par-dessus une gueule de bois.

— Je croyais que les sportifs évitaient les soirées trop arrosées, le provoqué-je.

Il rigole tout en se déshabillant. Il le fait maintenant avec un tel naturel que ça manque de me faire grimacer. Être médecin a quelques désavantages, notamment celui-là. Gabriel, pilote plutôt craquant, se dénude devant moi comme si je n'avais pas le moindre penchant pour les hommes.

— Crois-moi, il y avait de quoi se cuiter ! Franchement, je n'en reviens pas ! s'exclame-t-il.

Je l'invite à s'asseoir sur le siège et à se taire le temps que j'écoute son cœur, puis ses poumons. Je termine par sa tension.

— Qu'est-ce qui a bien pu te mettre dans un état pareil ? me moqué-je, une fois ma tâche achevée.

J'ignore de quoi il parle. Vu que Mélanie n'est pas là cette semaine, je n'ai pas été conviée à cette soirée. C'est elle qui s'assure toujours de m'inviter. Cependant, ça ne me dérange pas de ne pas avoir assisté à cette réunion : sans Mel, j'ai souvent l'impression d'être une squatteuse, ce qui me met mal à l'aise.

Gabriel lève les yeux au ciel.

— C'est ça, tourne-moi en dérision. Sauf que je le vis super mal, tu vois ?

C'est plus fort que moi, il me fait rire. Il prend la question tellement à cœur que c'en est mignon.

Je l'invite à s'allonger pour déposer de la glace sur ses côtes encore un peu sensibles. J'attrape ensuite sa jambe dans ma main pour vérifier qu'elle va réellement mieux. Je l'étire et teste ses limites avec précaution.

— Vas-y, raconte.

Papoter pendant nos séances s'avère très déstressant pour moi. Il a manifestement trouvé ce qui marchait le mieux. Pour l'instant, je dois dire que ça m'aide à mettre de côté tout ce qui ne va pas dans cette situation. Je m'en tiens à notre accord, Gabriel s'applique à me rassurer, ça fonctionne.

Même si la semaine dernière a été compliquée pour lui, il est resté impliqué dans sa part du marché. Je ne lui en aurais pas voulu de se concentrer sur lui, mais ce n'est pas ce qu'il a fait. Ça n'a pas l'air de l'avoir dérangé plus que ça, d'ailleurs. Je crois qu'il aime aider les autres. Peut-être que ça lui donne aussi une excuse pour ne pas s'occuper de lui-même, je ne sais pas.

— Déjà, Mathieu a dit qu'il allait se pointer à la soirée. Sa venue était un évènement en soi, commence-t-il.

Mathieu Lecomte, pilote chez Keelean, ami de Gabriel depuis leur plus jeune âge. Difficile de dresser son portrait sans mentionner ses frasques, ses couvertures de magazines et son goût prononcé pour les femmes. Il est d'un canon, ce mec ! Pas étonnant qu'il en profite. Malgré tout, il en a un peu trop profité. Sa bite a quand même fait la première page d'un torchon *people*…

— Mathieu est venu ? m'intéressé-je.

Il secoue la tête, incrédule à l'idée de prononcer ce qu'il s'apprête à dire.

— Ce merdeux est venu… avec une femme ! lâche-t-il alors.

Ne m'attendant pas à ça, j'éclate de rire.

— Ça a quoi de surprenant ? On parle de Lecomte…

Ayant terminé mon soin sur sa jambe, je le fais passer sur le ventre pour lui masser le dos et les fesses. Il se laisse faire sans dire mot. Même quand je pose les mains sur son dos si douloureux, il ne râle pas. Cette histoire le préoccupe réellement. C'est fascinant !

— Non, tu ne comprends pas, reprend-il. Il est amoureux, Mai ! Mathieu Lecomte est amoureux !

Son air ahuri me fait de nouveau rire. Je tente de saisir la situation.

— C'est cool pour lui, non ?

Il soupire et laisse tomber sa tête contre le siège.

— Évidemment que c'est génial pour lui, reconnaît-il, adouci.

— Il est où le problème alors ?

Il grimace quand j'appuie un peu plus fort sur sa hanche. Malgré tout, il reste concentré sur ce qu'il me raconte.

— Mathieu – le plus grand coureur que je connaisse, qui se serait tranché les veines à l'idée d'être en couple – est amoureux. Elle est géniale cette fille, en plus. Et elle l'aime aussi, ça crève les yeux.

Il lui a piqué la fille qu'il voulait ou quoi ?

— Si on omet le fait qu'elle soit sa patronne, ils sont faits pour être ensemble, poursuit-il.

— Sa patronne ? soulevé-je, amusée et désespérée pour le cas de ce mec.

Il rigole.

— Ouais, longue histoire…

Je souhaite bien du courage à cette jeune femme. Gérer un gars comme Lecomte ? Il en faut du cran !

Je lâche un peu son dos pour descendre sur ses fesses. La tension commence aussi à s'estomper à ce niveau. Mieux vaut cependant aller jusqu'au bout pour éviter qu'elle ne revienne au moindre choc. Attentive à ses réactions, je scrute son visage en quête d'un signe de souffrance quand je pose mes mains sur lui.

Il ne réagit pas du tout comme je l'aurais pensé. Pas de signe de douleur ou de contrariété. Il se contente de sourire avant de dissimuler son visage dans ses bras, clairement mal à l'aise.

Il se racle la gorge avant de poursuivre.

— Ce que je veux dire, c'est que le mec le plus désespérant sur Terre a trouvé une femme avec qui il est prêt à construire un truc, alors que moi… Putain, je suis le dernier célibataire de la bande ! réalise-t-il.

C'est *ça* qui le préoccupe ? Je me mets à glousser bien malgré moi. Je n'avais pas dans l'idée de me moquer. C'est que ça lui tient tellement à cœur, alors qu'il ne faut pas chercher bien loin la raison de son célibat.

— Désolée.

Il me lance un regard mauvais qui m'amuse encore plus.

— Je ne savais pas que tu cherchais quelqu'un, relevé-je.

Il hausse les épaules.

— L'idée, ce n'est pas de tomber par hasard sur cette personne ? s'explique-t-il.

— Tu ne t'adresses pas à quelqu'un de très romantique…

Ma remarque le fait rire.

— Je ne serais pas contre un peu de compagnie, avoue-t-il finalement d'un ton triste.

Nous sommes deux, alors. Je ne risque cependant pas de le lui confesser. Il pourrait croire que je lui lance une invitation. Si l'idée de coucher avec lui est tout sauf rebutante, je n'en suis pas à proposer des plans cul au petit frère de ma meilleure copine.

— En toute amitié, Gabriel, commencé-je, il n'y aurait jamais assez de place pour une femme dans ta relation avec ta voiture.

Il se cache de nouveau dans ses bras, sans répondre. Je poursuis donc sur ma lancée. Il faut bien que quelqu'un lui dise...

— Sans parler du fait que la seule personne pour laquelle tu te dépoiles, c'est moi...

Je l'entends ricaner.

— Ce massage, dis-je en lui pinçant doucement la fesse, est la chose la plus sexuelle dans ta vie. Ne t'étonne pas d'être seul.

Quand il relève la tête, il est rouge de honte, mais aussi très amusé.

— Merci, Mai. Je me sens beaucoup mieux, ironise-t-il.

J'en termine avec son derrière pour me concentrer sur sa nuque. Il m'a informé que les massages l'aidaient à dormir donc j'en finis par là pour ce soir.

— Tu es célibataire, non ? m'interroge-t-il soudainement.

Surprise, je lâche quelque chose entre le rire et l'étouffement.

— Oui. Pourquoi ?

D'où sort-elle, cette question ? Compte-t-il me proposer quelque chose ? Et s'il le fait, je réponds quoi au juste ? J'accepte ?

— Tu n'as pas envie de trouver quelqu'un, toi ? poursuit-il.

Pas de proposition.

À quel moment avons-nous commencé les discussions cœur à cœur ? Je ne sais plus où me mettre.

Je hausse les épaules avant de réaliscr qu'il ne peut pas me voir avec sa tête enfoncée dans le fauteuil.

— Si. Mais j'ai conscience que ça ne va pas tomber du ciel. Je bosse beaucoup et mes options sont limitées sur le paddock, donc c'est réglé, expliqué-je.

Un silence un peu gêné s'installe. Je ne fais rien pour le briser. Je ne saurais pas quoi dire de plus.

L'espace d'un instant, je me demande si Gabriel s'est endormi. Les minutes passent et je ne le sais conscient que par les petits grognements de douleur qu'il émet ici et là.

Je regarde partout sauf vers son corps allongé devant moi. Déjà que cette discussion m'a mise mal à l'aise, si je commence à le mater…

J'essaye de visualiser Mel pour dompter mes pensées. Je songe ensuite à ma relation infructueuse avec un autre pilote. Si ça n'a pas fonctionné avec Simon, ça ne risquerait pas de marcher avec Gab. Et puis, pourquoi je pense soudainement à une relation avec Gabriel ? Absolument rien n'a été dit dans ce sens. Il s'est juste plaint de son célibat. Il ne m'a pas filé rencard à ce que je sache.

Reprends-toi, Mai !

Je finis par penser à autre chose. Je songe à la liste de rendez-vous qui m'attendent demain, que la semaine devrait être plus cool sans course ce weekend. Je réfléchis à ce que je vais manger en rentrant.

— Peut-être que c'est toi que je devrais draguer, lâche-t-il alors sans prévenir.

Mes mains se crispent sur son cou. Je ne sais pas quoi dire ou faire. Je me contente de rester droite comme un I, comme si ce moment allait soudainement prendre une tournure très différente.

Qu'est-ce qu'il vient de dire, là ?

Probablement parce qu'il me sent immobile, il relève le visage vers moi.

Gabriel me regarde, mi-amusé, mi-sérieux, mais surtout tout rouge. Qu'est-ce qu'il me fait, là ? Il a pris un coup sur la tête, hier ?

Je n'arrive plus du tout à penser à mon steak. C'est un tout autre morceau de viande qui envahit mon esprit.

Je m'apprête à répliquer quelque chose quand la sonnerie de mon téléphone me sauve. Je le sors de ma poche, ravie de la distraction qu'il m'offre.

Gabriel voit en même temps que moi le nom de la personne qui m'appelle. Voilà qui rafraîchit drastiquement l'ambiance !

— Vas-y, réponds, m'encourage-t-il. On avait fini de toute façon, non ?

Je ne sais toujours pas quoi dire, alors je hoche bêtement la tête avant de décrocher.

— Mélanie Hupert, qu'est-ce que tu n'as pas compris dans « ne m'appelle pas avant dix-neuf heures » ? m'agacé-je, plus pour me soulager de cette tension que pour réprimander mon amie.

Gabriel ricane en se rhabillant.

Je lui intime de se taire d'un geste. Il ferait mieux de se faire discret s'il ne veut pas que sa sœur apprenne pour son accident.

— Tu es avec quelqu'un ? demande Mel.

Je me frotte le visage, plus mal à l'aise que jamais.

Me mettre dans cette situation… Je vais tuer Gabriel. Pourquoi fallait-il que Mélanie m'appelle maintenant ? Je lui dis quoi moi, « Oui, c'est Gabriel, je l'aide à couvrir un accident de voiture qui pourrait bien avoir des conséquences désastreuses sur sa santé… » ? Elle serait ravie, j'en suis sûre.

Merde… Il n'y a rien de pire que la culpabilité.

— Non. Qu'est-ce qu'il y a ? changé-je de sujet.

Je pourrais arracher le sourire arrogant de Gabriel.

— Je viens d'atterrir à Lisbonne, m'explique-t-elle. Ne dis rien à Gab, je l'appellerai demain.

Cette phrase ne lui ayant pas échappé, il s'offusque. Je pourrais éclater de rire, mais parviens à me retenir par miracle.

— J'ai besoin d'une cuite avec mes copines. J'ai rencontré un connard qui s'est contenté de me sauter avant de se barrer pendant la nuit, raconte-t-elle, frustrée.

Cette fois, je crois que Gabriel en a trop entendu. Il mime des vomissements avant de me lancer un signe de la main et de s'en aller.

Je suis incapable de me retenir de pouffer. Ça lui apprendra à écouter mes conversations. Au moins, ça aura coupé court au moment inattendu interrompu par Mel.

— Ravie que mes mésaventures t'amusent, râle mon amie.

— Non ! Bien sûr que non, désolée ! Je suis partante pour ce soir. Envoie-moi où et quand.

Sortir ne pourra pas me faire de mal. Si au passage je peux me trouver un mec capable de me faire oublier un certain Français, ça sera ça de pris.

8

Août – Russie

GABRIEL

La course ne s'est pas trop mal déroulée, cette semaine. Je n'irais pas jusqu'à dire que c'était un franc succès, mais c'était déjà pas mal. Je suis parti P12 après des qualifications riches en évènements. Entre un drapeau rouge pour une collision entre les deux Giants et mes temps supprimés deux fois pour dépassement des limites de la piste, je ne m'en suis pas trop mal sorti.

Le tracé ne nous a pas non plus fait de cadeaux. J'ai longtemps slalomé entre les débris d'un accident en début de course, puis il a fallu que je regagne les secondes perdues lors d'un arrêt terriblement long aux stands.

J'ai terminé le Grand Prix en P9, dans les points, et personnellement, je suis satisfait.

Évidemment, mon boss, lui, aurait préféré que je finisse P6. Ronan Leceo a toujours été exigeant. C'est ce qui fait qu'il dirige bien Neptune. Il veut sans cesse s'améliorer, faire mieux et il n'hésite pas à demander beaucoup à ses employés pour atteindre ses objectifs. Ça ne m'a donc pas surpris qu'il me fasse quelques reproches après la course. Je ne l'ai pas pris pour moi.

Tout ce que j'ai retenu de cette conversation, c'est qu'une fois de plus, rien n'a été mentionné sur mon potentiel départ. Je ne sais plus quoi penser.

Dès la fin de la saison dernière, des rumeurs ont fusé dans tous les sens sur mon remerciement. Internet peut facilement s'enflammer sur une petite braise, donc au début, je n'y ai pas trop prêté attention. Seulement, quand les journaux les plus sérieux ont commencé à relater ce bruit, mon inquiétude est montée. L'attitude de Leceo à mon égard a changé sans préavis. Là, ça a été la panique.

Depuis les premières courses, les rumeurs se précisent et se démultiplient. Il est évident que quelqu'un avec une source sûre a mis le feu aux poudres. Leceo n'a jamais rien affirmé ou infirmé. Il s'est contenté de me battre froid et de me critiquer, mais sans jamais parler clairement de mon départ.

Aujourd'hui, nous avons passé la moitié de la saison et rien ne m'a été annoncé. Il y a des règles tacites sur le paddock. Ne pas lâcher un pilote au dernier moment en fait partie. Dans ma tête, un compte à rebours s'est déclenché. Si d'ici octobre, rien ne m'a été dit, c'est que je ne devrais pas partir. Je ne vois pas comment il pourrait en être autrement.

Malgré tout, je ne suis pas du genre à tout miser sur le même cheval. C'est pourquoi dès la fin de ma session avec Mai, j'appelle toutes les écuries qui pourraient potentiellement me prendre. Avec l'aide de mon manager chargé de ces questions, je négocie au mieux possible ma place. Je me vends en vantant mes prouesses. J'ai l'impression de faire le trottoir, mais il faut bien mettre les chances de mon côté.

Je passe des heures au téléphone avec ces gens. Certains sont plus ouverts que d'autres. Quelques-uns jouent avec mes nerfs. Il y en a qui rigolent avec moi, me font me sentir déjà accepté. Tous ces comportements ne veulent rien dire. Le mec le plus désagréable pourrait me faire la plus belle offre, alors que le dirigeant le plus avenant pourrait m'envoyer chier sans prévenir.

À la fin de ces appels, je suis vidé, passablement déprimé, perdu.

Tant que je n'aurais pas obtenu de « oui » ferme, je considérerai ces discussions comme un échec.

Grâce aux soins de Mai, je ne vais pas trop mal, ce soir. Les cachets font effet et les massages sont de plus en plus probants. Même si mon dos hurle et que ma nuque se rappelle à moi à chaque mouvement, je me sens un peu plus léger qu'il y a deux semaines.

J'ai donc encore assez d'énergie pour ne pas aller directement me coucher. Je ne sais cependant pas quoi faire. Je pourrais jouer à un jeu vidéo ou mater une série. Mais laquelle ?

Soudain, une tornade débarque dans ma chambre, ruinant tous mes plans à néant.

— Gabby ! hurle ma sœur en entrant dans ma suite.

Pourquoi est-ce qu'elle a la clé, d'abord ? Elle tient mon assistant par les couilles, celle-là.

— Tu t'es trompée de suite, c'est celle d'à côté la mienne, la provoqué-je.

Elle me trouve dans le salon et me secoue sans la moindre idée de la douleur que ça me déclenche dans le dos. Je serre les dents pour ne rien trahir tout en la maîtrisant d'une main de fer.

— Tu es vraiment le pilote le plus chiant de l'histoire. Elle est où la grosse soirée ? Les *people*, le champagne ? râle-t-elle.

Je hausse un sourcil avant de ricaner.

— Tu as clairement dressé mon portrait, Mel. Tu me connais si bien.

Elle lève les yeux au ciel.

— Tu as de la chance, ta merveilleuse sœur est là pour s'occuper de toi ! On sort ! Va t'habiller !

Quand je pensais avoir assez d'énergie, c'était pour mater une série, pas pour danser jusqu'au bout de la nuit.

D'un autre côté, si je veux me trouver une femme sympa avec qui passer un moment ou quelque temps, je ferais mieux de bouger. Elle ne va pas apparaître par enchantement dans ma suite. Sauf s'il s'agit d'une professionnelle, mais je n'en suis pas arrivé à ce point.

Tant bien que mal, je parviens à sortir du canapé pour obéir à ma frangine tyrannique. Je file dans ma chambre pour m'habiller alors qu'elle continue de me parler depuis le salon.

— Dépêche-toi ! Mai et Nora doivent déjà être sur place, m'informe-t-elle.

L'idée de voir Mai en dehors de nos sessions déclenche une drôle de sensation dans mon pantalon. Nous ne sommes pas sortis depuis l'accident et depuis que nos relations ont évolué dans un bon sens. J'ai bizarrement hâte de la retrouver dans ce contexte, tout en me rappelant que ce n'est pas elle que je dois séduire et ramener avec moi.

J'ai déjà réussi à rattraper le coup après avoir parlé de la draguer, je ne vais pas tout gâcher en lui tournant autour comme une âme en peine. Je ferais pitié. Je dois éviter tout nouveau moment gênant. Autrement, nos séances de soins deviendront invivables.

— On peut y aller ? m'appelle à nouveau ma sœur.

Fin prêt, je la rejoins, non sans lui reprocher de me presser de la sorte.

— Loris vient. On croisera sûrement les footeux, aussi. Ils sont dans le coin et Brice m'a envoyé un message, m'explique-t-elle en faisait référence à nos amis jouant dans l'équipe de France.

Je hoche la tête, prenant note de ces informations.

Nous montons en voiture et nous dirigeons vers le club que Mélanie a sélectionné. Je lui fais confiance pour ce genre de lieu. Elle n'a pas plus envie que moi de s'exposer, donc je sais qu'elle m'amènera toujours dans un endroit discret où je pourrai m'amuser sans attirer les regards. Ces clubs sont évidemment plus chers, mais Mel et moi avons travaillé dur pour bien gagner nos vies.

Dans la partie du club réservée par l'agent de ma sœur, nos amis sont déjà présents. Loris est le premier que je salue, en le félicitant.

— Super course !

Je n'ai pas eu le temps de discuter avec lui, tout à l'heure. Il a fait un bon résultat.

— Vu les circonstances, c'est un miracle, rigole-t-il.

Notre accolade est interrompue par les trois membres de l'équipe de France de foot avec qui j'ai fini par me lier d'amitié. Nous fréquentons souvent les mêmes réceptions. Le *feeling* est passé et nous sommes devenus assez proches.

— Comment tu vas, frérot ? me demande, Nathan, un incroyable attaquant.

Je répète la même poignée de main avec mes trois amis.

— Le match contre l'Espagne était démentiel ! réponds-je, fier d'eux.

Brice se lance dans une danse de la joie.

— J'en rêve encore, rigole Anan.

Mal à l'aise pour Loris qui ne parle pas français, je change de langue pour que tout le monde soit inclus. Si nos footballeurs ne sont pas les meilleurs anglophones, ils se débrouillent bien assez pour tenir une conversation.

Ce n'est pas parce que nous sommes une majorité de Français ce soir que nous devons imposer notre langue à tout le monde. Nora et Loris préféreront largement être intégrés.

Les garçons saluent Mel. Doppia profite de la diversion pour m'interroger.

— Tu vas mieux que l'autre jour ?

J'aperçois Mai par-dessus l'épaule de mon ami. Je réponds sans hésiter :

— Oui, carrément.

Si la douleur est toujours présente, je me sens effectivement mieux. Mon moral est remonté et c'est le plus important. Loris ne sait rien de tout ça, évidemment. Mais son intérêt me touche.

— Je vais aller saluer les filles, changé-je de sujet.

Il acquiesce.

— Je te suis.

Mai et Nora viennent à notre rencontre à l'instant où nous nous dirigeons vers elles. Nora porte une belle robe argentée avec des talons aiguilles stupéfiants. Elle est plutôt jolie, mais mon regard est surtout attiré par mon médecin préféré.

Pas de blouse, ce soir. Ça me ferait presque bizarre. Elle arbore un chemisier blanc avec un décolleté magnifique orné de dentelle. Les petits seins ne m'ont jamais paru plus exquis qu'à cet instant. Un pantalon taille haute vient marquer sa taille fine. Long et évasé, il allonge ses jambes, la rendant terriblement féminine, sexy et charismatique. Ses talons disparaissent en partie sous le tissu. Elle est d'une élégance…

— Mesdames, vous êtes magnifiques, les complimente Loris, comblant mon silence soudain.

Je me reprends pour ne pas me ridiculiser en matant mon médecin. Doppia ne me lâcherait pas et Mai ne saurait plus où se mettre.

— Quelqu'un a besoin d'un verre ? demandé-je pour m'enfuir de cette situation.

J'ignore ce qui m'arrive. Je me montre impoli. Sauf que Mai me plaît à mort, ce soir. Déjà qu'elle m'attire de plus en plus pendant nos sessions… Entre les massages, le fait qu'elle me voie en caleçon à longueur de temps, son humour et cette tenue. Je suis à deux doigts de lui faire des avances. Mélanie m'en voudrait, mais ce n'est pas le plus important. Mai pourrait croire que je ne la prends pas au sérieux. J'ai besoin d'elle, plus que de coucher avec elle.

Ça ne tourne pas rond dans ma tête, c'est officiel.

Qui a parlé de coucher avec Mai ?

Je m'enfuis au bar en espérant arriver à faire le vide dans ma tête. Si je lui parle maintenant, je vais dire une bêtise.

Je m'apprête à commander une vodka quand une main délicate se pose sur mon avant-bras.

— Je peux vous offrir un verre ? me demande une jeune inconnue.

Ses yeux verts papillonnent, tandis que ses doigts caressent sensuellement la peau découverte par la manche relevée de ma chemise. Je tente d'entrer dans son jeu :

— Ce n'est pas à moi de vous proposer ça ?

Elle est mignonne. Blonde, fine, avec une robe rose pâle plutôt chaste. Son audace m'intrigue et me donne bien envie d'apprendre à la connaître. C'est ce dont j'ai besoin. D'une aventure, d'une belle femme avec qui profiter d'un bon moment. Je dois surtout me sortir Mai de la tête et cette personne me semble tout à fait disposée à jouer ce rôle.

— Et si on bousculait un peu les convenances ? me charme-t-elle.

Je me contente de sourire comme un imbécile, incapable de trouver une réponse adéquate.

Le barman prend nos commandes et nous les donne rapidement.

— Je m'appelle Ania, m'informe l'inconnue.

Je rougis devant ma stupidité. Lui demander son nom aurait dû être ma première question !

— Et vous êtes Gabriel Hupert, n'est-ce pas ?

Elle mène la conversation toute seule. J'ignore pourquoi je reste mutique, mais je me ridiculise. Je dois me reprendre, retrouver le charme dont je sais faire preuve. On dirait un gamin de dix ans qui apprend ce qu'est une fille.

Je suis si rouillé que ça ?

— C'est moi ! m'exclamé-je, au summum de mon art.

Il n'y a pas à dire, je me surpasse.

Je jette un coup d'œil vers mes amis qui ne ratent pas une miette du spectacle.

Mélanie a le culot de me faire un clin d'œil. Elle chuchote un truc à Loris qui rigole. Nul doute qu'ils se foutent de moi. À leurs côtés, Nora et Mai se murmurent quelques mots. Le regard de cette dernière me met terriblement mal à l'aise. Je ne saurais dire ce qu'elle pense de cette situation. Son expression est indéchiffrable.

— Vous êtes plus timide que ce que je croyais, rit nerveusement Ania.

Je grimace et me frotte les yeux, honteux.

— Je suis désolé. Je dois réduire à néant tout ce que vous avez pu imaginer à mon sujet.

D'un autre côté, elle n'avait qu'à pas imaginer quoi que ce soit...

Qu'est-ce que je fiche à draguer cette fille ? Que je n'arrive pas à draguer d'ailleurs ! Je suis pitoyable...

Cette femme n'est clairement pas ma Lise ou ma Nell. Elle est un coup d'un soir, sauf que ce n'est pas ce que je cherche. C'est ce que j'ai dit à Mai, non ? Que je voulais un truc sérieux. Ça, ce n'est pas sérieux. C'est histoire de me vider les couilles. Je profite rarement de mon statut pour ce genre de chose, ça ne me ressemble pas. Et puis, qu'est-ce que je ferais au lit avec cette fille alors que j'ai mal partout ?

Je suis minable.

— Je crois que je ferais mieux de vous laisser tranquille, décide-t-elle.

Je n'ai pas le temps de m'excuser qu'elle s'enfuit avec un sourire gêné.

Ça ne m'était encore jamais arrivé et je me sens super con. Sans parler de ma sœur qui se prend le fou rire de sa vie. Je ne rate pas non plus le petit rictus de Mai qui se délecte de cet instant. Heureusement que Loris n'a pas vu ça.

Je rejoins mes amis, la queue entre les jambes. Mon verre se vide plus vite que prévu pour oublier cette humiliation.

Je fais un doigt d'honneur à ma frangine, histoire de lui signifier que ce n'est pas le moment de venir me taquiner. Si elle continue de glousser, elle respecte mon humeur en s'en allant papoter avec Nora et Brice.

Je cherche Loris des yeux pour obtenir un peu de soutien, mais ce n'est pas lui qui vient me trouver.

— À ce niveau, ce n'est pas rouillé que tu es… C'était consternant, Gab ! m'embête Mai.

Un mojito à la main, ses joues commencent déjà à rosir sous l'effet des premières gorgées d'alcool.

— J'aimerais bien te voir à l'œuvre, rétorqué-je, provocateur.

Elle ricane.

— Je m'en sortirais bien mieux que toi, me taquine-t-elle. Ce ne serait pas très compliqué, vu ta prestation. La pauvre fille avait l'air désespérée.

Je grimace et me cache derrière mes mains.

— De toute façon, conseil de médecin, évite un peu l'activité – quelle qu'elle soit – pendant quelque temps. Ça ne te ferait pas du bien…

Sa remarque me tire un rire.

— C'est exactement ce que je me suis dit.

Je redemande un verre à un serveur qui passe dans notre coin. Mai m'imite, ayant elle aussi fini son cocktail.

— Ça fait bizarre de te voir sans blouse, remarqué-je.

Elle hausse les épaules.

— Ça fait bizarre de te voir habillé.

Je secoue la tête, amusé.

— Je ne sais pas comment tu fais, avoué-je, pour dissocier le pro du perso. Tu nous vois tous à poil, dans les moments les plus intimes… Mais derrière, tu parviens quand même à te comporter normalement en notre présence.

Elle rigole nerveusement.

— Je t'assure que ça n'a rien de facile. Par exemple, toi, je dois me mordre la lèvre pour ne pas te donner des directives pour soulager ton dos. Sauf que je ne suis pas là en tant que médecin, donc je dois la fermer.

Je m'apprête à répondre quand Nora et Mélanie débarquent, déjà bien éméchées, ce qui est un exploit vu que nous venons à peine d'arriver. Nora saute au cou de Mai, tandis que Mélanie me fait un bisou baveux sur la joue.

Nora tente de marmonner quelque chose à l'oreille de son amie sans parvenir à baisser le son de sa voix.

— C'est lui ! C'est le mec aux beaux abdos, lui explique-t-elle en pointant un inconnu du doigt.

— Bah va le voir ! l'encourage Mai, amusée.

Mélanie acquiesce frénétiquement.

— Non, mais je ne couche pas le premier soir ! argumente Nora, horrifiée.

Je n'ai aucune envie d'écouter cette conversation, pourtant, je dois bien la subir.

Mai me regarde, hilare. Soudain, son attention est attirée par quelqu'un d'autre derrière moi. Elle écarquille subitement les yeux et secoue Mélanie en lui agrippant le bras.

Ma sœur suit la direction indiquée par son amie, Nora l'imite. Manifestement, les trois filles comprennent ce qu'il se passe. Ce n'est pas mon cas.

— Tu es sûre que tu ne veux pas de lui ? vérifie Mel auprès de Mai.

Mon médecin acquiesce.

— Je ne te comprends pas, ajoute Nora, consternée.

Mélanie hausse les épaules.

— Comme tu voudras, accepte-t-elle. Je fais barrage !

Mai la serre dans ses bras pour la remercier.

— On parle de qui ? demandé-je, très intrigué.

Mai grimace. Elle ne compte manifestement pas me répondre. Heureusement, ma sœur a du mal à la fermer quand elle détient un potin. Je fais donc pression sur elle.

— Un certain pilote a des vues sur notre Mai, explique-t-elle vaguement.

Sérieusement ?

J'observe la concernée qui fusille son amie du regard. Plutôt que de leur demander de qui il s'agit, je porte mon attention sur le lieu en question. Je repère rapidement Mathias Berg, pilote chez Roar Racing.

Je ne sais pas pourquoi, mais ça me fait méchamment chier qu'il se permette de draguer Mai.

Elle pourra aussi compter sur moi pour faire barrage…

— Oh mince. Il t'a vue, note Nora quand Berg commence à lui faire des signes de main.

Mélanie rigole alors que Mai soupire.

— Non, pas encore ! râle-t-elle.

Les filles étant trop amusées pour lui être de la moindre aide, je me lance à sa rescousse. Je pose mon bras sur sa taille et l'attire à moi avant de lui chuchoter, la bouche collée à sa tempe :

— Il ne viendra pas s'il pense qu'on…

Je n'ai pas besoin d'en dire plus pour qu'elle comprenne mon sous-entendu.

— C'est une idée de génie, Gabby ! me félicite ma sœur sans se douter de la dimension égoïste de mon acte héroïque.

Nora continue de siroter son verre tandis que Mai se prête au jeu. Elle se love contre moi et pose ses mains sur mon torse. Ce n'est pas la première fois qu'elle me touche, pourtant, ce contexte rend les choses très différentes. Elle m'émoustille et, l'alcool aidant, je ne trouve plus beaucoup de raisons pour me retenir de la séduire.

J'ai envie d'elle.

MAI

Cette soirée était loin d'avoir bien commencé. De mon arrivée chaotique avec un taxi ne sachant pas utiliser un GPS, au moment où Gabriel a flirté avec la première venue, en passant par l'instant où il a préféré s'enfuir au bar que de me parler, je n'avais pas très envie de rester.

Je vais être franche sur ce coup : j'étais vexée d'être ignorée et jalouse de le voir draguer cette fille. Si j'étais déjà de mauvaise humeur en arrivant, il a su empirer la situation.

Je n'ai pas vraiment compris son attitude. L'autre jour, il m'a quand même clairement parlé de drague. S'il n'y a pas eu de nouvelles allusions depuis, je ne parviens pas à me sortir cette phrase de la tête. En dehors de ça, je pense que nous sommes devenus amis. Du moins, assez pour qu'il me salue avant d'aller se prendre un verre.

J'imagine que je devrais être soulagée qu'il cherche à draguer d'autres femmes. Ça enlève ce qui pourrait y avoir de compliqué dans le bordel qu'est déjà cet arrangement. Sauf que je ne le suis pas.

La seule chose qui m'ait détendue ce soir, c'est sa soudaine implication pour décourager Mathias. Ça, ça a été intéressant. D'unc, je dois le remercier de m'aider à mettre un terme à ces avances que je repousse tant bien que mal depuis des semaines. De deux, je crois bien que Gabriel a eu un élan de possessivité. Bien que ce ne soit aucunement justifié, j'ai tout de même apprécié cet intérêt soudain, couplé à son désintérêt manifeste pour la jeune femme du début de la soirée.

J'ai une furieuse envie de me gifler pour ces pensées, alors que je profite allégrement de pouvoir tripoter ce torse dans un contexte tout sauf professionnel.

Toucher un patient dans mon cabinet avec des idées déplacées, c'est immoral. Toucher Gabriel dans un club, c'est merveilleusement autorisé. Alors j'en profite un peu. Les deux cocktails que j'ai déjà bus doivent bien aider.

Malgré tout, blottie ainsi dans ses bras, je sens surtout la tension dans ses muscles pour compenser la douleur dans son dos. Ses traits restent très tirés. Il est encore légèrement pâle. Son corps ne lui laisse aucun répit.

Profitant que Mélanie attire Nora de force vers Monsieur beaux-abdos, je traîne Gabriel vers les sièges les plus proches. Il doit absolument s'assoir.

Il rigole en me suivant.

— Je croyais que tu n'étais pas mon médecin, ce soir ? remarque-t-il.

Je lui offre un sourire innocent et un mensonge.

— De quoi tu parles ? Je m'assure juste que Mathias ait une meilleure vue.

Gabriel ricane tout en posant un regard étonnant sur moi. Je n'avais jamais eu le droit à ça avant. Par *ça*, je veux dire : œillade ambiguë, bourrée d'attirance. Il n'a pourtant pas tant bu que ça. Peut-être que les médicaments doivent terminer le travail ou que la fatigue accentue les effets de l'alcool.

Préoccupée, je ne peux m'empêcher de m'assurer de son état.

— Tu te sens bien ?

Il soupire et me lance un regard assassin.

— S'il te plaît, pas maintenant.

Je grimace, mais accepte sa décision. Je le comprends. Je n'aimerais pas avoir quelqu'un sur le dos en permanence. N'empêche qu'il m'inquiète quand même.

— De quoi tu veux discuter alors ? Pendant qu'on fait semblant de fricoter, terminé-je avec un sourire en coin.

Ma remarque a le mérite de détendre l'atmosphère.

— Tu as la cote avec les pilotes, dis-moi.

Sait-il pour Faure ? Ou parle-t-il de lui ?

— J'ignore si c'est une bonne nouvelle. Sortir avec un pilote de Formule 1 n'a jamais été très recommandé.

Il s'offusque de ma moquerie et secoue la tête.

— Ça dépend du pilote ! contre-t-il, convaincu.

— Crois-moi, j'en ai assez côtoyé pour savoir que ce n'est pas malin. Ils n'ont pas le temps pour une copine, argumenté-je en pensant à Simon.

Gabriel m'accorde ce point tout en semblant comprendre mon sous-entendu.

— Pourquoi j'ai l'impression que tu parles en connaissance de cause ? s'interroge-t-il.

Je glousse malgré moi, mais ne réponds pas. Je me contente de hausser les épaules, de rester vague. J'aime voir son regard devenir plus dur. Ça le tourmente. Il veut savoir, sans pour autant oser demander directement. Que pensera-t-il de la réponse ? Est-ce qu'il pourrait en être jaloux ? Depuis quand je peux plaire à Gabriel ? Il ne cache pas son intérêt pour moi, mais en même temps, il a dragué une autre fille juste avant. Qu'est-ce que je fiche à flirter avec lui ? Je ne peux même pas dire que c'est la faute de la boisson. J'aime ce petit jeu, voilà tout.

— Tu es déjà sortie avec un pilote ? craque-t-il après quelques instants en silence.

Sa curiosité m'amuse. Il rougit de son interrogatoire, sans pour autant faire marche arrière. Il veut réellement savoir. Je finis donc par m'expliquer.

— Avec Simon Faure, oui.

Ma réponse le surprend, mais il feint de s'en moquer. Je pourrais presque apercevoir l'information tournant dans sa petite tête, analysée sous tous les angles par son cerveau. Plutôt que de continuer à le torturer, je lui dis tout ce que je pense qu'il cherche à savoir, sans entrer dans les détails personnels.

— On est restés ensemble presque un an, c'était assez sérieux. Puis on a rompu parce qu'il n'était pas suffisamment présent pour que ça fonctionne.

Il hoche la tête. Ça, il comprend.

— Et maintenant, Berg te tourne autour, note-t-il.

J'acquiesce sans regarder dans la direction de Mathias. Je préfère éviter de lui donner le moindre espoir.

— Si un troisième pilote s'ajoute à la liste, tu le démontes ? risque-t-il, mi-sérieux, mi-blagueur.

Je ne sais pas ce qui me prend quand je lui fais un clin d'œil en répondant :

— Tout dépend du pilote en question. Il se trouve qu'il y en a un que je vois souvent en ce moment.

Un tout nouveau sourire apparaît sur le visage du beau blond. Le gentil garçon s'éclipse pour laisser place au charmeur. Il n'a pas perdu la main, finalement. Peut-être que la fille de tout à l'heure ne lui faisait simplement pas le moindre effet. Moi, je crois avoir oublié toutes mes bonnes résolutions. Si Gabriel me propose de rentrer avec lui, je risque de baisser ma culotte avant d'arriver à l'hôtel.

Ce fantasme n'existe évidemment que dans ma tête, et certainement pas dans celle de ma meilleure amie, à quelques mètres de là.

— Quel chanceux, réplique-t-il. J'espère qu'il n'abuse pas trop de ton temps ?

Son regard s'adoucit quelques secondes. C'est une vraie question.

— Il demande beaucoup de travail, du dévouement et une bonne dose de patience, le provoqué-je. Mais il se rattrape avec ses abdos en béton.

Gabriel éclate de rire. Ses yeux bleus n'ont jamais été aussi lumineux. J'ai envie de l'embrasser, de monter sur ses genoux et de plonger mes mains dans ses cheveux. Sauf qu'en faisant ça, je lui briserais le peu de dos qu'il lui reste. Tant pis pour le fantasme.

— À quoi tu penses ? demande-t-il soudainement.

Je rougis instantanément. Il ne peut pas le savoir, mais mon expression a dû me trahir.

— Pas au genre de chose qu'on partage volontairement, avoué-je.

J'ignore ce qui est le mieux. Dire la vérité en détail ou le laisser s'imaginer toutes sortes de trucs. La seconde option semble avoir stimulé son imagination.

— Je ne sais plus si je te l'ai dit en arrivant, mais tu es magnifique, de loin la plus élégante.

Ce compliment sort de nulle part, mais putain ce qu'il me fait plaisir.

— Merci, Gabriel.

Cette fois, je n'ai plus le moindre doute sur ses intentions. Il se lèche les lèvres en regardant les miennes. Il est à la fois gêné et sûr de lui. Ce mélange me surprend. Ses joues rosissent à mesure qu'il me drague de plus en plus ouvertement. Le contraste est assez plaisant. J'aime déclencher cela chez lui. Il est vraiment un homme étonnant.

— Et si on –

— Gabby ! le coupe son aînée en débarquant.

Le *timing* de cette fille est effrayant !

— Sœurette ? l'interroge-t-il, frustré.

Qu'est-ce qu'il allait bien pouvoir me demander ? *Putain, Mel !*

— Viens danser ! implore-t-elle.

Gabriel me lance un regard de détresse qui me pousse à intervenir.

— En fait, il s'est froissé un muscle pendant la course donc je préfèrerais qu'il se ménage, ce soir.

La bouche de Mélanie forme un O avant qu'elle ne se mette à lui poser mille questions. Gabriel, malgré tout soulagé de ne pas avoir à se lever, répond avec patience en inventant tout et n'importe quoi. Quand elle est enfin rassurée, elle s'approche de moi pour déposer un bisou sur ma joue et me serre contre sa poitrine.

— Merci, Mai. Tu es un amour de t'occuper de mon petit frère !

Et juste comme ça, elle brise l'instant précédent partagé entre Gabriel et moi. C'est son « petit frère » que je drague, et même si je sais qu'à nos âges ça ne devrait pas avoir d'importance, je n'aime pas faire ça dans son dos.

Le pilote fusille sa sœur du regard. Nul doute qu'il apprécie peu d'être ainsi traité comme un enfant devant la femme qu'il cherche à séduire. Si je ne connaissais pas Mel, ça m'aurait probablement fait fuir. Heureusement, j'ai parfaitement conscience que Gabriel n'a pas seize ans. Malgré tout, elle vient de casser son coup et le mien avec.

Je crois qu'il va me falloir un autre verre.

9

Septembre – Canada

GABRIEL

Le Grand Prix du Canada n'a lieu que dans une semaine, mais je reste avec le staff pour que Mai continue de m'ausculter.

En temps normal, je serais passé en France voir ma famille et quelques amis. Là, je n'ai pas d'autre choix que de poursuivre les déplacements. J'ai inventé une connerie pour expliquer mon absence auprès de mes parents. Mélanie a finalement décidé de rester avec moi pour compenser.

Ça me permettra aussi de mieux m'entraîner et de récupérer plus facilement. J'éviterai quelques rendez-vous que j'aurais pu avoir à Paris, toujours en invoquant un ordre de l'écurie pour me justifier.

Cette sorte de *break* me fera du bien. Alors que mes douleurs aux jambes, aux fesses et aux côtes disparaissent peu à peu chaque jour, celles de mon dos et de ma nuque me font souffrir. Parfois, je me demande même si elles n'augmentent pas. Heureusement, Mai prend grand soin de moi.

Après la soirée – où ma sœur a gentiment bousillé tous mes efforts de séduction –, j'ai compris que Mai était loin d'être insensible à mes avances. Même si j'ai été franchement jaloux de savoir qu'elle était déjà sortie avec Simon Faure et que Berg était sur le dossier, ça n'a en rien réduit mon attirance pour elle. Maintenant que j'ai en plus l'image de son décolleté gravé dans ma mémoire, il m'est difficile de ne pas tenter de la séduire.

Je me montre peut-être plus subtil que quand j'étais sous l'effet de l'alcool. J'essaye aussi tant bien que mal de rattraper les dégâts causés par ma sœur. Il n'y a rien de pire pour approcher une femme que d'entendre son aînée crier à quel point elle aime son petit frère. Je n'oublie pas non plus que Mai est l'amie de Mel et si ça ne devrait plus avoir la moindre importance à nos âges, j'ai conscience que ça en garde.

Les jours passent et se ressemblent. Je me rends à mes entraînements, suis les indications de Dorian pour respecter mes engagements. Je réponds à des interviews, pose pour quelques marques et prends du temps pour échanger avec des supporters.

Certains jours, je me sens mieux que d'autres, donc j'en fais un peu plus.

Parfois, j'ai tellement mal que j'en pleurerais.

En définitive, je pensais que cette semaine allait réellement me soulager, mais ce n'est pas le cas. J'en fais encore beaucoup et comme le répète mon médecin préféré : « mon corps me le fait payer ».

Je ne vais pas mentir, je souffre terriblement. Je redoute beaucoup la course qui arrive. Mon état aurait dû s'améliorer plus vite que ça. J'ignore si c'est parce que je bouge trop ou si c'est parce que j'ai un gros problème que je me trouve dans cette situation. La deuxième option m'effraie, mais je ne peux pas renoncer maintenant. Pas après tout ce que j'ai déjà subi pour tenir.

Juste avant de retrouver Mai aujourd'hui, je me rends à une conférence de presse en compagnie d'Oran et Oak. Autant dire que la présence de ce dernier me crispe tellement que mon dos en souffre énormément.

Je ne me rappelle plus exactement d'où remonte ma rivalité avec Jacob Oak. Je sais simplement qu'après des années à nous confronter en piste et à subir ses manœuvres minables, je ne peux plus l'encadrer. C'est réciproque, d'ailleurs. Donc nous ne nous faisons pas de cadeaux et si je me montre poli en public, lui ne se gêne pas pour me critiquer.

Je profite des quelques heures entre cette conférence et mon rendez-vous avec Mai pour faire une sieste, histoire de récupérer un minimum avant de la voir. J'aimerais éviter qu'elle remarque ma tension. Déjà qu'elle prend un malin plaisir à me rembarrer en invoquant mes douleurs dorsales… Je ne compte pas lui donner plus de cartouches.

J'arrive au cabinet à dix-huit heures pile.

Ma sieste n'a malheureusement pas fait grand-chose pour calmer ma peine. J'espère que Mai parviendra à mieux me soulager.

J'ai à peine passé la porte qu'elle voit immédiatement que quelque chose cloche.

— Tu souffres, affirme-t-elle.

Je pourrais nier, mais mon visage doit trahir chacun des moments où je me sens faible.

— Assieds-toi, ordonne-t-elle.

Je n'ai pas le temps d'enlever mon tee-shirt ou d'en placer une qu'elle vérifie ma respiration, mon cœur et ma tension.

— Ce n'est pas si grave, tenté-je quand elle en a terminé.

Elle me fait les gros yeux avant d'aller chercher son miroir de poche qu'elle me met devant la figure.

— Regarde-toi, Gabriel. Ça se passe de commentaires.

J'obéis et observe mon reflet du coin de l'œil. Mon visage est toujours aussi pâle. Mon froncement de sourcil semble incrusté à vie sur mon front. Mes lèvres sont fines, gercées. Je fais peur à voir. Je ne cherche même pas à la contredire.

— Bon, se reprend-elle avec une grande inspiration.

— Massage ? tenté-je de la dérider.

Elle ne marche pas dans ma combine.

— Ce n'est pas le moment de badiner, Hupert. Tu ne te rends pas compte de ton état ou quoi ? Franchement, à ce stade, la seule chose que je peux te conseiller, c'est de déclarer forfait pour la saison.

— Non ! m'emporté-je.

Mai soupire en s'asseyant sur son bureau. Elle se frotte nerveusement les tempes.

— Tu sais que je ne peux pas, reprends-je. J'ai conscience des risques, crois-moi, mais je n'ai pas le choix.

— On a *toujours* le choix, réplique-t-elle, véhémente. J'ai choisi de t'aider, mais je peux tout aussi bien changer d'avis.

L'inquiétude a repris le dessus. Sur ce coup, je ne sais même pas comment la calmer.

— J'ai particulièrement mal parce que j'étais stressé, aujourd'hui. Mais, par exemple, quand tu m'envoies des messages, ça va un peu mieux. Lorsque je me tends, ça n'aide pas. Mais ça ne veut pas dire que mon état empire.

Elle m'observe en secouant la tête, tente de me faire entendre raison.

— Tu imagines si tu as un accident et que tu ne peux pas sortir de la voiture ?

— Les accidents graves, c'est fini ! On est plus en sécurité maintenant.

L'image de Mike dans sa Cavarot en feu me revient de plein fouet, alors je m'empresse de corriger cet argument bête.

— Je retire ce que j'ai dit.

Mai me lance un regard éloquent sur ce sujet. La mort de Mike plane sur le paddock comme un douloureux rappel des risques que nous prenons à chaque course. Personne ne peut ignorer cette réalité.

— Déshabille-toi et allonge-toi.

Je m'exécute, heureux de voir qu'au moins, elle ne va pas me laisser en plan.

Si j'aurais préféré papoter avec elle comme d'habitude, la taquiner, la draguer, je me contente d'apprécier le soulagement qu'elle m'apporte tout en acceptant son souhait de rester en silence. Elle a beaucoup à penser et je ne veux pas la braquer en plaidant mon cas avec insistance. Je dois me montrer raisonnable pour avoir gain de cause.

Je patiente donc jusqu'à ce qu'elle finisse par se dérider. Quand ses gestes se font plus doux, plus espacés, je me décide à relancer le dialogue en tentant de la faire rire.

— Tu as vu, j'ai mis un beau caleçon.

Je ne vois pas son visage, je sens juste ses mains s'arrêter quelques secondes.

— De la meilleure qualité, réplique-t-elle toujours énervée, mais moins fermée.

Je me redresse pour lui faire de nouveau face. La manœuvre est moins douloureuse. J'espère qu'elle le remarque.

Je lui prends les mains et les embrasse avant de me lancer.

— Tu fais des merveilles et je me sens mieux chaque fois que je viens te consulter.

Elle observe nos mains, mon visage. Un sourire résigné prend place sur ses lèvres.

— Je persiste à penser que tu dois arrêter.

— Mais ?

Elle soupire en souriant, ne répond rien. Finalement, elle retire ses doigts des miens pour aller à son bureau. Elle écrit un truc sur un papier qu'elle me tend.

— On va essayer ça, se contente-t-elle de proposer.

Je suppose que c'est sa façon d'accepter de laisser durer les choses un peu plus longtemps.

— Merci, Mai. T'es la meilleure.

Le compliment lui fait plaisir, malgré tout, elle préfère rouler des yeux et me montrer la porte. Je suis congédié, mais pas dans la merde, c'est déjà bien.

Je me ferai pardonner plus tard, à coup de SMS tactiques.

MAI

Sortir avec les filles me fera le plus grand bien. J'ai besoin de me changer les idées, d'oublier Gabriel.

Je me doute que Mélanie ne m'aidera pas sur ce dernier point, mais j'ai de l'espoir.

C'est idiot, je commence à m'attacher à cette tête d'abruti. Il me fait rire et son intérêt me plaît bien plus que je ne le voudrais. Sauf que ses choix discutables me font mal au cœur. Il se met en danger volontairement et je ne sais pas quoi faire pour le convaincre de changer d'avis.

Certaines douleurs ne passent pas, je crois même qu'elles empirent. Ça n'a rien de surprenant avec ses entraînements, les courses et le peu de repos qu'il prend dans la semaine.

Réalise-t-il que s'il a un accident, ses douleurs au dos pourraient bien l'empêcher de sortir de la voiture à temps ?

J'aimerais comprendre sa position. Je pensais y parvenir au début. Mais les conséquences possibles m'empêchent à présent de choisir son parti. Ses décisions sont stupides et même si je participe à en atténuer les effets, il ne va pas en sortir indemne. C'est ma faute.

Je devrais lui tenir tête. Sauf que je n'y arrive pas.

Déjà, je commence à peine à être celle qui prend ces décisions. Avant, je me tournais vers mon formateur qui, lui, s'imposait face au staff. Cette fois, je suis seule à devoir affronter leurs têtes de chiens battus. Je ne parviens pas entièrement à m'affirmer. Je ne souhaite blesser personne.

Dans le cas de Gabriel, s'ajoute mon attachement pour lui. Il me plaît, sa séduction détourne mon attention de certains détails. Il fait ce qu'il veut de moi. J'aimerais arriver à mieux lutter. Ses beaux yeux ne me rendent pas la tâche facile.

Je reçois justement un message du concerné quand j'entre dans le restaurant.

Gabriel : « Ne parlez pas trop de moi, ce soir. Même si je sais que je suis indispensable à vos vies. »

Je lis son texto qui m'amuse, autant qu'il me fait culpabiliser, quand je vois Mélanie me faire signe depuis la table réservée.

Je réponds rapidement avant de ranger mon téléphone pour la soirée. Gabriel ne sera pas ma priorité, ce soir.

Hors de question. C'est un moment entre filles, pour me détendre.

Moi : « Je compte parler de tout
SAUF du mec qui met mes nerfs à rude épreuve.
Bonne soirée, suppôt de Satan. »

Il me répond par des emojis offusqués que j'ignore pour rejoindre Nora et Mel.

C'est une soirée plus tranquille que les précédentes. Pas de sortie en club. Juste un repas entre amies pour papoter. Je n'aurais pas pu rêver mieux.

— Vu ta tronche, il va nous falloir plus de vin, suggère Nora.

Je soupire en tombant sur ma chaise.

— Longue journée, me justifié-je.

Pour le coup, je ne mens même pas. Gabriel n'a pas été mon seul cas compliqué du jour.

Un serveur nous apporte les menus pendant que nous nous relatons nos aventures respectives. J'ai commencé. C'est à présent au tour de Nora de nous raconter ses déboires.

— Un journaliste de *Rich Guys* m'a fait des avances. C'était déjà super gênant, parce qu'il n'est pas de première jeunesse. Mais la cerise sur le gâteau, ça a été Harris qui s'en est mêlé pour décourager cet homme.

Mélanie et moi échangeons un petit sourire.

— Quoi ? demande Nora.

Mélanie hausse les épaules et m'intime par le regard de m'expliquer pour nous deux.

— Je sais que j'ai dit que les pilotes étaient nuls, mais… Harris a l'air vraiment intéressé. Tu devrais peut-être lui laisser une chance. C'est un mec sympa.

Mélanie acquiesce, entièrement d'accord. Nora s'affaisse un peu plus sur sa chaise.

— Vous n'êtes pas censées me dire des trucs pareils, ronchonne-t-elle.

— Au contraire, on est là pour t'aider à faire tes choix, argumente Mel.

Nora secoue la tête et change de sujet.

— Et toi, Mélanie ? Ta journée ?

L'aînée des Hupert n'arbore pas un sourire aussi grand que d'habitude. Elle est manifestement préoccupée, et je ne vois qu'une personne sur le paddock capable de la mettre dans cet état.

— Ton frangin fait des siennes ? demandé-je, certaine de viser juste.

Elle ne se fait pas prier pour se confier.

— Il est vraiment bizarre en ce moment.

Tu m'étonnes…

— C'est-à-dire ? s'intéresse Nora.

Mélanie fronce les sourcils.

— Je le trouve distant, presque froid parfois. Il est tout le temps tendu. Il s'emporte pour pas grand-chose. Je ne sais pas si c'est le stress de perdre sa place ou autre chose qui le tracasse, mais il n'est clairement pas dans son état normal…

La culpabilité me gifle de plein fouet. Je peux difficilement dire à ma meilleure amie que j'aide son frère à cacher un accident de voiture qui le fait encore souffrir, qu'il s'impose une douleur inimaginable pour défendre son siège.

— Je sais que tu es liée par le secret pro, Mai, et que Gab ne vient pas souvent te voir, mais tu n'es pas au courant d'un truc que j'ignore ?

La panique s'empare de moi. Je me sens transpirer. Mon cerveau tourne à cent à l'heure pour trouver une excuse.

— Je… Je… Gabriel vient me voir un peu plus régulièrement en ce moment, avoué-je. Il est très stressé et il somatise, donc on travaille là-dessus.

C'est une version très arrangée de la vérité, mais ça aide à expliquer en partie son comportement tout en rassurant Mel sur le fait que je l'ai à l'œil.

Elle hoche la tête.

— Je peux faire un truc ? Pour le soutenir ?

Je secoue la tête, une grimace désolée au visage.

— En tout cas, merci de t'occuper de lui.

J'espère que mon sourire est moins crispé que mes sentiments à cet instant. Je m'occupe de lui, en effet. Pour les bonnes raisons ? J'en doute. Dans l'esprit de Mel, m'occuper de lui ne signifie probablement pas entrer dans un jeu de séduction. Putain, ce que je peux me sentir coupable !

Je donnerais cher pour que Gabriel me tourne autour dans d'autres circonstances. Je préfèrerais qu'il ne soit pas en mille morceaux, qu'il ne soit pas stressé et qu'il n'ait pas attendu d'être obligé de me voir pour me remarquer. Je préfèrerais ne pas avoir à me demander si je lui pèterais le dos au lit. J'aimerais être plus franche avec sa sœur.

Rien ne va dans cette histoire et plus nous parlons de lui, moins je parviens à profiter de ma soirée.

— Et si on changeait de sujet ? proposé-je. Ce n'est pas l'idéal pour nous détendre, là.

Les filles me donnent raison. Le serveur arrive justement avec nos plats, ce qui clôture cette conversation. À présent, nous pouvons papoter de nombreuses autres choses plus futiles. Voilà qui nous fait du bien à toutes et qui me permet sans mal d'oublier le beau blond qui hante mon esprit.

10

Septembre – Canada

GABRIEL

Ma course ne commence pas de la façon dont je l'avais espéré.

Oran a eu un accident en qualification. Malheureusement, l'écurie n'a pas eu le temps de réparer sa voiture, ce qui signifie que toute la pression repose sur mes épaules.

Je ne me suis pas trop mal débrouillé, hier. Je pars P7. Seulement, pendant les essais et les qualifications, nous avons remarqué que la monoplace faisait trop chauffer les gommes tendres sur ce circuit très ensoleillé. Je crains que l'usure de mes pneus ne me coûte quelques positions. Les ingénieurs n'ont pas su trouver d'où venait le problème. Je vais donc devoir faire de mon mieux pour conjuguer ce nouvel élément avec les paramètres habituels.

Assis dans ma monoplace, sur la grille de départ, je ressens chaque pulsation de mon cœur dans ma nuque, mon dos. La douleur ne me lâche pas et empire à mesure que la pression monte en moi. J'espère moins la subir une fois concentré sur la course, mais je crains qu'à ce stade, ce ne soit plus du tout une question mentale. La souffrance est là, que j'y pense ou non.

Les lumières s'allument une à une, puis tombent, lançant une compétition effrénée. Je prends un départ correct, mais ma gomme froide m'empêche de négocier parfaitement le premier virage tout en évitant d'entrer en collision avec mes poursuivants. Je recule un peu, mais reste à une distance respectable de la voiture de devant.

Je tente de trouver des trajectoires différentes sur le circuit pour éviter de faire surchauffer mon moteur et d'user inutilement mes pneus. Cette course va se jouer sur ce point, je dois absolument faire attention, ne pas trop attaquer et me défendre de façon sensée.

— Garde ce rythme. Tu prends un dixième par tour sur Charley. Tu devrais pouvoir le doubler dans cinq tours.

— Noté.

Je me concentre sur cet objectif pour oublier la raideur qui me tiraille dans la nuque à chaque courbe.

Je suis le même schéma pendant un certain nombre de tours : accélérer, accélérer, décélérer, freiner, accélérer. Je joue de ma palette pour changer les vitesses à temps, chouchouter le moteur et éviter de trop consommer. Je ne porte que le carburant nécessaire pour un nombre précis de tours. Je ne dois pas commettre d'erreur.

— Drapeau jaune, secteur 3. Débris sur la piste, fais attention.

— Reçu.

Quand j'arrive sur le lieu de l'accident, je vois effectivement une Giants sur le côté, son aileron en miettes. J'évite savamment les bouts de carbone tout en réduisant ma vitesse sur ce secteur à risque.

Quand le drapeau jaune disparaît, je suis surpris par une Cavarot, sortie du tracé, mais qui revient sur le circuit en marche arrière, pile au moment où je passe.

— Qu'est-ce qu'il branle, putain ? m'emporté-je à la radio, effrayé. C'est super dangereux !

J'espère sincèrement que la fédération notera cet incident. C'est inadmissible. Si je n'avais pas fait une embardée à temps, ça aurait été l'accident assuré pour nous.

— Nous allons faire remonter ça. Concentre-toi.

Ma sortie de trajectoire imprévue m'a empêché de préparer mes muscles avant le choc des forces infligées à ma nuque. La douleur s'intensifie drastiquement et ne semble plus vouloir repartir.

Je tente tant bien que mal de rester à mille pour cent dans mon effort, mais je souffre réellement.

Allez, Gab. Tu fais un job de dingue, là ! Ne craque pas, pas maintenant !

Une larme de désespoir m'échappe quand je manque de crier sous l'impact d'un virage en fin de ligne droite. Je ne dois rien trahir, faire de mon mieux, continuer comme ça. Je hurlerai tout ce que je peux à la fin du Grand Prix. Là, je dois juste tenir.

— Box, box.

Mon ingénieur course m'invite à rentrer aux stands pour changer de gommes.

— Box confirmé, annoncé-je avant d'entrer dans la *pit-lane*, parallèle à la grille de départ.

La baisse de vitesse m'offre un léger répit. Ce n'est que l'histoire de vingt-cinq secondes, mais à cet instant, c'est ce qui me permet de reprendre mes esprits et de trouver le courage de poursuivre la compétition.

L'arrêt aux stands dure trois secondes deux. Ce n'est pas idéal, mais c'est bizarrement ce dont j'avais besoin.

Je ne ressors pas au meilleur moment. Coincé dans le trafic de fin de peloton, j'use ma gomme pour dépasser les pilotes aux trains fatigués et éviter de perdre trop de temps sur les voitures qui sont réellement devant moi. Heureusement, beaucoup passent à leur tour aux stands. Je me replace en P9, prêt à remonter sur les Ted Wheeling.

— Tu peux pousser un peu. Écart avec la TW : 2,5.

Mes pneus sont moins abîmés que les leurs, étant donné que je me suis arrêté après eux. Je parviens à reprendre du terrain tout en préservant assez mon train pour qu'il survive à la fin de la course.

Je donne toute mon âme pour arriver à moins d'une seconde de la TW en zone de DRS. Je gagne en aérodynamisme et réussis à prendre sa place en ligne droite, ce qui m'évite de trop tirer sur ma nuque avec une vitesse trop élevée en courbe.

À peine ai-je passé cette voiture que mon ingénieur m'informe sur la prochaine à doubler.

— Beau travail. Garde ce rythme. Écart avec la seconde TW : 3,6.

— Il reste combien de tours ?

— Quinze tours restants. Tu peux l'attraper dans douze tours.

J'accepte le contrat non sans une petite pensée pour mon dos qui me le fera payer ce soir.

Des sueurs froides coulent le long de mon échine. Ma nuque me semble glaciale. Ça ne va pas. Putain, ça ne va vraiment pas. J'angoisse de plus en plus. C'est un miracle que je parvienne à continuer de courir dans ces conditions.

J'essaye de songer à tout ce qui me motive pour encaisser ça, à toutes les raisons qui expliquent mon obstination, à mes rêves, mes objectifs et à mes sacrifices pour en arriver jusqu'ici.

Je garde la tête froide assez longtemps pour terminer le Grand Prix. Je réussis à remonter sur la seconde TW, mais nous ne pouvions pas prévoir leur propre stratégie. Je poursuivais un leurre pendant que la première passait en gomme *soft* pour me doubler au dernier moment. Avec moins de *grip* et plus de fatigue, je n'ai rien pu faire.

Je me place finalement P8, ce qui est loin d'être satisfaisant après tout ce que j'ai sacrifié aujourd'hui. Je suis frustré, épuisé, énervé.

Ma tête tourne. La chaleur de la piste est étouffante. Ma combinaison, mon casque, le moteur de la voiture, la météo ensoleillée… Rien ne m'aide à retrouver mes esprits. J'ai l'impression que je vais faire un malaise.

J'ai vidé ma réserve d'eau, mais en ai sûrement perdu plus en transpirant.

Toujours assis dans ma monoplace dans le parc fermé, je ne parviens pas à trouver le courage de sortir de là. Je sens que je vais m'effondrer au moment où je vais mettre un pied par terre.

— Mec, ça va ? m'interroge Loris, la tête penchée vers moi.

Il a retiré son casque, tandis que je me cache encore sous le mien.

Owen et Matt sont déjà loin, en train de faire le show pour la foule. Les trois quarts des pilotes sont partis procéder à la pesée et se rafraîchir avant les interviews qui nous attendent.

— Je suis mort, me justifié-je simplement.

— Tu as besoin d'aide ? demande mon ami, inquiet.

Je secoue la tête. Ce n'est pas le moment d'alerter qui que ce soit en me faisant assister pour sortir du cockpit.

Je serre fort les dents avant de pousser sur mes bras pour m'extirper du trou dans lequel j'ai conduit pendant deux heures. Si mon dos pouvait parler, il me dirait d'aller me faire foutre. Ma nuque semble incapable de supporter plus longtemps le poids de mon casque. Je le retire donc à la hâte avant que mon corps ne décide de se mettre en *off*.

Loris se retient de passer son bras sous le mien. Il a conscience que trop de regards sont portés sur nous pour que je me montre faible.

Nos équipes nous rejoignent. Riotti embarque Loris qui doit se contenter d'un dernier regard avant de me laisser. Des membres du staff de Neptune viennent récupérer mon casque et mes gants, ils me filent aussi de l'eau. Ils m'accompagnent à la pesée, puis m'entraînent dans un box où je vais enfin pouvoir retirer tout ça, souffler et avaler deux gélules avant de retourner sur la piste pour répondre aux journalistes.

Je demande à tout le monde de me laisser seul quelques instants pour me changer et me relâcher.

Je m'effondre plus que je ne m'assois sur le canapé de la salle. Le plafond tourne. J'ai chaud. La bile monte dans ma gorge en même temps qu'un goût de sang envahi ma bouche.

J'ai à peine le temps de me poster au-dessus des toilettes que je vide mon estomac. Non pas qu'il y ait grand-chose à régurgiter. J'évite de me gaver avant une course, ça me fait prendre un poids indésirable pour l'aérodynamisme de la voiture.

Je me sens un peu mieux, mais pas exceptionnellement bien.

Je m'asperge le visage et les cheveux d'eau. Une fois ma combinaison retirée, je la remplace par un jogging et un tee-shirt aux couleurs de Neptune. Je ne ressemble pas à grand-chose, mais je n'en ai rien à foutre. J'avale toutes les barres aux céréales que je peux trouver pour éviter tout effet indésirable qui résulterait de la prise de médicaments le ventre vide. Je m'enfile une bouteille d'eau entière et inspire une dernière fois pour subir mon ultime épreuve du jour.

Mes équipes m'attendent dehors. Elles ne semblent pas avoir entendu ce qui s'est passé à l'intérieur. La responsable communication de Neptune m'accompagne vers les journalistes. Elle reste à mes côtés tout le long des interviews. Je réponds à un maximum de questions en gardant un beau sourire.

Petit à petit, je sens les cachets faire effet. Malheureusement, au lieu de me soulager, ils servent surtout à m'assommer.

Le contrecoup est violent.

Mon corps résonne encore de la course qu'il vient de subir, mon esprit encaisse la dure réalité de mon état, du stress, mon cœur s'affole. Les pilules ont beau m'endormir, je reste toujours très conscient de tout ce qui ne va pas en moi.

Les heures passent. Je crois que je suis passé en mode automatique. Je ne me rappelle pas ce qui arrive après les interviews. Je ne parviens plus à penser. Je suis simplement Dorian qui me ramène à l'hôtel et m'aide à rejoindre ma suite.

À peine ai-je posé un pied dans ma chambre, que je sombre sur mon lit. C'est le trou noir.

Si c'est à ça que ressemble la mort, je ne veux pas l'endurer tout de suite.

MAI

Il est vingt heures passées et j'attends encore Gabriel.

D'habitude, il vient bien plus tôt que ça. Je commence à m'inquiéter. J'ai suivi la course d'un œil distant, je sais simplement que ça n'a pas été facile. J'ai surtout vu qu'il a traîné pour sortir du parc fermé. J'aimerais vérifier que tout va bien, l'aider à se détendre après l'effort. Sauf qu'il ne vient pas.

Je regarde une nouvelle fois mon téléphone.

Mon texto reste sans réponse.

Je lui renvoie un SMS pour lui demander des comptes. Il a peut-être un imprévu, il n'a peut-être pas vu mon message. Malgré tout, je doute qu'il ait pu oublier sa douleur. J'imagine mal comment il a pu rater ce rendez-vous qui le soulage plus qu'il ne l'emmerde.

Une demi-heure plus tard, je tente de l'appeler. Les sonneries s'enchaînent avant que je ne tombe sur la messagerie.

L'inquiétude augmente à mesure qu'il ne donne pas de signe de vie. Désireuse d'avoir le fin mot de cette histoire, je contacte son assistant. Il doit en savoir plus que moi et, étant dans la confidence, il n'hésitera pas à se montrer honnête.

— Docteur Dillon, bonjour, répond-il dès la seconde sonnerie.

Après l'avoir salué poliment, j'entre dans le vif du sujet.

— Où est Gabriel ? l'interrogé-je.

— Il n'est pas venu vous voir ? s'étonne-t-il. Mince… Il a dû s'effondrer.

Je me frotte la tempe, impatiente qu'il se décide à me dire où le trouver.

— Je l'ai ramené à l'hôtel. Il était épuisé. Je me suis dit qu'il allait faire une sieste avant de vous retrouver. Il n'a pas dû se réveiller. La course a été dure.

Je n'ai pas besoin d'en entendre plus. S'il est fatigué au point de dormir trois heures, je dois aller vérifier s'il va bien. Il n'a raté aucun de nos rendez-vous. Il doit être dans un sale état pour omettre celui-ci.

— OK. J'arrive. Tu as les clés de sa chambre ?

Si Dorian hésite à me laisser faire, mon ton implacable le convainc d'obéir. S'il n'est pas bête, il doit savoir que le pilote a besoin de soins.

Je quitte mon cabinet avant même d'obtenir sa réponse. J'embarque tout le nécessaire pour retrouver Gabriel.

J'arrive à l'hôtel un quart d'heure plus tard. Dorian m'attend dans le hall et me fait monter à l'étage de la suite de Gabriel. Il me laisse devant la porte, les clés en main.

— Vous pourrez me dire s'il va bien ? Il n'avait vraiment pas l'air en forme.

Et il n'a pas pensé à m'appeler, cet idiot ?

Plutôt que de passer mes nerfs et mon angoisse sur ce jeune assistant, je me contente d'acquiescer avant de m'engouffrer dans la suite du pilote.

— Gab ? le hélé-je depuis l'entrée.

Je dépose mes affaires dans le salon, en attendant de voir s'il me répond.

Après quelques minutes de silence, je pars à sa recherche. Pleine de bon sens, je commence par sa chambre où je le trouve effectivement sur son matelas.

Ses fringues sont empilées dans tous les sens au pied de son lit. Il est allongé sur le ventre, en caleçon, les jambes dépassant du sommier. C'est à se demander s'il a eu le temps de s'installer avant de s'endormir. Si je ne percevais pas sa respiration régulière, je serais venue prendre son pouls.

J'hésite à le réveiller.

Il a clairement besoin de repos, mais son état m'inquiète. Il a aussi besoin de soins. Il doit manger et boire.

Je continue de l'observer depuis le pas de sa porte.

Il n'a pas pris de douche, l'odeur de la chambre est limpide à ce sujet. Son corps est recouvert d'une fine pellicule de sueur, mais aussi de frissons. Ses lèvres sont pincées, gercées. Ses traits sont crispés alors même qu'il dort.

Je me décide finalement.

Je dois le réveiller.

Je ne peux pas le laisser comme ça. Ce n'est pas un sommeil reposant. Il doit se mettre au chaud, se débarbouiller pour se sentir mieux et manger un truc pour reprendre des forces. Je dois surtout vérifier que sa tension n'est pas trop basse et l'aider à soulager ses muscles après cette course.

Déterminée, je m'approche de son visage pour le réveiller en douceur. Au même instant, son inconscient semble l'avertir de ma présence. Il ouvre lentement les yeux, cligne plusieurs fois des paupières. Il est paumé, crevé. *Vulnérable.*

Mon cœur se serre de le voir ainsi.

Il n'a rien du pilote déterminé en course.

Il n'y a plus rien en lui du jeune français souriant, amusant, dragueur.

Il n'a rien du Gabriel que j'ai appris à connaître.

Le voir comme ça me peine. Je dois l'apaiser, lui faire retrouver le moral.

J'oublie tout : mes doutes sur cet accord, mes reproches sur ses décisions, mon avis sur la situation. Quand je le vois là, comme ça, je ne souhaite plus qu'une chose : prendre soin de lui. Il n'a pas besoin de critiques ou de conseils. Juste d'une épaule sur laquelle s'appuyer pour se reprendre. C'est le rôle que je souhaite avoir ce soir.

— Hey, doucement !

Je réponds à son mouvement rapide pour se relever. J'appuie une main sur son biceps pour le maintenir allongé. Quand il se repose sur le matelas, je remonte mes doigts vers son visage. Je caresse son front dans un geste rassurant, me permettant aussi de vérifier s'il n'aurait pas de la température.

— Il est quelle heure ? m'interroge-t-il d'une voix éraillée.

Il est inquiet. Je vois dans son regard le moment où il prend conscience des choses, de son état, de la raison de ma présence.

— Merde, désolé. Je me suis endormi et…

— Ne t'inquiète pas, le coupé-je. Tu as bien fait d'aller dormir.

Il fronce les sourcils en passant sur le dos.

— J'ai raté notre rendez-vous et tu te montres étonnamment calme à ce sujet. Tu as ta voix de médecin. Franchement, tu me fais flipper. Je vais mourir ?

Son humour est un bon signe. Ça m'aide à me détendre.

— Il n'y a pas le moindre intérêt à ce que je t'engueule, m'expliqué-je. Je me suis inquiétée de ne pas te voir. À raison. J'aimerais juste m'occuper de toi, si tu le veux bien.

Ses yeux plongent dans les miens. Nous nous observons un instant sans rien dire. Un petit sourire trouve finalement ses lèvres.

— Je vais aller me doucher avant, décide-t-il.

Je hoche vivement la tête avec une grimace de dégoût pour le provoquer. Il rigole, non sans rougir légèrement.

Il se redresse doucement et prend le temps de retrouver ses esprits avant de se lever du lit.

— C'était une sale course, m'explique-t-il simplement.

— J'ai cru comprendre.

Il m'offre un sourire désolé.

Je lui laisse de l'espace pour ne pas le traiter comme un enfant, mais garde un œil sur lui au cas où il perdrait l'équilibre. Il récupère des affaires propres dans son placard avant de filer dans la salle de bain dont il ne ferme pas entièrement la porte.

— Si tu as besoin d'aide, appelle-moi, proposé-je sans réfléchir à l'invitation que je suis en train de lancer.

Je l'entends ricaner avant de voir sa tête passer par l'entrebâillement.

— Le jour où je t'inviterai dans ma douche, ça ne sera pas pour me torcher le cul comme tu le ferais pour un vieux paralysé.

— C'est le moment de me draguer ? le reprends-je.

Malgré tout, je suis heureuse qu'il retrouve du poil de la bête. Son sourire se fait plus taquin.

— C'est toi qui as parlé de venir dans ma douche, Mai.

— Pour t'aider ! me défends-je.

Il rigole en repartant dans la salle de bain et continue de me chercher en allumant l'eau.

— Menteuse !

Amusée, émoustillée et un peu honteuse, je suis heureuse de me retrouver seule sur son lit pour me secouer. Je suis venue l'ausculter, pas passer la nuit avec lui. Je ne dois pas perdre cet objectif de vue. Nous ne sommes pas dans mon cabinet, mais à l'instant présent, je reste son médecin.

Alors oui, j'ai envie de le rejoindre sous la douche, mais nous y penserons quand je serai assurée qu'il va bien. Il y a des choses plus importantes à gérer.

Le contexte me perturbe un peu. Ce n'est pas un terrain neutre, c'est sa chambre. Son odeur est partout alors même qu'il ne vit ici que depuis quelques jours. Ses affaires traînent dans tous les sens. Il n'est pas très ordonné, d'ailleurs.

J'observe la pièce en détail en l'attendant. Ça m'aide à occulter les bruits que j'entends en provenance de la salle d'eau. Mieux vaut ne pas l'imaginer nu, en train de se savonner. Déjà que l'image est imprimée dans ma tête, si je commence à y songer, je suis fichue.

Je regarde donc les objets sur sa table de nuit : son portable, son chargeur, un cadre avec une photo de sa famille. Son placard est resté ouvert. Ses vêtements sont bien rangés. J'ai l'impression de violer son intimité en observant ses caleçons propres, empilés. Ce sont des images qu'on ne voit normalement qu'en partageant la vie de quelqu'un.

Tout ça me paraît d'un coup si privé.

D'autant que je l'entends se sécher. J'imagine sa main appuyant délicatement le tissu de sa serviette sur sa…

— Je peux manger un bout avant l'auscultation ?

Vêtu seulement d'un caleçon, il interrompt le cours de mes pensées en sortant de la salle de bain. De toute façon, pour le masser et le tâter, il ne faut pas de vêtements. Sauf qu'à cet instant, mon regard reste coincé sur son corps. Quelques gouttes continuent leur chemin vers le bas de son torse. Ses cheveux humides lui retombent dans les yeux. Ses joues et ses lèvres ont repris des couleurs. Ses iris me semblent plus clairs que d'habitude. Ce doit être l'effet de ses cheveux mouillés qui en deviennent plus foncés. Je remarque surtout que ses yeux me fixent. Il attend ma réponse alors que je prends le temps de le mater.

— Ou-oui, bien sûr, bégayé-je bêtement. C'est même recommandé.

Son petit sourire orgueilleux m'achève. Au moins, il ne fait pas de commentaire. Il se contente de m'inviter à le suivre dans la cuisine où nous partageons un repas aussi rapide à préparer que bon.

L'ambiance s'allège un peu. Le voir reprendre des forces me soulage. Se sentir plus vif doit le rassurer. Nous papotons en mangeant, sans nous draguer. Même si le regard de Gabriel me promet de revenir sur le moment où je le reluquais.

Finalement, nous retournons dans sa chambre où il s'allonge pour que je le soigne. Une légère tension refait surface. Il se méfie de ce que je vais bien pouvoir dire. Je l'ai habitué à des remontrances, des reproches, des suggestions inimaginables pour le pilote qu'il est. Seulement, je m'en tiens à la promesse que je me suis faite en arrivant. Ce soir, je veux juste m'occuper de lui. C'est tout ce dont il a besoin.

Je prends son pouls, écoute sa respiration. J'analyse sa tension qui s'avère un peu basse. Rien d'anormal vu l'état dans lequel je l'ai trouvé. Les calories ingurgitées pendant le repas devraient l'aider à se requinquer.

— Alors ?

Je lui fais un clin d'œil rassurant.

— On ne va pas t'enterrer tout de suite.

Il lève les yeux au ciel, mais sourit.

Sa bonne humeur s'efface aussitôt lorsque je lui demande de me parler de ce qu'il a pu ressentir en piste, puis après l'effort. J'ai besoin de connaître la mesure de ses douleurs pour l'aider.

Son état des lieux est inquiétant, mais je reste calme. Lui hurler dessus ne servirait à rien, si ce n'est à me défouler. Il aurait dû arrêter la course, déclarer forfait, ou appeler un médecin quand il a vu qu'il n'arrivait pas à sortir de la voiture. Je pourrais lui dire tout cela, lui répéter ce que ça implique s'il a un accident. Sauf qu'il est encore épuisé, qu'il est presque vingt-deux heures et que j'aimerais le masser avant qu'il ne s'endorme.

— Mai ? attire-t-il mon attention.

Je lie mon regard au sien pour l'inviter à poursuivre.

— Je suis vraiment désolé pour aujourd'hui. Je vois bien que tu n'es pas comme d'habitude, je sais que c'est ma faute…

Je me contente de hausser les épaules avant de changer de sujet.

— Laisse-moi m'occuper de ton dos.

Je ne vais pas passer ma meilleure nuit, c'est sûr. Je vais probablement échafauder tous les scénarios catastrophes possibles après le résultat de cette course. C'est sa faute, mais aussi la mienne, car j'ai accepté de l'aider.

Au lieu de se mettre sur le ventre, il se redresse pour me faire face.

Sa main attrape mon menton. Délicatement, il m'invite à le regarder dans les yeux.

— Dis-moi quelque chose. Engueule-moi, défoule-toi, me prie-t-il.

Je souris en refusant.

— Ce n'est pas le moment.

Son regard scrute le mien, il y cherche quelque chose qu'il n'y trouve pas. Il fronce les sourcils, je crois qu'il s'en veut.

— Gab… Ça va, OK ? Laisse-moi voir ton dos.

Il soupire, frustré.

— Non ! Ma part du marché c'est de te détendre, tu te rappelles ? Tu n'es pas détendue, là !

Sincèrement, il n'y a qu'une seule chose qui pourrait me détendre à cet instant : coucher avec lui. Sauf que son corps est en miettes, que ce serait très déplacé… Putain ! Pourquoi pensé-je à ça ? Je dois le masser et l'envoyer au lit, pas réfléchir à me jeter sur ses lèvres.

Ce regard… Il me fixe avec une intensité qui m'attire irrémédiablement. Il pense à moi avant de se soulager alors qu'il souffre le martyre.

Merde… Gabriel…

— À quoi tu penses ? m'interroge-t-il d'une voix plus rauque qu'il y a quelques secondes.

— À t'embrasser, avoué-je sans réfléchir une seconde.

D'abord surpris, il se reprend pour m'offrir un sourire parfaitement charmeur. C'est bien la seule chose qui m'empêche de m'enfuir en courant après avoir avoué une telle chose. Ça, et le subtil rapprochement de son visage vers le mien.

Il regarde tour à tour mes yeux, mes lèvres.

La tentation est trop forte pour que je n'y succombe pas après autant d'émotions. Mes mains encadrent ses joues au moment où nos lèvres se rencontrent. Les siennes agrippent mes hanches qu'il amène vers son bassin.

D'abord fougueux, notre baiser se calme pour devenir plus doux. Mes muscles se détendent. Je laisse tomber mes bras derrière sa nuque, tout en faisant attention à ne pas lui faire mal. Sa prise se fait moins pressante sur ma taille. Il remonte une main sur ma joue qu'il caresse du bout des doigts tout en continuant d'imposer un rythme langoureux à notre étreinte.

Clairement, il n'y avait pas mieux pour me détendre.

Notre baiser prend fin, nous laissant retrouver notre souffle. Le front collé au sien, je tente de reprendre une respiration régulière.

— C'était… marmonne-t-il.

— Très relaxant, complété-je en soupirant d'aise.

Il me rend mon sourire, les joues rougies. Ce qu'il peut être craquant, à la fois si timide et charmeur.

— Maintenant, allonge-toi, ordonné-je.

Il s'exécute, non sans une petite remarque.

— Je préfère être au-dessus pour la première fois.

— Mon Dieu, tais-toi ! le reprends-je tout en riant.

Cette fois, je commence à le masser, nous forçant tous les deux à nous calmer. Je sens Gabriel se détendre sous mes mains à mesure que je travaille les parties douloureuses de son corps. Avec précautions, je remonte vers sa nuque quand je pense en avoir terminé avec son dos.

Trois quarts d'heure plus tard, je lui fiche la paix pour le laisser se reposer.

Je l'ai senti partir pendant le massage et je n'ai certainement pas le cœur de le réveiller. Il a besoin de ce sommeil. Même si je n'aurais pas été contre un baiser d'au revoir, je me satisfais de le voir dormir les traits relâchés.

J'attrape une couverture dans le placard que je dépose sur lui pour remplacer la couette sous laquelle il n'a pas pris le temps de se faufiler.

Je lui envoie rapidement un message avec les indications sur les médicaments à avaler à son réveil.

Quand tout est bon, je quitte sa chambre sans faire un bruit.

Finalement, je me coucherai le cœur plus léger que ce que j'aurais pu croire. Des rêves plein la tête, c'est le souvenir de ses lèvres douces qui me berce jusqu'au sommeil profond.

Ce mec me retourne, c'est officiel.

GABRIEL

Je n'ai jamais eu autant honte de ma vie.

Me faire pipi dessus le premier jour d'école, ça allait.

Me faire larguer en public, ça allait.

Perdre mon maillot après un plongeon au milieu d'une fête, ça allait.

Mais m'endormir alors que la fille qui me plaît me fait un massage ? J'ai du mal à me regarder dans le miroir tandis que je me prépare pour rejoindre mes amis aux restaurants.

Mai sera là et je dois absolument sauter sur l'occasion pour lui présenter des excuses. Surtout après l'avoir embrassée. Je crains.

Owen nous a proposé de manger tous ensemble. Lise est là en ce début de semaine et elle avait envie de voir tout le monde. Mes amis ont donc réservé une table dans un restaurant en centre.

Quand j'arrive sur place, ma sœur, Nora, Loris, Marin, Mathieu et Mai sont déjà présents. En fait, il ne manque plus que le dernier petit couple.

— Comment tu vas ? me demande Mélanie en me serrant contre elle.

Je réponds en l'embrassant affectueusement sur le front.

— Reposé.

Elle se laisse un peu aller dans mes bras, alors je la garde contre moi. Je ne repousserai jamais ma sœur si elle a besoin de moi. Nous sommes presque jumeaux. Pour rien au monde je n'échangerais notre parfaite entente.

Lui faire un câlin m'aide aussi à retarder le moment où je vais croiser le regard de Mai. J'ignore ce qu'elle pense de ce qui s'est passé.

Pour ma part, même si je suis mortifié par ma sieste inopinée, je reste plus qu'heureux d'avoir embrassé cette femme. Quel baiser ! Je ne rêve que d'une chose : remettre ça. Voire plus.

Je fais une accolade à Matt et Loris, serre la main de son conjoint, puis tape la bise à Nora qui adore jouer les Françaises.

Par chance, au moment où je m'approche de Mai, Owen et Lise arrivent en courant et en gloussant. Voilà qui occupera tout le monde juste le temps nécessaire.

— Pourquoi ai-je l'impression que vous venez de faire un truc crade, vous deux ? commence Nora en observant Lise.

Comme prévu, une conversation animée débute. J'en profite pour saluer Mai correctement.

Si d'habitude je lui aurais fait la bise, comme Nora, je n'ai pas envie de lui manquer de respect en la traitant banalement. Il s'est passé quelque chose entre nous et je serais le pire des cons si j'oubliais de marquer la différence.

Je ne vais pas l'embrasser, je ne souhaite pas que tout le monde se mêle de quoi que ce soit, mais je peux au moins la prendre dans mes bras. De toute façon, ça n'a échappé à personne que nous sommes plus proches qu'avant.

Son sourire avenant me donne du courage. Elle ne semble ni énervée, ni vexée. Je peux m'avancer sans crainte.

— Je suis contente de voir que tu vas mieux, me glisse-t-elle à l'oreille.

— Uniquement grâce à toi. Merci, Mai.

Notre câlin est bien trop court à mon goût. Mais nous devons bien nous détacher si nous ne voulons pas attirer l'attention.

Owen et Lise viennent nous dire bonjour.

— Je ne sais pas vous, mais j'ai la dalle ! annonce Owen avec un clin d'œil pour Lise.

Je ne veux réellement pas connaître la raison de leur retard. Qu'ils soient heureux, mais pitié, qu'ils ne me traumatisent pas.

Nous nous rendons à notre table et attrapons les menus qui nous sont déjà tendus.

Assis entre Loris et Mélanie, je devrai me contenter de regarder Mai, installée en face de moi. J'espère malgré tout pouvoir lui parler à la fin du repas.

Différentes conversations sont lancées. J'écoute Lise raconter ses dernières semaines, les avancées qu'elle et son équipe parviennent à imposer. Owen boit ses paroles avec amour, tandis que Marin lui pose un million de questions, fasciné par ce qu'elle fait.

De mon côté, j'interroge Loris qui ne cesse de secouer la jambe en soupirant.

— Qu'est-ce que tu as ?

Il lève les yeux au ciel.

— Rien.

— Très convaincant, intervient Mai avec un regard entendu par-dessus son menu.

L'italien se confie sans tarder.

— Je me suis engueulé avec Marin et au lieu de se faire pardonner, il m'ignore.

Mai s'attendrit tout de suite, alors que, connaissant mon ami, je lui pose la question la plus logique dans cette situation.

— C'est lui qui doit se faire pardonner ?

Loris grimace.

— Bien sûr que non !

Mai pouffe de rire devant la mine désolée de Loris.

— Traîne-le dans les toilettes, taille-lui une pipe et c'est plié ! propose ma frangine.

— Je vais vomir, remarqué-je en lui lançant un regard mauvais.

Clairement, parfois, elle oublie que nous sommes frère et sœur.

— C'est comme ça que tu gères les disputes, Mel ? rebondit Mai.

— Parce que tu les règles comment, toi ? s'en mêle Nora.

Les trois amies éclatent de rire. Loris et moi nous contentons d'une œillade désarçonnée.

— Tu ne vas pas faire ça, hein ? vérifié-je auprès de mon pote.

Loris secoue vivement la tête.

— C'est dégueu des toilettes !

Plutôt que de suivre le conseil – douteux – des filles, il s'applique à lancer des regards énamourés à son mec qui, au bout d'un moment, finit par soupirer et lui sourire. Cette querelle n'aura pas duré longtemps.

La conversation dérive sur les courses quand Lise nous demande des nouvelles. Les gars et moi nous emballons vite, Cardin nous suit, comme toujours. Nous parlons technique, stratégie, potins. Nous débattons des gommes choisies pour la saison et de la nouvelle voiture pour l'année prochaine.

Bien que concentré sur cette conversation, je ne peux qu'entendre ce qui se dit à ma gauche.

— Je reste de ton avis, Mai. Sortir avec un pilote, c'est la pire idée de l'année ! Parler courses vingt-quatre heures sur vingt-quatre ? Jamais de la vie ! s'emporte Nora, qui doit se lasser de nos sujets de discussion.

— Attends qu'il compare sa prestation sexuelle à une position sur la grille, ça cassera l'ambiance, glousse Mai.

Quoi ?

Cette fois, je fais plus semblant qu'autre chose quand je participe à la conversation sur la F1. Les ragots des filles sont bien plus croustillants.

— Si ce n'était que ça ! intervient Mel. Lorsqu'ils jouissent, ils imitent le son du moteur montant dans les tours. Ils l'entendent tellement que c'est ancré.

Parce qu'elle a couché avec un pilote, elle ? Sérieux ?

— Après, ça a des avantages, continue Mai. Ils s'endorment juste après avoir pris leur petit plaisir, tellement ils sont crevés.

Là, je suis obligé de tourner la tête vers elle. Ce qu'elle attendait manifestement. Elle me fait un clin d'œil en se retenant de rire.

C'est de bonne guerre.

— Vous vous foutez de ma gueule, c'est ça ? réalise Nora.

Mélanie est la première à glousser.

— Ouais, j'ai tout inventé, explique Mai. Enfin, pas tout. À toi de dissocier le vrai du faux.

Mel continue de rigoler quand elle tape dans la main de son amie. Nora rougit, mais rit de bon cœur. Je m'apprête à reporter mon attention sur l'autre conversation lorsqu'on nous sert nos plats.

Occupés à manger, nous nous faisons plus calmes pendant quelques instants. Nous commentons ce que nous dégustons. Juste un repas entre amis.

Je profite de cet instant de paix pour observer la femme en face de moi.

Putain. Elle est vraiment magnifique. Je n'arrive pas à décrocher mon regard de ses lèvres que je crève d'envie d'embrasser à nouveau. Elle passe un bon moment, elle sourit. Son expression n'a rien à voir avec les moments où elle s'inquiète pour moi. J'aime la voir comme ça, détendue, taquine.

Elle porte un haut tout simple avec un jean et des baskets colorées. Ses cheveux sont remontés en queue de cheval et elle s'est un peu maquillée. Il se dégage d'elle une fraîcheur attirante.

J'ai envie de bien plus que de l'embrasser, mais comme elle me l'a si bien fait remarquer, je risquerais d'avoir du mal avec certaines positions…

Mon regard accroche le sien alors que je continue de l'observer.

J'ai l'impression de sentir une tension monter à mesure que nous nous toisons. Si elle ne voit pas dans mes yeux qu'elle me plaît, c'est qu'elle est aveugle.

Dans les siens, c'est un mélange de tendresse et de désir que je trouve. La seule chose qui vient ternir cet instant, ce sont ses légers coups d'œil vers ma sœur pour vérifier qu'elle ne va pas la surprendre en train de flirter avec moi.

Autant dire que ça me fait royalement chier. Je veux être le centre de son attention, pas le petit frère de Mel.

Plutôt que de me morfondre sur mon sort, je me concentre sur la discussion à ma droite.

— Je ne sais pas pourquoi, mais voir Mathieu désespérer parce que sa chérie lui manque a quelque chose de satisfaisant, se moque Owen.

Depuis le début du repas, Lecomte ne cesse de regarder son téléphone. Il envoie parfois quelques SMS. Son expression vaut tout l'or du monde, c'est celle du mec qui est obsédé par les beaux yeux d'une femme. Mais alors même que nous faisons tout pour l'emmerder sur le sujet, il se contente de hausser les épaules, parfaitement conscient et heureux de sa situation. Il est amoureux et il l'assume. Mathieu dans toute sa splendeur.

— Oui, Nelly me manque. Et alors ? J'ai pris goût à vivre avec elle.

— J'adore cette femme, décrète Lise.

Mathieu lui offre son plus beau sourire. Je crois qu'il est soulagé de savoir que nous apprécions celle qu'il a choisie.

De mon côté, je suis surtout heureux de retrouver notre ami. Je le sens mieux dans ses baskets, il arrive de nouveau à passer du temps avec nous et je le sais épanoui dans son drôle de nouvel équilibre. J'espère que ça durera. Nous ne sommes au complet qu'avec lui. Après vingt ans d'amitié, je ne peux que me réjouir de pouvoir encore profiter d'un repas avec mes potes à rigoler.

Cependant, aujourd'hui, j'ai une autre préoccupation en tête. Le déjeuner touche à sa fin, ce qui m'oblige à réfléchir à mille et une façons d'attraper Mai avant qu'elle ne s'en aille. J'ai toujours des excuses à lui présenter.

Nous nous levons de la table, puis nous disons au revoir sur le trottoir.

— On te retrouve quand, Mel ? demande Mai en enlaçant ma sœur.

— Au Brésil, répond-elle. J'ai un *shoot* à LA, après je dois aller sur Paris pour voir mon agence.

— Si tu vois les parents, tu leur dis –

— Évidemment, Gabby, me coupe-t-elle. Comme toujours.

Ça fait un moment que je ne les ai pas vus. Ils me manquent et je me sens coupable d'avoir si peu de temps pour eux. Il faut que je les appelle, que je les fasse venir à une course, mais j'ai tellement peur de les décevoir… Je n'ose pas.

Mel devant monter directement dans un avion cet après-midi, elle nous quitte ici pour rejoindre l'aéroport. Je la serre contre moi avant de la laisser partir.

Elle est souvent sur mon dos, elle me couve et a tendance à m'étouffer, mais elle est surtout présente pour moi. Elle me suit et crée un appui stable dont j'ai désespérément besoin. Quitte à parfois mettre un peu sa vie entre parenthèses.

— Tu m'appelles quand tu atterris.

J'embrasse sa tête, elle, ma joue.

— Sois prudent, rétorque-t-elle.

Elle me lâche pour saluer les autres. Lise la serre fort contre elle. Owen et Loris se montrent plus réservés, bien qu'affectueux avec elle, comme si elle était leur propre sœur. Matt l'attrape dans un câlin étouffant qui la fait rire. Elle embrasse enfin Nora, puis une dernière fois Mai.

Elle lui chuchote quelque chose à l'oreille que j'écoute avec discrétion. Elles n'ont pas conscience que je les entends, alors j'en profite.

— Fais attention à lui, demande Mélanie à Mai. Je te le laisse.

Mai soupire et sourit.

— Je t'ai déjà dit que je m'occupais de lui. Fais-moi confiance.

Tu m'étonnes qu'elle lance des regards à ma sœur quand on flirte ! *Putain, Mel, je n'ai pas cinq ans ! Arrête avec ça !*

Je suis à deux doigts de lui expliquer ma façon de penser quand je réalise qu'elle cherche juste à me protéger. Depuis la mort de Mike, elle est particulièrement angoissée à l'idée qu'il m'arrive quelque chose en course. Je la comprends. Si ça la rassure de demander à son amie de me surveiller, soit. D'autant que si la surveillance de Mai consiste à m'embrasser, je suis partant à cent pour cent.

Le petit groupe se dissout. Chacun s'en va de son côté. Il ne reste plus que Nora, Mai et moi.

Comment suggérer à notre amie de nous laisser seuls ?

— Tu as un taxi ? l'interroge Mai.

— Mon Uber sera là dans une minute, répond Nora. Tu as besoin d'un chauffeur ?

Mai secoue la tête.

— Non, Gabriel et moi, on doit aller chez Neptune, donc je squatte sa voiture.

Cette femme est bien plus intelligente que moi.

L'Uber de Nora se gare devant nous.

— Ça marche ! Bonne aprèm ! lance-t-elle en montant en voiture.

Nous secouons la main pour accompagner son départ. Dès que la berline n'est plus en vue, Mai se tourne vers moi.

— Dorian vient te chercher au moins ?

L'assistant en question s'arrête à son tour devant nous.

— Pile à l'heure ! le remercié-je en ouvrant la porte à Mai.

— Docteur Dillon ! l'accueille-t-il tout sourire. On vous dépose quelque part ?

J'avais zappé que le jeune en pinçait pour elle. Il ferait mieux de l'oublier, car je ne suis pas très partageur.

— Sur le paddock, s'il te plaît.

Dorian acquiesce, puis se met en route. Je n'ai donc plus qu'une quinzaine de minutes pour lui parler. Seulement, je n'ai pas très envie de le faire sous les yeux d'un témoin. Me félicitant d'avoir préféré louer un SUV plutôt qu'une petite voiture à mon assistant, je profite de l'option que j'ai explicitement demandée à la compagnie de location.

En un clic, une vitre teintée se dresse entre la partie avant et arrière du véhicule sous le regard surpris, mais amusé, de Dorian.

Mai siffle d'approbation avant de rire.

— C'est quand même suspect qu'on ait besoin d'intimité, remarque-t-elle.

— Ce garçon est un amour de tombe.

Elle me donne raison sans mal.

— Mai, je suis désolé pour l'autre soir, me lancé-je sans attendre. Je n'arrive pas à croire que je me sois endormi… Je suis trop con.

Elle sourit tendrement.

— Tu étais épuisé, Gabriel. Crois-moi, j'étais heureuse de voir que tu allais faire une vraie nuit.

— J'ai quand même honte, admets-je. Je te devais un meilleur au revoir après tout ce que tu as fait et après t'avoir embrassée.

Elle hausse les épaules, faisant comme si la mention du baiser la laissait de marbre. Sauf qu'elle se mordille à présent la lèvre en tortillant ses doigts.

— À quel genre d'au revoir tu pensais ? m'interroge-t-elle, taquine mais timide.

Je saisis la perche aussi vite que possible. Je ne compte certainement pas laisser passer ma chance.

Je me penche vers elle et l'attire à moi d'une main sur sa joue. Elle glisse dans mon étreinte jusqu'à ce que nos lèvres se trouvent une deuxième fois.

— Ce genre-là, réponds-je entre deux baisers.

Son rire se perd dans ma bouche lorsque j'approfondis l'instant. Ses doigts s'accrochent à mon torse, tandis que sa langue vient à la rencontre de la mienne. D'abord lents, puis de plus en plus fougueux, nous en sommes presque à commencer les préliminaires quand Dorian décélère pour finalement se garer sur le parking du paddock.

Je n'ai pas envie d'arrêter.

Putain, je n'en ai vraiment pas envie.

À cet instant, aucune douleur n'a la moindre importance. Je veux continuer à l'embrasser, laisser mes mains monter plus haut sur ses cuisses, la faire s'asseoir sur ma –

— Nous sommes arrivés, nous informe Dorian, mal à l'aise de l'autre côté de la vitre.

Mai ne parvient pas à se retenir de glousser.

— Pauvre gamin.

Elle se détache pour sortir de la voiture.

Avant d'ouvrir la portière, elle revient cependant m'embrasser. Elle traverse le siège du milieu pour s'approcher au maximum et monter à califourchon sur moi. Mes mains trouvent naturellement ses fesses et putain, ce baiser est encore plus intense que les précédents réunis.

À peine pensé-je à la retenir qu'elle retourne à sa place pour, cette fois, ouvrir la portière.

— Tu n'as pas intérêt à oublier notre prochain rendez-vous.

Son regard est plus sexy que jamais.

— Impossible, affirmé-je à bout de souffle.

Un dernier clin d'œil et elle ferme la voiture pour aller bosser. Je l'entends remercier Dorian avant de filer. J'ouvre de nouveau la vitre pour ne pas me montrer impoli avec mon assistant.

— Direction l'hôtel ? s'assure-t-il en me zyeutant dans le rétroviseur.

J'aperçois mon reflet et déplore que ce qui vient de se passer à l'arrière soit écrit sur ma tronche. Le petit sourire de Dorian m'amuse autant qu'il me met mal à l'aise.

Il démarre et m'offre quelques minutes de silence avant de craquer.

— Vous voulez ouvrir les fenêtres ? Vous semblez avoir un peu chaud, me taquine-t-il.

— Fais attention à tes fesses, gamin, répliqué-je.

Malgré tout, je dois me retenir de rire à sa vanne.

— Pour quelqu'un qui ne la trouvait pas mignonne… poursuit-il malgré tout.

Nos regards se croisent dans le rétro. Il est aussi amusé que moi et cette fois, je me laisse aller à rigoler.

Je passe vraiment une bonne journée.

11

Septembre – Pays-Bas

MAI

— Vous pensez que c'est une tumeur ? m'interroge mon patient.

Cet homme travaille pour Neptune depuis de nombreuses années. Il est un peu hypocondriaque sur les bords : je le vois assez souvent. Déjà, à l'époque de ma formation, il consultait mon tuteur en permanence. Aujourd'hui, il vient simplement pour une petite bronchite.

— Non. Ce n'est pas une tumeur, dis-je fermement.

Il fronce les sourcils.

— Vous en êtes certaine ? Je ne veux pas critiquer vos aptitudes, mais ne vaut-il pas mieux vérifier ?

Je prends une longue inspiration pour rester calme et mesurée. Je songe surtout au rendez-vous suivant qui me donne méchamment envie de terminer celui-ci.

Gabriel doit passer et je dois savoir ce qui va se dérouler dans ce cabinet. Est-ce que nous allons réellement rester pros ? Je n'en ai pas la moindre envie. Même si je ferais mieux.

Bref. Pour l'instant, je dois régler ce cas.

— Vous avez déjà fait des examens il y a deux semaines. Je suis sûre de moi, ce n'est qu'une bronchite.

Il n'est pas convaincu. Peut-être qu'il ira à l'hôpital après ce rendez-vous, ou qu'il consultera un autre médecin. Qu'il le fasse si ça le rassure et s'il a de quoi payer. Je ne peux pas faire de miracle ou l'hypnotiser pour le persuader.

Plus il vieillit, plus j'ai l'impression qu'il angoisse. Ce pauvre monsieur risque d'avoir une fin de vie bien compliquée.

Je reprends sans lui laisser le temps de polémiquer.

— Voilà vos ordonnances. Reposez-vous et pensez bien à vos médicaments. Ça sera terminé plus vite que vous le croyez.

Je lui offre mon meilleur sourire rassurant, en espérant parvenir à le détendre. Ce n'est pas très fructueux, mais déjà mieux qu'à son arrivée.

Il finit par accepter de partir. Il se lève et je vais lui ouvrir la porte pour le saluer.

— Bonne journée, lancé-je gentiment.

Il soupire avec une tête de six pieds de long pour Gabriel qui attend, appuyé négligemment contre le mur du box.

— Au revoir, Docteur. Elle est tout à toi, Hupert ! lâche-t-il avant de s'en aller, le poids du monde sur les épaules.

— J'espère bien, répond Gabriel avec un petit sourire charmeur pour moi.

Je le fais rapidement entrer pour ne pas éveiller de soupçons. Non pas que qui que ce soit pourrait se douter de quelque chose… Je crois que c'est moi qui suis légèrement parano sur ce coup.

Je referme la porte derrière nous. Un peu désarçonnée par le contexte professionnel, j'ignore comment me comporter avec Gabriel.

— Comment tu vas ? demandé-je maladroitement.

Il m'observe un instant. Je ne sais pas si ma gêne se voit, mais il devient plus doux dans sa façon de me parler, moins charmeur.

— Je ne me sens pas trop mal. Enfin, j'ai toujours mal, mais peut-être que je suis moins angoissé.

Le fait qu'il se détende aide forcément. J'espère qu'il va continuer sur ce chemin.

— Qu'est-ce qui te déstresse comme ça ? l'interrogé-je, avant de réaliser ce qui a pu changer récemment dans sa vie.

Son regard entendu confirme cette pensée. Ma bêtise me fait rire.

— Ouais. C'est sûr que rouler une pelle à son médecin dans une voiture, ça aide à se changer les idées.

Nous éclatons tous les deux de rire. Dit comme ça, la situation semble un peu grotesque.

— Allez, déshabille-toi qu'on commence.

Lui demander cela prend une tout autre dimension à présent. Ma soudaine rougeur l'amuse. Sauf que lui aussi rosit.

Il s'exécute et pour une fois, je le regarde faire en détail. J'ai toujours trouvé ça séduisant quand un homme retire son haut. Ses abdos, ses épaules, ses bras se contractent. Sur Gabriel, le résultat est encore plus satisfaisant à admirer. Il est beau, bien fait, musclé, fin.

Il s'attaque ensuite à sa ceinture. L'acte me semble si sexuel… Il défait la boucle, puis le bouton de son jean avant d'en faire descendre la braguette.

Il me donne chaud.

Il m'observe tandis que je le regarde. Il ne me demande pas de détourner les yeux et se satisfait même de la situation, comme en témoigne son petit sourire.

Il baisse son pantalon en retirant au passage ses chaussettes.

Maintenant qu'il est en caleçon, je manque de faire un arrêt sur image sur son sexe que je peux discerner sous le tissu noir. Je parviens tout de même à me concentrer sur autre chose.

— Allonge-toi, demandé-je, le souffle court.

Il faut que je me reprenne. Il est là pour que je m'occupe de lui et je suis loin de remplir cette tâche.

Gabriel s'avance vers le siège, mais s'arrête quelques secondes contre moi pour déposer un bisou sur ma joue. Sa main passe dans mon dos, sur ma taille, avant qu'il ne se détache pour s'installer.

J'attrape ma panoplie pour l'ausculter et me mets au travail sans plus attendre. Je dois me reconcentrer.

Sauf que Gabriel, lui, n'a pas la même idée en tête.

— Mai ? Tu portes quoi sous ta blouse ? Je me suis toujours demandé.

Sa tentative pour attirer mon attention me fait hausser un sourcil.

— Au risque de te décevoir, je porte un short et un tee-shirt.

Il rigole.

— Ce n'était pas une question perverse, juste de la curiosité, se défend-il.

Je tâte sa jambe, ses côtes, pour vérifier que tout reste en ordre à ces niveaux.

— Tu as les mains douces, remarque-t-il.

Je quitte sa cuisse pour lui mettre une des mains en question sur la bouche.

— Pitié, laisse-moi me concentrer.

Je le sens sourire sous ma paume avant qu'il n'y dépose un baiser.

— Gab...

Il soupire, se redresse et m'attire à lui. Je me laisse faire, bien trop contente qu'il prenne finalement les devants. Il se décale sur le côté du siège pour me loger entre ses jambes.

Il porte une de mes mains à ses lèvres, puis l'autre. Il caresse ensuite délicatement mes hanches.

Incapable de me retenir plus longtemps, j'enfonce mes doigts dans ses cheveux. Je n'arrive plus à réfléchir. Nous nous embrassons. Il ouvre ma blouse pour poser ses mains toujours plus proches de ma peau.

Gabriel se recule sur le siège et m'invite à monter avec lui. J'ai un genou de part et d'autre de ses cuisses : nous nous retrouvons dans la même position que dans la voiture. Les choses reprennent là où nous les avons laissées. Sauf que cette fois, Gabriel est presque nu. Je ne me retiens pas de le toucher. Sa peau est douce, parsemée de poils blonds. Quelques grains de beauté me taquinent. Ils me supplient de les caresser.

Nos bouches sont affamées. Chaque gémissement est avalé par un nouvel assaut.

Je sens ses mains qui découvrent mon corps. Il s'aventure sur mes cuisses, mes hanches, mes fesses. Il les empoigne pour me rapprocher toujours plus de lui. Il remonte sur ma taille, mes côtes et s'avance doucement vers ma poitrine.

Ses lèvres lâchent les miennes pour me mordiller le cou, la mâchoire. Nos regards se croisent, je suis harponnée par ses yeux alors que sa main vient englober mon petit sein. Il gémit de plaisir en me caressant, se délecte de mes réactions.

— Je suis censée m'occuper de toi, lui rappelé-je dans un instant de lucidité.

Il hoche la tête.

— Je sais. Je n'arrive simplement pas à te résister.

— Je n'ai rien fait pour te séduire.

Mon argument le fait sourire.

— C'est bien le problème.

Je finis par me faire violence pour descendre de ses genoux. Je dois réellement m'occuper de lui avant mon prochain rendez-vous.

Je refais ma couette et referme ma blouse pour me reconcentrer. Gabriel m'observe, toujours au même endroit, les cuisses légèrement écartées, me laissant apercevoir son érection qu'il ne cache pas.

J'ai envie de la détailler, de retirer son caleçon, mais là, je dois surtout me reprendre.

— Sur le ventre ? demande Gabriel, amusé de me voir détourner le regard.

Je hoche la tête en riant.

— Je pense que c'est mieux.

Il s'exécute, mais passe une main entre son corps et le siège pour remettre son sexe en place. Le geste me fait bouillir. Je ne sais pas comment survivre au reste du rendez-vous sans lui sauter dessus.

Et ce cul qui me tourmente !

J'ignore comment je parviens à me mettre au travail, c'est un vrai miracle quand tout ce à quoi je songe c'est de le chevaucher.

GABRIEL

Courir aux Pays-Bas, c'est prendre le risque de passer un weekend sous la pluie. C'est vraisemblablement le cas cette semaine.

À cause d'un mauvais virage humide en FP1, mon châssis a été très endommagé par un gros vibreur. Résultat : je n'ai pas pu participer aux deux autres sessions d'essais libres. Le staff devait réparer les dégâts, une tâche qui aura demandé plus de temps que prévu.

Je vais devoir me lancer dans les qualifications sans repérage du circuit, sans tester la voiture dans les conditions du weekend, sans données pour aiguiller l'écurie. C'est loin d'être idéal. Je suis stressé, frustré. Tout ça est de ma faute et mon boss me le fait savoir. Sans parler de la pluie qui commence à s'intensifier.

J'attends désespérément de débuter la Q1 pour me rattraper. Assis dans mon cockpit, je trépigne d'impatience, tendu au maximum, le dos très douloureux. Je serre les dents pour ravaler cette peine. Ce n'est pas le moment de craquer, j'ai un travail à faire.

— Bon, Hupert, au moins P6 aujourd'hui, ordonne Leceo.

Voilà qui est clair, bien que peu réalisable avec les capacités de notre monoplace. Nous pouvons viser au max P8, au vu des résultats des essais des autres écuries et d'Oran.

— Ramène la voiture sans problème, s'il te plaît, ajoute-t-il.

— Ce n'est pas comme si je prenais plaisir à avoir des accidents, Ronan, ne puis-je me retenir de rétorquer.

Il me met encore plus sur les nerfs que je ne le suis. Si ça ne tenait qu'à moi, je serais P1 tous les weekends. Si c'était aussi simple, on le saurait.

— N'oublie pas les enjeux pour toi, lâche-t-il finalement, mauvais.

Je reste bête, sans trouver quoi répondre à une menace si ouverte. Comment peut-il se permettre de me faire ce genre de commentaire avant une qualification ? S'il croit me motiver, il me connaît peu. Si c'est une vanne, elle n'est pas drôle. Si ce n'en est pas une, j'ai peur.

Putain...

Je n'ai jamais été aussi heureux d'entendre mon ingénieur m'informer du début de la session. Quand un membre du staff me fait signe de sortir du box, je me fais un plaisir de filer en piste. Là, personne ne peut me faire chier. Je suis seul avec mon volant. Même mon ingénieur ne peut plus m'atteindre si je décide de ne plus l'écouter.

Après une telle menace, je suis presque prêt à foncer dans le mur volontairement, ça leur coûterait des milliers d'euros de réparations.

Sauf que, pour moi-même, je préfère me placer en haut de la grille pour demain. J'ai l'esprit de compétition, je veux me battre et gagner. Je souhaite m'améliorer, aller au bout de moi-même, dépasser toutes les limites. Je n'en suis déjà pas loin avec la douleur que je me paye dans la nuque dans les virages. Je ne sais pas comment je garde connaissance chaque fois que je cours.

J'enregistre un premier tour, puis un deuxième et un troisième. Ce n'est pas tant pour me placer haut dans le classement que je le fais. Je suis déjà en sécurité pour la première coupe. Je conduis surtout pour rattraper les sessions d'essais qui m'ont manqué. Je dois me familiariser avec le circuit. En plus, je gêne un peu les autres pilotes, ce qui n'est pas très cool, mais toujours efficace sur le long terme. J'use leurs trains de pneus et leur patience.

Je rentre aux stands deux minutes avant la fin du temps imparti. Le staff s'agite autour de la voiture pour refroidir le moteur, me montrer les stats et garder les gommes au chaud. J'enregistrerai mon tour le plus rapide en *inter*.

Après les quelques minutes de pause entre les deux sessions, la seconde démarre.

Les premiers s'élancent sur la grille, tandis que les plus performants attendent plus longtemps. N'ayant pas une minute à perdre, l'écurie décide de me faire sortir rapidement.

Je fais chauffer mon train sur un premier tour, puis enregistre un temps sur le suivant. Le pied au plancher, je vais au maximum de ma vitesse sur la ligne droite, puis décélère pour prendre le premier virage. Un coup d'accélérateur avant le prochain. L'épingle à droite me tue les cervicales, mais je tiens bon. Je respecte le tracé, fais de mon mieux pour toujours rester à la limite de la perte d'adhérence par ce temps pluvieux.

J'ai l'impression de bien me débrouiller. Je donne tout ce que je peux.

Je réalise quatre tours avant la fin du temps imparti. Je me place P10. Juste à la limite de la seconde coupe. C'est loin d'être suffisant pour la session qui va suivre. Je ne comprends pas comment je peux atteindre l'objectif de Leceo avec une voiture clairement moins performante sur ce circuit. Même Oran galère. Il est P11, aujourd'hui. Je ne saisis pas le délire de Ronan.

Je tente de reprendre mes esprits avant la dernière séance. Elle est de loin la plus importante. Tout va se jouer maintenant. Malheureusement, si je me suis placé en P10 à la session précédente dans les mêmes conditions que tout le monde, je ne risque pas de faire bien mieux en Q3.

Pour cette session plus courte, nous sortons tous en même temps. Nous devons obtenir le meilleur chrono et courir le plus longtemps possible pour y parvenir. Tout peut arriver, y compris une météo très capricieuse.

Je panique quand je vois les gouttes de plus en plus nombreuses sur ma visière.

— Putain !

La piste commence à être trempée. Je perds de plus en plus d'adhérence.

— Box, box ! On doit passer en *wet*.

Et ils ne pouvaient pas le savoir plus tôt ? Ils n'ont pas un radar pour prévoir ça ?

Partiellement soulagé de voir presque tous pilotes prendre le même chemin, j'essaye de me reconcentrer pour jouer de ce nouveau paramètre. Il va bien falloir travailler avec la météo.

Je repars quelques secondes plus tard avec mon train adapté. La radée s'est intensifiée. La piste glisse de plus en plus. Je dois sortir un temps et vite, avant que l'eau ne vienne tout arrêter.

Sauf que tout le monde partage cette stratégie. Certains tentent même un tour en *inter*, ce qui se termine inévitablement en drapeau jaune, ralentissant mon tour bien malgré moi.

Une fois la piste dégagée, nous repartons de plus belle, mais nous nous gênons par le trafic. Les esprits s'échauffent. Certains prennent de mauvaises décisions. C'est le chaos sur le tracé. Je n'y vois rien, les trains ne montent pas en température, c'est une patinoire.

Vivement que ça se termine.

J'enchaîne les tours comme demandé. Je fais de mon mieux, mais manifestement, ça ne paye pas. Je me place P8, à la fois près et trop loin de l'objectif de Leceo. Ce qui pourrait être vu comme un bon résultat par un dirigeant terre à terre va se retourner contre moi. J'ai fait mon maximum, mais je ne suis pas encore magicien.

Je rentre aux stands, sors de la voiture et me prépare pour les journalistes. J'essaye d'éviter mon boss, malheureusement, il ne rate pas sa chance de me provoquer.

— On avait un accord, Gabriel, lance-t-il avec un regard entendu avant de disparaître dans les box.

Fils de pute.

Et comme un connard n'arrive jamais seul…

— Baisse de régime, Gabby ? me cherche Oak. Je te montrerai comment piloter cette voiture quand j'aurai pris ta place.

Son clin d'œil me donne envie de lui arracher la tête. Dans ces moments, j'aimerais être comme Owen ou Mathieu. J'aimerais savoir répondre. Sauf que je n'ai pas le temps de réfléchir à une répartie qu'il a déjà filé pour aller se faire mousser auprès de la presse.

Cette journée va de mal en pis.

Malgré tout, je garde mon calme et respire profondément pour me rendre aux interviews. J'avale rapidement une gélule pour endurer cet instant sans siffler de douleur.

Quand je me place devant le premier journaliste, je sais qu'il va m'en faire baver. Immédiatement, il entre dans le vif du sujet :

— Dure session ? Je regarde les nuages au-dessus de nos têtes, laisse la pluie se faire entendre par-dessus le brouhaha.

— Ce n'est jamais simple quand il pleut, si ?

Il m'invite à faire un bilan de ce début de weekend et j'ignore comment tourner les choses pour favoriser l'écurie. Rien n'a été glorieux cette semaine. La course s'annonce mal, je n'ai franchement rien de positif à dire. J'ai envie de cracher sur mon boss, d'insulter Jacob.

— Pensez-vous parvenir à garder un siège avec vos performances actuelles ?

Si j'avais une réponse, je la donnerais volontiers, enfoiré.

— J'ai confiance en moi. Je sais ce que je fais avec les paramètres que je peux contrôler. Je pense que les écuries ont conscience de tout cela.

Les questions pourries continuent, si bien qu'à la fin, je me sens obligé d'invoquer la fatigue pour le quitter et aller me reposer.

Je passe à mon box me changer et me doucher, puis m'enfuis dans le cabinet de Mai. Elle est la seule que je veux voir à cet instant.

12

Septembre – Pays-Bas

GABRIEL

Si aller voir Mai m'a merveilleusement calmé, les baisers et câlins aidant beaucoup, le savon que je me suis pris par Leceo m'a de nouveau bousillé.

Le Grand Prix démarrait déjà mal entre mes douleurs, mon stress et ma place peu avantageuse sur la grille. Mais alors le drapeau jaune en milieu de course qui a permis à tous de changer de pneus sans perdre de temps tandis que j'y suis passé juste avant vient faire s'envoler mon espoir. Non seulement notre stratégie part en fumée, mais en plus, j'ai maintenant dix secondes à rattraper sur tout le monde.

Je suis maudit. Je ne vois que ça.

Quand la piste se dégage, je tente de reprendre du terrain en faisant un bon départ. Je parviens à récupérer une place, mais rien de plus. Je dois accélérer sur le long terme, remonter, gagner du temps en négociant chaque virage de la meilleure façon possible. Je suis concentré à mon maximum, j'écoute chaque conseil de mon ingénieur.

J'arrive à me retrouver en P13 une vingtaine de tours avant la fin. C'est minable, je ne suis pas dans les points. Cette course va me coûter si cher !

— Écart avec ton coéquipier : 3,5.

Ils ne vont certainement pas m'aider à le passer. Au contraire, ils vont me demander de rester derrière pour ne pas user nos pneus en nous battant.

Malgré tout, je remonte sur lui, car je ne peux juste pas attendre bêtement. Ce n'est pas ça la course. Je veux me battre jusqu'au bout, mériter une meilleure position.

En cinq tours, je me place juste derrière lui, à portée de DRS. Ses gommes sont, certes, moins abîmées, mais Oran a un mauvais rythme ce weekend.

— Je dois passer, l'informé-je.

— Reçu. Je reviens vers toi.

Les quelques secondes à attendre derrière lui sont insoutenables. Je vois toutes mes chances de poursuivre les suivants se réduire. Ces secondes sont primordiales et ils me les font perdre en réfléchissant à un truc aussi simple.

— Négatif. Vous avez l'ordre de ne pas vous battre.

Quoi ?

— Ce n'est pas se battre : je peux passer en DRS ! argumenté-je, à bout de nerfs.

— Garde cette position, se contente de répondre mon ingénieur.

Ce n'est pas lui qui prend les décisions, c'est Leceo.

Je ne sais pas quoi faire. Doubler malgré tout ? Est-ce que ça sera bien vu parce que je me démène quoi qu'il arrive ou mal vu car je n'écoute pas mon écurie ? C'est un pari et j'ignore sur quoi miser. Qu'est-ce qu'ils attendent de moi ?

Qu'est-ce que les autres écuries souhaiteraient voir ?

Le tour suivant, le DRS est de nouveau disponible. Je prends la décision en une fraction de seconde. Je suis un pilote, je veux me battre, pas attendre comme un con derrière un coéquipier plus lent. Ça n'a pas de sens et je n'en ai plus rien à foutre de satisfaire Leceo qui me traite comme de la merde.

Je colle Oran pour prendre de l'aspiration, puis le passe en ligne droite sans la moindre difficulté. Je négocie parfaitement la courbe suivante et m'en tire sans accroc. Je dois remonter.

Je regarde dans mon rétroviseur, Oran ne parvient pas à me suivre.

Pour ma carrière de pilote, j'ai pris la bonne décision. Pour mon siège chez Neptune, je viens peut-être de commettre une erreur fatidique.

— Nous en parlerons après la course, intervient Leceo dans le micro de mon ingénieur.

— Oh oui, réponds-je, tout aussi véhément.

Personne ne me demandera jamais de m'écraser en piste. Je ne suis pas un figurant. C'est un championnat, chaque place gagnée compte.

La perte de temps derrière Oran me coûte mon prochain dépassement. À moins d'une seconde d'une TW, je ne parviens pas à la doubler sur le dernier tour.

Je passe le drapeau à damiers P12. Je ne suis pas dans les points. Ce weekend de course a été désastreux du début à la fin. J'ai envie de me tirer une balle. Sans oublier que mon boss m'attend de pied ferme. Cette journée est loin d'être terminée.

Je sors de ma monoplace, furieux, déçu.

Bon joueur, Oran me serre la main alors que nous nous rendons à la pesée.

— Je ne comprends pas leur décision, me confie-t-il.

— Ils me rendent fou.

Son sourire désolé me conforte au moins dans l'idée que ce n'est pas que dans ma tête. Les choix de Leceo n'ont pas de sens. J'en subis les dures conséquences. Ce mec est en train de bousiller ma carrière sans que je ne saisisse pourquoi.

Après la course, s'enchaînent une énième fois des interviews pour débriefer du weekend. On me parle du message radio qui m'a été passé, de ma décision. Beaucoup de suppositions flottent dans l'air. Des non-dits s'accumulent entre la presse et moi. Cette ambiance tendue met mon dos à rude épreuve. Je commence même à ressentir une lourdeur dans ma jambe.

Je dois quitter le paddock, et vite.

Je termine malgré tout mes impératifs, puis file me changer dans mon box.

Je m'apprête à attraper Dorian pour qu'il me ramène quand Leceo débarque pour me parler. Il est furieux, sauf que moi aussi.

— Quand je donne une directive, tu la suis ! se lance-t-il.

Un rire amer m'échappe.

J'ai beaucoup de chance qu'il préfère avoir cette conversation en privé.

— Pas quand elle est merdique. C'est ta décision qui m'a empêché d'être dans les points ! J'aurais pu passer si je n'avais pas perdu autant de temps derrière Oran qui n'avait pas de rythme.

Il tape du poing sur la table. S'il croit imposer son autorité de cette façon, il se trompe. Il me fait juste de la peine.

— Tu n'es pas dans les points parce que tu ne t'es pas qualifié assez haut, argumente-t-il.

Je rêve.

— Je ne me suis pas qualifié assez haut parce que ta voiture n'avance pas !

— Tu ne risques pas de la conduire longtemps si tu ne m'obéis pas, menace-t-il.

Je ne peux pas le laisser jouer à ce jeu malsain. Il ne peut pas m'obliger à sous-performer pour ensuite menacer de me virer parce que je suis ses consignes. Il y a tellement en jeu. Il se moque de mon avenir. J'aimerais vraiment comprendre son changement d'attitude soudain.

— Si tu veux me dégager, fais-le rapidement. Assume, au lieu de me mettre en difficulté en course. Le désastre d'aujourd'hui n'est en rien ma faute.

— Je te préviens, Gabriel. Ne t'avise plus de remettre mes décisions en cause, et certainement pas devant la presse.

Son ton est de plus en plus menaçant. Tout comme sa posture. Son autorité a été mise à mal par mon choix. Mais surtout, tout le paddock a conclu la même chose que moi : c'était une très mauvaise directive.

— Je n'ai pas besoin d'en parler à la presse pour que tout le monde voie ce qui se passe. Interroge n'importe qui sur le circuit, la réponse sera la même : tu as eu tort de privilégier un pilote avec un rythme plus faible.

Mon calme le met hors de lui. Finalement, il quitte mon box sans un au revoir. Ce n'est que lorsque la porte se referme que je laisse aller ma rage. Un cri de colère m'échappe, je renverse la petite table avec tout ce qui était posé dessus. Je glisse ensuite sur le canapé, perdu, furieux. Mon dos me torture.

Je ne contrôle plus rien dans cette situation.

Je ravale les larmes qui montent pour appeler Dorian et rentrer à l'hôtel. Je dois quitter cet endroit, trouver du silence et surtout ne voir personne.

J'envoie un message à Mai pour la prévenir que je viendrai la consulter plus tard. Pour l'instant, je dois me calmer et chercher une putain de solution !

MAI

Je range méticuleusement mon cabinet en attendant que Gabriel se décide à venir.

Il m'a prévenue de son retard et, vu la course que j'ai suivie, je comprends son besoin de prendre du recul. Malgré tout, j'aimerais bien rentrer me reposer avant vingt et une heures. La journée a été longue et attendre Gabriel ne fait que l'éterniser.

Pour m'occuper, je continue donc de faire le ménage et tout remettre à sa place. J'ai tendance à laisser traîner les objets que j'utilise beaucoup tout au long de la semaine. Ça ne fera pas de mal à la pièce de retrouver un peu d'ordre. Ranger m'aide aussi à canaliser mes pensées.

Je reste très préoccupée par l'état de Gabriel qui ne s'améliore clairement pas. Je suis, par ailleurs, plutôt perturbée par ce qu'il se passe entre nous. Les baisers, les câlins, les remarques coquines… Je ne m'attendais pas ça. J'ignore si je dois en parler à Mélanie ou si ce n'est pas assez important pour me donner cette peine.

Est-ce que ça va durer ? Augmenter en intensité ?

Gabriel n'a pas de temps à consacrer à une copine, je le sais. Je dois donc éviter de m'attacher à lui, sauf que ce n'est pas mon fort quand je m'implique physiquement avec un homme.

C'est un peu le bordel.

Le cours de mes pensées est stoppé net par la sonnerie de mon portable. C'est le pilote en question. Est-ce qu'il m'appelle pour faire sauter notre rendez-vous ? Il n'a pas intérêt ! Il ne peut pas se le permettre, j'espère qu'il en a bien conscience.

Je décroche, tendue.

— Gabriel ?

Les quelques sons que je perçois de l'autre côté du combiné me font immédiatement ravaler mes remontrances.

Qu'est-ce qu'il sè passe ?

— Hey, Gab. Ça va ?

Sa respiration est rapide. Trop rapide. Comme s'il hyperventilait. Surtout, il ne me répond pas. Je n'entends que quelques gémissements ou bien est-ce des hoquets ?

Mon cœur commence à battre la chamade.

— Faut que tu m'aides, Mai ! implore-t-il la voix éraillée. Je n'arrive pas… Je n'arrive pas à me cal-calmer. J'arrive plus à respirer. Je ne sais pas ce qu'il se passe. Je t'en prie, aide-moi. Je-je-je –

— Dis-moi où tu es, je te rejoins, promets-je, d'un ton que j'espère rassurant par sa fermeté.

Il est en proie à une crise de panique, je ferais mieux d'aller l'aider. J'ignore ce qui a déclenché sa réaction, j'ai besoin de vérifier qu'il n'a rien de grave. Je n'aime pas avoir à entendre son désarroi.

— À l'hôtel, parvient-il à répondre.

Savoir que je viens semble l'aider à reprendre un peu son souffle.

Je retire ma blouse, attrape ma sacoche où je fourre tout ce dont je pense avoir besoin. Une fois toutes mes affaires récupérées, je file de mon cabinet pour rejoindre sa suite.

— Reste en ligne, d'accord ? Je suis là dans dix minutes.

— Putain, putain, putain… répète-t-il en marmonnant. Qu'est-ce que j'ai fait ?

Mon cœur se serre à chaque mot qu'il prononce. Chaque parole transpire d'une souffrance dont je ne comprends pas la source. Ce sport ne peut pas le bousiller comme ça ! Pourquoi est-ce qu'il continue ?

— Cale-toi sur ma respiration, Gabriel, ordonné-je.

J'enchaîne une série d'inspirations et d'expirations profondes pour le guider vers un souffle normal. Il tente de m'imiter, mais de nombreuses fois, son stress reprend le dessus et l'empêche d'inhaler assez d'air.

Malgré tout, l'exercice l'aide à tenir le temps que j'arrive dans sa suite. Je lui répète des mots que j'espère rassurants. Je ravale la boule qui se forme dans ma gorge en l'entendant se perdre dans une spirale infernale. Je me sens impuissante.

Ce n'est qu'une fois devant sa porte que je retrouve entièrement mes esprits. Je dois être à cent pour cent de mes capacités si je veux le calmer. Ce n'est pas le moment d'angoisser à mon tour. Il a besoin de moi.

J'ouvre avec la clé donnée par Dorian un peu plus tôt dans la semaine. Après le rendez-vous raté de l'autre fois, nous avons pensé que ça serait plus sage que je puisse intervenir en cas d'urgence. Comme aujourd'hui.

J'entre en trombe dans la suite et laisse tomber mes affaires sur le passage avant de rejoindre Gabriel.

Assis contre le mur de sa chambre, la fenêtre grande ouverte, j'imagine qu'il a cherché à trouver le plus d'air possible.

Quand il m'entend, il relève la tête de ses genoux. Ses bras sont enroulés autour de ses jambes. Il les serre si fort que ses muscles manquent d'éclater hors de sa peau.

Ses yeux sont rouges, bouffis, écarquillés. Ses cheveux sont en batailles. Son teint est terriblement pâle et comme au téléphone, sa respiration est éreintée.

Je m'agenouille près de lui pour l'attirer contre moi.

— Hey, viens-là. Calme-toi. Tout va bien.

Je lui murmure toutes sortes de mots doux pour tenter de le rassurer par ma présence. Je lui caresse les cheveux, enserre son dos, blottis sa tête contre ma poitrine.

— Je suis désolé, parvient-il à prononcer quand il contrôle un peu mieux son souffle.

— Mais non. Tout va bien, Gabby.

Les minutes défilent. Il retrouve peu à peu ses esprits alors que la crise passe. Son cœur ne s'emballe plus autant. L'angoisse redescend. La fatigue reprend le dessus. Il se laisse finalement glisser au sol pour s'allonger.

Il se frotte les yeux, le visage. Un gros soupir s'échappe d'entre ses lèvres. Moi, je me contente de l'observer en lui offrant l'espace dont il a besoin pour accepter ce qui vient de se passer.

— Putain… répète-t-il inlassablement.

Après la crise arrive la mortification. Il fuit mon regard, secoue la tête de droite à gauche. Il se mord la lèvre, serre la mâchoire. Il a perdu le contrôle et il n'a pas aimé ça.

— Tu veux que j'aille te chercher de l'eau ? proposé-je pour lui laisser un peu d'intimité.

Enfin, il plante ses yeux dans les miens. Il ne souhaite pas m'en demander autant, alors je me lève pour lui rapporter un verre sans attendre sa réponse.

Quand je reviens, il est assis sur son lit, torse nu, et s'éponge avec son tee-shirt. Le regard dans le vide, il me fait plus de peine que jamais.

Je m'installe à ses côtés en lui tendant le verre. Gabriel me remercie avant de le vider d'une traite.

— Je suis désolé, s'excuse-t-il une nouvelle fois. Je ne sais pas ce qui s'est passé.

Je pose ma main sur sa cuisse pour continuer de l'apaiser.

— Tu as fait une crise d'angoisse. Rien de bien surprenant vu la pression que tu te mets en ce moment.

Il hoche la tête, calmé, mais toujours préoccupé.

— Tu as une idée de ce qui a pu la déclencher ? l'interrogé-je.

Il hausse les épaules avant de tirer légèrement ses cheveux. Je lui laisse le temps dont il a besoin pour s'exprimer, remettre ses idées en ordre. Finalement, il se décide à se confier.

— Le weekend s'est mal passé, Ronan était furieux. Il a menacé de me virer, m'a plus ou moins traité d'incapable. On s'est engueulés. J'ai refusé une directive en course et dit que sa voiture était à chier… En gros, j'ai rédigé ses motifs de remerciement à sa place.

Son regard hanté me brise un peu plus chaque fois que je le vois. Il se bat pour quelque chose dont il ne maîtrise pas tous les paramètres. Évidemment qu'il a craqué, qu'il a répondu. Il ne pouvait pas continuer d'accepter d'être traité comme de la merde sans rien dire. Son siège était déjà en péril, d'où son pétage de câble. Il n'a pas à se flageller de la sorte.

— Si Leceo veut te virer, il trouvera quelque chose. Rien de ce que tu fais n'influe sur ses décisions. Gabriel, que tu pilotes bien ou non, il trouve toujours un truc à te reprocher. À ce stade, tu ne faisais que subir. Tu as eu raison de riposter !

Il secoue vivement la tête.

— Tu ne comprends pas, Mai. Je dois *tout* faire pour rester. Tout. Je n'ai pas le droit de répondre, de prendre des décisions contraires à celles de l'écurie. J'ai le droit de la fermer et d'accepter ce qu'il m'envoie dans la figure. Il m'offre un siège, je lui dois tout.

Comment est-ce qu'il peut croire à ce qu'il raconte ?

— Tu n'es pas sa pute ! m'emporté-je.

Ma remarque le fait sourire.

— Si j'étais Owen, Matt ou Loris, je ne serais pas sa pute, non. Sauf que je n'ai pas leurs moyens, ni leur popularité ou leurs sponsors. Tu connais la F1, ce n'est qu'une histoire d'argent.

Mais il en a ! Mélanie et lui ont construit une grosse fortune. Il ne possède que des belles choses. De ses vêtements à sa voiture, en passant par son appartement en France, tout respire le luxe.

Il m'observe, puis sourit avant de s'expliquer.

— Je n'ai pas assez pour payer une partie de ma place comme le font les gars. Ils ne sont pas des pilote-payants, mais ils participent. Du moins, ils ont réussi à attraper des sponsors influents avec des garanties financières importantes. Moi, je me bats depuis que j'ai six ans pour avoir autant de chances qu'eux.

Maintenant que la vanne est ouverte, je n'ai même plus besoin de le questionner pour qu'il s'épanche. Je me contente donc de l'écouter et de le câliner.

— J'ai commencé de zéro. Quand les gars avaient des karts tout neufs payés par des sponsors, amis avec leurs parents, moi, je devais passer des mois avec mon père pour construire le mien avec des dons des garages alentour. Toutes nos économies sont passées dans le matériel de course, dans les déplacements. Mes parents ont bossé comme des dingues pour m'offrir cette chance. Ils étaient persuadés que j'étais fait pour ça, alors ils ont tout donné pour que j'entre dans ce milieu.

Je savais que la famille Hupert n'avait jamais été riche. J'ignorais cependant jusqu'à quel point ils avaient été sur la paille.

— Ils m'ont payé les stages, l'école spécialisée, la Junior. Je me suis défoncé pour continuer à gagner des courses et monter en grade. Ils étaient à mes côtés pour taper à toutes les portes des sponsors, pour les supplier de travailler avec nous. Mel aussi a mis sa vie entre parenthèses. Elle nous a suivis tous les weekends de course, a renoncé à des cadeaux de Noël pour financer mon kart. Tu ne réalises pas tout ce que je leur dois. Je ne peux juste pas perdre mon siège maintenant.

Il agit comme s'il portait toute sa famille sur ses épaules, comme s'il leur était éternellement redevable.

— Tes parents ont choisi de t'aider. Tu n'as pas à prendre cette responsabilité. Tu ne leur as pas mis le couteau sous la gorge. Ils ont pris cette décision, pas toi. Et même si dette il devait y avoir, tu l'as remboursée depuis longtemps. Je dois te rappeler la maison que tu leur as payée ? Le nouveau garage de ton père ? C'est toi qui as trouvé des contacts pour Mélanie. Gab, tu t'es déjà défoncé pour eux.

Il hausse les épaules.

Je comprends mieux sa détermination à continuer, malgré ses problèmes de santé. Il s'y croit obligé. Il a l'impression de laisser tout le monde tomber, mais c'est faux. Sa famille est fière de lui. Il a déjà fait plus que tellement de personnes. Malgré tout ce qu'ils ont pu sacrifier pour sa passion, rien ne garantissait qu'il passe en Formule 1. Il y est parce qu'il est talentueux, bosseur. Il n'y est que grâce à lui-même.

— Ta famille ne voudrait pas que tu te mettes en danger pour un siège. S'ils connaissaient ton état de santé actuel, ils te supplieraient d'arrêter. Ils ont peut-être été prêts à sacrifier du matériel pour ta passion, mais ils ne sacrifieraient jamais leur fils.

Sa mâchoire se tend, mes mots le touchent et il se contrôle pour ne pas me le montrer.

— J'ai l'impression de tout rater, de laisser tomber tout le monde. D'être juste une putain d'erreur sur cette grille.

Mon cœur se serre à nouveau. J'attrape sa main dans la mienne pour enlacer nos doigts.

— Tu es incroyable, Gabriel. En piste et en dehors. Tu es un bon pilote dans une voiture modeste, avec un boss tyrannique. Tu fais de ton mieux et tu es prêt à tout pour satisfaire tout le monde. Mais tu ne peux pas ! Tu te mets en danger pour les rendre tous heureux, les rassurer, leur éviter toute peine. Sauf que ce n'est pas ton rôle. Oui, tu es un frère, un fils et un ami merveilleux, attentionné, protecteur. Tu devrais cependant prendre le temps de penser à toi. Ta santé, physique et mentale, l'exige. Tu es à la limite du *burn out*, là.

Il hoche la tête.

— J'entends ce que tu dis, Mai. Vraiment. Je n'arrive juste pas à l'accepter. Je ne peux pas arrêter. J'aime réellement piloter.

J'acquiesce.

— Je sais, Gab.

Il se laisse tomber en arrière sur le lit et m'attire contre son torse. Il m'enlace dans une étreinte douce, désespérée.

Je ne sais pas si je suis sa bouée de sauvetage, mais si c'est le rôle qu'il veut me donner, je le remplirai.

Nous restons en silence quelques instants. Il est perdu dans ses pensées, il a beaucoup à songer. Je me doute de la décision qu'il finira par prendre, mais j'espère qu'un jour il verra que ce n'est pas la seule solution. En attendant, je prie pour que son état ne se détériore pas.

— Je n'aime pas te voir comme ça, confié-je. Tu m'as fait peur.

Il se tourne pour me faire face. Sa main glisse sur ma hanche qu'il attire vers lui. Je me rapproche pour le laisser m'embrasser.

— Je suis désolé. Tu étais la seule que je voulais voir, qui pouvait m'aider.

Sa confiance me touche et me brise. Il s'isole pour protéger son entourage. Je suis l'unique personne qui sache tout, qui puisse l'aiguiller dans sa perdition. Je n'aime pas ce rôle, mais je tiens maintenant trop à lui pour l'abandonner.

Plutôt que de lui répondre, je l'embrasse. Je suis dure, mais il suit mon rythme sans se plaindre. Au contraire, je crois que c'est ce dont il a besoin, d'un peu de passion.

J'ignore si c'est l'attachement ou le désespoir qui dirige ses gestes à cet instant. Je cesse de réfléchir pour me contenter de savourer chaque caresse. Je sais ce que je commence à ressentir pour lui, et j'aime être le centre de son attention, de son désir grandissant.

Sa main glisse sur mes fesses alors qu'il approfondit le baiser. Il presse nos bassins, m'offrant un avant-goût de son érection.

Nous ne parlons plus, nous nous contentons de nous perdre dans l'instant. L'excitation prend le dessus et nous ne réfléchissons plus à ce qui se passe.

Gabriel roule au-dessus de moi. Ses doigts avancent sous mon haut pour attraper mon sein dans sa paume. Son sexe se presse contre le mien alors que j'enroule mes jambes autour de sa taille pour l'attirer toujours plus près.

J'ignore si la position lui fait mal. Il ne me dit rien, ni ne semble souffrir. Cependant, il est devenu si doué pour cacher son état… Est-ce que je dois faire attention à lui ou le laisser gérer l'instant à sa façon ?

Je n'arrive plus à réfléchir quand il me mordille le cou, le lobe de l'oreille. Sa langue taquine les points sensibles au creux de ma clavicule. Je gémis d'aise, oubliant tout de son dos ou de sa nuque.

Je m'accroche à son torse, sa taille, ses biceps. J'ai envie de le toucher partout à la fois.

Entre deux baisers, il retire mon haut, puis mon jean. Je m'attaque à son jogging, avant de me retrouver à califourchon sur lui. Je reprends sa bouche d'assaut en faisant rouler mon bassin sur son sexe bandé.

Ses mains agrippent mes hanches pour m'imposer un rythme plus effréné. Nos souffles s'accélèrent, le plaisir monte. J'en veux plus.

— Dis-moi si je te fais mal, ne puis-je m'empêcher de demander.

Gabriel me fait taire en m'embrassant.

— Pas maintenant, Mai.

Il va vraiment falloir qu'il arrête de s'enterrer la tête dans le sable !

Mais quand il me caresse comme ça, je peine à polémiquer.

Il dégrafe mon soutien-gorge avant d'attirer un de mes tétons à ses lèvres. Il me taquine, me teste, puis me renverse en me croquant plus fortement.

— Tu es magnifique, glisse-t-il en changeant de sein.

Ses doigts passent dans ma culotte. Ils parcourent ma fente avant de trouver ce point sensible qu'ils chatouillent juste avant de me soulager en s'enfonçant en moi avant lenteur. Cette fois, je ne suis plus bonne à rien. Mes pensées s'embrouillent. Il n'y a plus que le désir, le plaisir et lui.

Je gémis. Fort. Il s'en complaît, en témoigne son sourire satisfait.

Je me retrouve à nouveau sur le dos. Gabriel s'attelle à retirer nos derniers sous-vêtements.

— Je savais qu'il y avait une merveille sous la blouse…

Il fait taire mon rire en m'embrassant amoureusement. Ce baiser me fait l'effet d'un doux instant suspendu, où nous nous contentons de nous câliner pour nous témoigner notre attachement, sans en faire trop. Je me perds dans son odeur, son toucher et réalise à quel point je commence à être accro à lui.

— C'est moi qui m'occupe de toi, cette fois, impose-t-il.

Est-ce sa façon de me remercier pour mes soins ou d'inverser le rapport de force entre nous ? Jusqu'ici, il a été forcé de s'en remettre à moi pour l'aider. Son ego a dû être touché. Je suis donc plus que ravie de lui laisser le contrôle du moment. De toute façon, je n'arrive plus à penser tellement je me sens bien dans ses bras.

Il embrasse chaque centimètre de ma peau, me caresse longuement avec douceur. Je pourrais ronronner d'extase. Ses gestes sont si simples, mais si attentionnés qu'ils me réchauffent de l'intérieur, me donnent encore plus envie de lui sauter dessus.

Cédant à mon impulsion, j'attrape son sexe pour lui partager mon envie. Il ne se fait pas prier pour me suivre.

Je continue de le tourmenter pendant qu'il fouine dans le tiroir à la recherche d'un préservatif. Ses gestes sont saccadés, imprécis. Son visage est tiraillé entre la concentration, le plaisir et l'amusement de n'arriver à rien.

— Mai… râle-t-il tout en souriant.

— Tu veux que j'arrête ?

Il réplique en soupirant d'aise.

— Certainement pas.

Enfin, il sort un petit emballage métallique qu'il arrache sans tarder. Il va pour enfiler le bout de latex, mais je le lui retire des doigts pour m'en occuper moi-même.

Je caresse longuement sa verge avant de lui mettre la protection. Le désir lui fait oublier la formalité peu excitante de ce geste. Son regard me dévore, émerveillé par mon initiative, attisant encore plus le brasier qui gronde en moi.

Il me repousse sur le matelas pour se positionner au-dessus de moi. Il m'écarte délicatement les jambes pour se loger dans leur étreinte. Cependant, il ne me pénètre pas tout de suite. Il revient m'embrasser, me provoquer à coups de langue, de dents, de suçons.

Nos regards s'accrochent quand il relève le visage de mon corps. Des tas de pensées, de non-dits passent entre nous.

Est-ce une bonne idée ?

Je n'aimerais être nulle part ailleurs.

Pourquoi n'avons-nous pas essayé ça plus tôt ?

C'est… parfait.

Il frotte une dernière fois son nez contre le mien, puis, enfin, il s'enfonce en moi dans un lent mouvement de hanches sans jamais lâcher mon regard.

Son gémissement retentit au même instant que le mien. Nous échangeons un sourire timide, comblé.

— Merde, c'est bon… marmonne-t-il en se retirant.

Il revient à la charge, plus fort. Puis encore. Et encore. Il me renverse chaque fois un peu plus.

— Comme ça… Exactement comme ça, murmuré-je inconsciemment.

Il scelle nos lèvres dans un à-coup, me mordille le cou dans un autre.

À cet instant, je perds toute notion de temps. J'oublie tout ce qui a été dit, sa crise de panique, mes doutes sur ses motivations à me faire l'amour.

Je n'ai que deux choses en tête : Gabriel et l'orgasme qui monte en moi.

13

Septembre – Brésil

GABRIEL

Mélanie vient me trouver dans ma chambre pour que nous nous rendions ensemble à un *shooting* photo. Pour une fois, c'est moi qui l'accompagne et non l'inverse.

J'ai un peu de temps aujourd'hui, alors j'en profite pour le passer avec elle. D'autant que j'aime bien la voir travailler. Parfois, j'oublie que ma grande sœur a une vie en dehors de la mienne.

Son agent a réussi à lui caser un rendez-vous au Brésil, sachant qu'elle allait y séjourner quelques jours avec moi. Elle n'était pas ravie de l'apprendre à la dernière minute, mais comme j'ai proposé de l'accompagner, elle a rapidement retrouvé le sourire.

Elle a rendez-vous dans deux heures, cependant, nous nous sommes dit que nous voir un peu plus tôt ne nous ferait pas de mal. Un moment rien que tous les deux, tranquilles avec juste un café.

Dès qu'elle passe la porte, elle me saute dans les bras. Pris par surprise, je ne retiens pas un petit gémissement de douleur. Ma sœur se détache instantanément de moi pour m'observer.

— Qu'est-ce qui ne va pas ? s'inquiète-t-elle.

Je secoue la tête de droite à gauche en minimisant l'incident et me justifie tant bien que mal.

— Rien, je me suis froissé un muscle à l'entraînement.

Elle fronce les sourcils.

— Gabriel…

Plutôt que de me lancer dans une explication sans fin, je la traîne par le bras pour l'inviter à s'asseoir sur le canapé. Je file ensuite à la cuisine faire deux cafés.

Je reviens en lui tendant sa tasse, puis m'installe à ses côtés, espérant que mon sourire parviendra à lui faire oublier mon dérapage.

— Tu vas bien ? tenté-je de changer de sujet.

Malheureusement, elle se contente de me fixer d'une expression triste. Elle soupire avant de poser son mug sur la table pour m'attraper le visage. D'une main ferme, elle saisit mon menton pour m'obliger à la regarder. Elle me détaille alors que je fais de mon mieux pour ne pas me dégager sous la peine infligée à mes cervicales.

— Tu me caches quelque chose, frérot, je le sais. Il y a un truc qui ne va pas, mais tu ne me dis rien. Je suis là pour toi, Gabriel. Je le serai toujours.

C'est bien le problème. Une fois de plus, je vais inquiéter tout le monde, être un fardeau pour elle alors que la journée ne devait tourner qu'autour d'elle.

Je me dégage de sa main en me fermant sans le vouloir. Je suis énervé après moi, énervé par la situation dans laquelle je la mets encore.

— C'est bon, Mel. S'il te plaît, ne t'occupe pas de moi aujourd'hui.

— Mais ça ne fonctionne pas comme ça ! s'emporte-t-elle. Il n'y a pas un jour où je ne m'occupe pas de toi. On est frangins à vie, Gab, il n'y a de pause dans la famille.

— Tu t'inquiètes tout le temps pour moi ! Je suis un boulet, Mel ! Prends des putains de vacances, s'il te plaît !

Finalement, ce n'est pas un café qu'il me faut, mais de l'alcool. Fait chier ! Ce devait être une journée tranquille où je serais allé voir ma sœur bosser. À la place, elle focalise son attention sur moi alors que ça devrait être l'inverse. Elle ne peut pas me laisser m'occuper d'elle un peu ?

— Qu'est-ce qui te prend, Gabby ? s'adoucit-elle. Tu n'as jamais été un boulet, enfin. Je t'aime.

Je ne sais pas si c'est ma conversation avec Mai ou mon désespoir constant qui me pousse à me confier, mais pour une fois, je lui dis le fond de ma pensée.

— C'est pareil depuis que j'ai quatre ans. Tout tourne toujours autour de moi, du kart. Vous avez tout sacrifié pour moi et au lieu de vous permettre de profiter, je vous cause encore plus d'inquiétude parce que je vais dégager. Je suis juste l'incapable de cette famille.

Cet épanchement soudain la désarçonne, mais elle se ressaisit rapidement. La surprise et la tristesse laissent place à la détermination.

— Regarde-moi, ordonne-t-elle.

Je lui obéis malgré moi.

— Tu nous as tout donné, reprend-elle. Oui, au début ça n'a pas été facile et on a mis beaucoup de choses de côté pour ta passion. Mais ça nous a rendus heureux de te voir heureux. Tu n'as pas le droit de t'en vouloir ou de nous en vouloir pour quelque chose qui, au final, nous a tous épanouis malgré les difficultés.

J'essaye de répondre, mais elle me fait taire.

— Laisse-moi poursuivre.

Je me contente de hocher la tête, conscient qu'elle ne cèdera pas, mais aussi que si je lui ai parlé de ça, c'est que j'ai besoin qu'elle me rassure. J'ai besoin d'ôter un poids de mon cœur. Je ne pensais pas que ça exploserait maintenant, mais après tout, pourquoi pas ?

— Chaque centime, chaque minute en a valu la peine parce qu'au final, tu as pu piloter en F1 et c'était ton rêve, non ?

— Évidemment…

— Personne n'a jamais dit qu'une fois en haut ça serait facile, me rappelle-t-elle. Tu as déjà fait un énorme parcours et ni Papa, ni Maman, ni moi, ne te demandons de réaliser l'impossible. Tu fais de ton mieux, tu gères et ça nous suffit. Et puis, de toute façon, tu ne fais pas ça pour nous, mais pour toi. Tu ne nous dois rien. On veut juste te savoir heureux, Gab.

— Je me comporte comme un gamin de cinq ans, alors que j'approche plus des trente, soupiré-je.

Mélanie passe sa main sur ma joue.

— Tu es sous pression. Ça te fait penser à des trucs que tu aurais dû oublier depuis longtemps. Tu dois te détendre, ça ne peut pas durer comme ça. Tu vas te détruire.

J'avale quelques gorgées de café avant de poursuivre.

— Je vais sauter, Mel. Même si Leceo ne m'a rien dit, je le sens. Je n'ai pas de plan B. Personne ne me donne de réponse. Je ne peux pas partir comme ça, juste parce qu'un connard a décidé qu'il voulait avoir du sang neuf. Ça n'a pas de sens cette histoire, je ne comprends pas et ça me rend dingue.

Mélanie hoche la tête.

— Tu fais tout ce qu'il faut. J'aimerais te dire que ça va payer, mais je n'en sais rien. Ce sport est trop aléatoire.

— Oak va prendre ma place, j'ai envie de me tirer une balle.

Ma sœur grimace.

— Je lui crèverai les pneus, menace-t-elle.

Bizarrement, je sais qu'elle en serait capable. Sa vanne nous fait rire et allège un peu l'ambiance.

— Promets-moi d'arrêter de tout garder pour toi. Tu n'as pas les épaules pour tout gérer, personne ne les a. Laisse ta famille et tes amis t'aider, on ne demande que ça !

— Je ne garde pas tout pour moi.

Pour une fois, je dis vrai quand je la contre. J'ai parlé à Mai. De tout. Que ça soit pour ces histoires ou pour mon accident… Certes, je devrais aussi tenir mon entourage au courant de ce dernier fait, mais je sais où ça me mènerait. Je refuse toujours cette option. Je ne peux pas me tirer une balle dans le pied, si près du but.

— Tu te confies ? demande-t-elle, dubitative.

Je hoche la tête.

— Mon médecin sait bien écouter, avoué-je, amusé de la voir si étonnée.

Clairement, elle ne se doute pas une seconde de ce qui peut y avoir entre Mai et moi. Ma sœur est perspicace, sauf pour ce qui arrive sous ses yeux.

Cependant, même si la surprendre me fait rire, penser à Mai me rappelle tout ce qui tourne en boucle dans ma tête depuis que nous avons couché ensemble : je fais une grosse connerie.

— Aussi bizarre que soit cet aveu, vas-y, confie-toi à elle. Ça ne peut que te faire du bien de parler. Et puis, je pense qu'on peut tous avoir confiance en elle. C'est de la dynamite, cette fille.

Je hoche la tête par automatisme.

Oui, Mai est géniale. C'est une femme incroyable sur tous les points. C'est pourquoi ce n'est pas honnête de ma part de flirter avec elle quand je sais que je n'ai pas le temps pour avoir une copine. Je n'ai pas le temps pour la rendre heureuse, approfondir nos rapports. J'ignore ce qu'elle pense de tout ça, je sais juste que je risque de la faire souffrir.

Le sexe était incroyable. Il m'a, certes, abîmé un peu le dos, mais ça en valait la peine. J'ai aimé chaque seconde dans ses bras et je recommencerais tous les soirs. Mais je ne suis pas émotionnellement disponible pour *ça*.

Mélanie me tuerait si elle savait ce qui est arrivé. Je devrais appeler Mai, sauf que j'ignore comment m'y prendre. Ça ne fait que deux jours, mais je me sens comme un goujat. Notre prochain rendez-vous risque d'être gênant si nous ne nous parlons pas avant.

Je ne sais pas quoi faire. C'est un peu tard pour faire marche arrière, je n'ai pas non plus envie de mettre fin à ce rapprochement, j'ai toujours besoin d'elle en tant que médecin et amie. Cette femme me plaît et je me demande si j'arriverais à me tenir loin d'elle. Surtout si elle cherche l'inverse.

Je suis paumé.

Le rendez-vous de Mélanie finit par arriver. Il s'avère être un bon moyen pour me changer les idées.

Ma sœur enchaîne les poses dans des tenues plus extravagantes les unes que les autres. Je la regarde, fier d'elle et de son professionnalisme.

Je papote avec quelques personnes présentes. On me parle un peu des courses, même si ce n'est pas l'intérêt principal de ces mordus de la mode.

Cette pause dans mon quotidien m'aide à souffler et à me remettre les idées en ordre. Parler à Mel m'a fait du bien, mais je dois toujours trouver une solution avant la fin de la saison pour garder un siège. Ma dernière dispute avec Leceo ne m'a pas fait gagner des points.

Mes pensées sont interrompues par un texto de Dorian qui me rappelle mon entraînement en fin d'après-midi.

Qui dit entraînement, dit rendez-vous médical. Sans plus réfléchir, je saute sur l'occasion pour envoyer courageusement un message à Mai. J'espère dire ce qu'il faut. Je ne sais pas comment me comporter avec une femme avec qui j'ai couché, qui est toujours mon amie et que je vais être amené à voir souvent, mais avec qui je ne peux pas sortir, car j'ai trop besoin d'elle pour mettre notre relation en péril.

Moi : « Hey ! J'ai entraînement cette aprèm,
je passe te voir après ? »

Je suppose que j'ai oublié de dire quelque chose d'important, car je n'ai droit qu'à un « OK » en réponse.

Il va définitivement falloir que je me rattrape et que je m'explique avec elle. Je ne peux pas coucher avec une femme sans établir clairement la nature de notre relation. Je suis vraiment curieux de connaître son point de vue.

Je verrai bien ce soir.

Déjà, je vais devoir survivre à mon entraînement. Mon coach se montre un peu musclé en ce moment. J'espère ressortir de là-bas en un seul morceau.

MAI

Gabriel attend déjà devant mon cabinet quand Oran s'en échappe.

Je n'ai pas besoin de lui demander comme il va : je vois immédiatement qu'il y a un problème. Je le fais entrer sans tarder pour avoir cette discussion discrètement.

— Qu'est-ce qui se passe ?

Pour une fois, il ne fait pas semblant d'aller bien. La douleur doit réellement le tourmenter.

Mélanger le domaine personnel au professionnel n'était clairement pas une bonne idée. J'en viens à m'inquiéter un millier de fois plus qu'au début. D'ici à la fin de la saison, j'aurai perdu tous mes cheveux.

Il s'installe directement sur le siège médical.

— On a travaillé sur ma nuque à l'entraînement, je ne peux plus bouger. Ça me fait super mal, j'ai l'impression d'être paralysé.

Les yeux exorbités, il se dandine sur le cuir pour trouver la position la plus confortable pour ses cervicales.

— Tu as pris une gélule avant et après ? vérifié-je.

Il acquiesce d'un clignement des yeux.

— Je ne ressens presque aucun effet.

À force de se bourrer de médicaments, ce n'est pas étonnant. Son corps s'y habitue très facilement.

— Je vais regarder ça.

Il soupire bruyamment.

— Tu ne vas rien pouvoir faire ! Un massage, une crème ou de la glace ne pourront pas résoudre ça !

Voilà qu'il s'emporte à nouveau sous le coup de l'angoisse.

Je comprends qu'il stresse, les cervicales ne sont pas une partie du corps avec laquelle il faut rigoler. Sauf que plus il se tend, moins il arrange son cas.

— Tu n'as pas… des trucs plus forts ? demande-t-il presque honteux.

Je serre des dents pour garder mon calme.

— Je sais ce que je te donne, Gabriel. Et surtout, je sais ce que je ne peux pas te prescrire.

Hors de question que je le mette sous une molécule qui lui fasse perdre sa concentration. Ça lui serait fatal en course.

— Je sais, je sais ! Mais… tu as pensé à un truc qui serait moyennement autorisé, mais qui passerait au contrôle antidopage ?

Cette fois, je n'en reviens pas. Il a vraiment osé dire une stupidité pareille ? Il délire, je ne vois que ça.

— Tu t'entends ? Tu veux devenir toxico aussi au passage ? Tu es complètement con ou quoi ?

Surpris par mon accès de colère, il tente de me regarder, mais n'y parvient pas avec son cou douloureux.

— Franchement, ta nuque est la seule raison qui m'empêche de te mettre une bonne grosse gifle ! Tu réalises ce que tu me demandes, là ? Tu veux que je te drogue, que je risque nos postes à tous les deux, que je trahisse ma meilleure amie et surtout, que je te mette en danger ?

Il essaye de parler, mais je le coupe. Je n'en ai pas fini avec son cas. Il va trop loin. Je fais tout pour lui, je fais de mon mieux. Cependant, je refuse de continuer s'il perd les pédales comme il vient de le faire ! Il doit rester sensé pour monter en voiture, mais je ne le trouve pas très cohérent dans ses choix. Je commence à m'inquiéter pour sa santé mentale. Il débloque.

— Tu n'es qu'un enfoiré égoïste et stupide ! Je ne perdrai pas mon job pour toi ! J'ai prêté serment, je te rappelle. Déjà que je suis à la limite en t'aidant, mais me demander de contourner la règlementation de la fédération ? Tu me prends pour qui, au juste ? Tu crois que me baiser te permet de m'embarquer dans ce délire ?

— Mai… tente-t-il, plus honteux qu'angoissé.

— En plus, tu connais ton sport ! Tu sais que quasiment aucune drogue n'est utile à vos performances. Un cerveau, ça ne se dope pas sans conséquences.

Il soupire et se prend le visage dans les mains.

Cette fois, je n'ai plus rien à dire. Et je n'ai pas non plus envie de l'écouter parler. Je ne compte certainement pas le toucher. Je risquerais de le secouer pour lui faire retrouver la raison.

Comment peut-il oser ?

Je croyais que nous tenions l'un à l'autre. Du moins, assez pour que l'un de nous ne demande pas à l'autre une connerie pareille.

— Je suis désolé, Mai. Je ne sais pas ce qui me prend… Tu as raison, tu as entièrement raison. Je n'aurais jamais dû te demander ça.

Il se sent mal. Il est tout penaud. Mais ça ne suffit pas à rattraper le coup. Il abuse, il me déçoit et il me fait du mal.

Je tiens à lui.

Plus qu'il ne tient à moi, je le sais.

Je tombe probablement amoureuse de sa tête d'abruti. Surtout après la nuit que nous avons partagée. Les choses ont pris une tournure différente pour moi. Il s'est ouvert et m'a confié ses pensées qui m'ont touchée.

Qu'il me mette dans cette situation m'énerve, d'autant plus que j'en souffre. Il me blesse en se comportant comme si je n'étais qu'un outil à sa disposition.

Il peut toujours courir, je ne l'aiderai pas aujourd'hui.

— Tu sais quoi, Gabriel ? Retourne à l'hôtel. Je ne veux pas te voir.

Sa bouche s'ouvre et se ferme sans qu'il trouve quoi dire. Il reste figé sur son siège, probablement à se demander si je suis sérieuse. Vraiment, je suis à deux doigts de fondre en larmes de désespoir et c'est de sa faute.

— Sors d'ici ! crié-je en pointant la porte du doigt.

Cette fois, il a la présence d'esprit de s'exécuter. Les larmes montent, je fais de mon mieux pour les retenir. Peut-être que Gabriel les voit. Si ça peut l'aider à comprendre qu'il disjoncte, tant mieux.

— Mai, s'il te plaît… Je suis désolé…

Il tente un pas vers moi, mais je me recule à la hâte. Pas aujourd'hui. Je veux vraiment qu'il parte, j'ai besoin d'air et de temps pour réfléchir à tout ça : cet arrangement, son état, notre « relation ».

— Prends un cachet avant de dormir et prie pour que ta douleur passe. Sinon, tu n'as qu'à aller à l'hôpital.

Je lui lance un regard mauvais qui le convainc d'obéir. Il s'en va en fermant la porte doucement derrière lui. Je ne sais pas ce qu'il ressent, mais moi, je crois que j'ai le cœur brisé, pour lui. Il se détruit, je ne comprends pas pourquoi et manifestement, je ne peux rien faire pour l'aider.

Enfin, les larmes coulent, je pleure le temps qu'il faut pour avoir le sentiment d'aller un peu mieux. La nuit est tombée quand je quitte le paddock. Je rejoins mon hôtel d'un pas traînant. Je me sens déprimée et même le repas que je me commande au *fast-food* sur la route ne suffit pas à me remonter le moral.

Dans ma chambre, je m'affale sur le canapé et gobe mon hamburger devant la première série que je trouve.

Les heures passent, mais je ne me sens pas mieux.

Je rumine.

Je ne sais plus quoi faire pour l'aider. Peut-être devrais-je tout arrêter ? Il doit aller à l'hôpital. Je ne le comprends pas. Je connais ses raisons, mais de là à risquer sa vie…

Je suis attachée à lui, je ne veux pas contribuer à sa descente aux enfers.

Comment un homme comme Gabriel peut se laisser emporter dans une telle spirale ?

Je reçois justement un texto de sa part. Il a quitté mon cabinet il y a près de quatre heures. Il a dû estimer que je m'étais calmée.

Gabriel : « Je suis vraiment désolé. Tu as raison, je suis con et je perds la tête. Je n'aurais jamais dû te demander ça, je t'ai manqué de respect et je m'en veux. Savoir que tu as envie de me tuer me déprime. Je t'adore et je t'ai fait du mal sans réfléchir. »

Toujours remontée, je me sens obligée de lui répondre.

Moi : « Franchement, j'ignore si on va continuer.
Tu as besoin de soins mentaux en plus de soins physiques.
Je n'ai pas cette casquette et je refuse de la prendre.
Coucher avec moi ne suffira pas à te garder
la tête hors de l'eau. »

Un « lu » apparaît instantanément sous mon message. Il attend mes réponses.

Gabriel : « Ce n'est pas pour ça que j'ai couché avec toi ! Tu me plais et ça n'a rien à voir avec ton rôle de médecin. Tu n'es pas une simple distraction, Mai. »

Qu'il préfère aborder ce sujet plutôt que mon intention de ne plus le couvrir m'aide à me calmer. Il a assez de présence d'esprit pour ménager mes sentiments.

Moi : « Qui que je sois pour toi, je n'accepterai pas
de te mettre en danger. Je tiens trop à toi pour ça.
Tu abuses. Peu importe si je suis ta mère, ta sœur,
ta copine, une amie ou ton chien, je ne veux pas continuer
si tu perds la tête. »

Mon cœur bat la chamade en attendant sa réponse.

Gabriel : « Je te demande pardon. Je n'ai pas la moindre excuse pour aujourd'hui. J'ai flippé et j'ai disjoncté. Ça m'inquiète tout autant que toi… Je sais que je dois me reprendre, ne pas reproduire cette bêtise. En dehors de ça, j'ai besoin de toi près de moi. Que tu continues de m'ausculter ou non, tu m'aides beaucoup, ne serait-ce que par ta présence. »

Je fonds à la lecture de ce message. Je n'imagine pas Gabriel raconter n'importe quoi pour me faire flancher. Il est trop honnête pour ça. Ses mots me touchent d'autant plus. Je m'en veux de craquer à ce point pour lui. C'est si facile de développer des sentiments pour un mec aussi attachant.

Moi : « Laisse-moi quelques jours. »

Même si je sais déjà que je n'arriverai pas à le laisser se débrouiller, je préfère le faire mariner. Il doit réfléchir à ce qu'il a dit, s'en vouloir pour ne plus jamais retomber dans ce piège. La distance m'aidera aussi à calmer mes sentiments pour lui. Je dois prendre du recul et ne pas permettre que mes sentiments décident à la place de mon cerveau. Je dois penser à son bien.

J'éteins mon téléphone pour ne plus lui répondre. Je dois réellement méditer sur notre arrangement. L'aider pour le rendre heureux n'est pas prendre soin de lui.

Il se met constamment en danger en niant sa douleur pour entrer en piste. Un jour, il va avoir un vrai problème qui pourrait bien lui coûter la vie. J'aurai ça sur la conscience. Il doit aller à l'hôpital ou ne serait-ce que se reposer pendant quelques semaines. Je ne sais pas si j'arriverai à lui faire entendre raison.

Pour le moment, il est à l'essai. Au moindre truc bizarre, c'est terminé.

14

Octobre – Émirats arabes unis

GABRIEL

Après mon dérapage avec Mai, je n'ai pas minimisé mes efforts pour rattraper le coup. Elle a raison, j'ai débloqué et penser à contourner les règles de mon sport n'est pas dans mes habitudes. Si ça ce n'est pas un signe que la situation va trop loin…

Mais je dois tenir bon. Il reste peu de courses. Ensuite, j'aurai des mois pour récupérer et me faire soigner correctement. Des mois qu'il faudra aussi mettre à profit pour trouver un nouveau siège si je saute. Donc si je pouvais éviter d'ajouter cette tâche à mon programme, ça m'arrangerait. C'est pourquoi je dois conduire.

Je ne sais pas pourquoi je continue de me chercher des raisons et des excuses pour monter en voiture. Personne ne m'écoute penser, personne n'est témoin de mes plaidoiries interminables. Pourtant, je persiste à me convaincre. Mon inconscient comprend probablement que je fais de la merde et il essaye de se rassurer.

Peu importe.

D'ici quelques minutes, je vais grimper dans ma monoplace pour la course de ce weekend. Ce n'est pas le moment de partir dans des développements philosophiques.

Mon esprit glisse alors doucement vers des pensées bien plus agréables, quoique, là aussi, franchement malvenues. Cependant, celles-ci, je n'ai pas envie de les chasser.

Je songe à la douce caresse d'une langue dans mon cou, à une pluie de baisers sur mon torse, à des mains qui agrippent mon derrière pour m'imposer un rythme plus soutenu. J'entends ses gémissements, j'inspire son odeur, je goûte encore sa saveur.

Je n'attends qu'une chose : remettre ça. Sauf que ça ne risque pas d'arriver de sitôt après notre dernière dispute. J'ignore si elle m'en veut encore. Moi, je pense beaucoup à elle, à cette nuit-là. Chaque seconde dans ses bras est un bonheur. Quand je partage son lit, j'oublie tout ce qui ne va pas, ce qui me fait mal, ce qui peut arriver. Elle m'enivre, me calme, m'offre des moments plus hypnotisant les uns que les autres.

Me rapprocher de Mai m'aide aussi à avaler la pilule. Ça y est, Matt nous a officiellement annoncé qu'il était en couple. Si je m'y attendais, en avoir la confirmation m'a franchement déprimé. Pas pour lui, évidemment, je suis heureux qu'il accède à un tel bonheur, mais surtout à la stabilité. C'est le fait de me retrouver seul comme un idiot qui me gonfle. Ils sont tous en couple. Tous.

Vivement que mon heure arrive ! Je me doute qu'elle ne débarquera qu'avec les vacances…

Le visage de Mai s'impose dans mes pensées.

Je suis vraiment un sale con… Si je dois entamer une relation, c'est avec elle, non ? Alors pourquoi n'est-ce pas la première question que je me pose ? Est-ce qu'elle y songe de son côté ?

Je m'attache à elle, clairement. De là à nous mettre en couple ? Je ne pense pas. Est-ce que nous arriverions ne serait-ce qu'à nous entendre sur le long terme ? Est-ce que nous nous connaissons réellement ? J'ignore encore beaucoup de détails sur elle, son passé, sa famille.

Je vais sûrement passer pour un égoïste en songeant à cela, mais… je me pencherai sur la question pendant les vacances. Je n'ai pas le temps pour ça. Pour elle.

Putain, je me déteste.

Le staff me guide jusqu'à ma monoplace pour m'installer. La course va débuter d'ici peu. Je profite des dernières minutes pour me vider l'esprit, vérifier la radio avec mon ingénieur et connecter l'arrivée d'eau vers ma bouche.

Je me laisser aller aux divers tics qui me suivent depuis des années avant chaque Grand Prix. Je règle mes rétros, me fais craquer les doigts. Je teste les pédales, écarte mes orteils, plie les jambes plusieurs fois. Je penche la tête à droite, à gauche. Ma nuque tire beaucoup, mais je serre les dents pour l'occulter. Je gigote un peu sur place pour trouver l'emplacement idéal pour mes fesses. Cette fois, c'est mon dos qui hurle.

L'angoisse commence à me donner des sueurs froides. Heureusement que quelqu'un est là pour tempérer l'ensemble de la voiture.

Je dois me calmer, ne pas penser à la douleur, me concentrer sur le circuit.

Quand le tour de formation débute, je suis soulagé de ne plus avoir à attendre le départ. C'est parti, je suis embarqué pour deux heures, pas de retour possible, pas d'excuse valable. Ne pas avoir le choix m'aide à tolérer mes maux. Je dois rester là et mon corps va bien devoir s'y faire.

En plus, cette semaine, je commence P6. Je ne dois pas rater ma course, les enjeux sont gros pour moi et pour l'écurie.

Je m'installe sur la grille et attends avec impatience que les autres arrivent. Enfin, les lumières tombent pour laisser place au vrombissement des moteurs.

Nous démarrons en trombe. Le pari du départ est crucial. Je dois choisir le bon côté, miser sur les décisions de mes concurrents. Je prends par la droite. Les pilotes devant moi préfèrent la gauche, mais je ne parviens pas à aller assez vite avant la courbe pour les doubler.

Au premier virage, tout le monde pile pour éviter les collisions. Nous sommes si proches les uns des autres à ce stade de la course.

Les premiers commencent à prendre de la distance au troisième tour. Moi, je continue de me battre contre mes poursuivants pour garder ma position. Sans DRS, je parviens à conserver un écart relativement sécurisant avec eux.

Mon cœur bat vite, trop vite. Je suis censé le contrôler mieux que ça, mais je me débrouille bien pour gérer à a fois la course et mon dos.

— Bon départ, Gabriel. On reste sur le plan A. Plan A.

— Reçu.

— Écart avec la Riotti : 4,6.

C'est déjà beaucoup, mais je n'ai pas l'arrogance de croire que je peux défier une Riotti avec une Neptune. Mon but ce dimanche est de garder cette position. Je joue la défense, pas l'attaque.

Une dizaine de tours s'enchaînent. Une TW me met la pression chaque fois que nous passons une zone de DRS.

Elle me colle et attend son moment pour me doubler. Je n'ai de répit que lorsqu'elle s'éloigne pour rétablir une distance de sécurité. Ce n'est pas bon pour les voitures et les pneus. Dans ces instants, j'en profite pour souffler et pousser afin d'éviter de lui laisser la possibilité d'exploiter les zones de DRS.

La fatigue commence déjà à m'assaillir, mais il reste une quarantaine de tours. Je dois me maîtriser et faire jouer mon mental.

La course se poursuit et je parviens à garder ma place jusqu'à l'arrêt aux stands. J'enfile les *hard* en trois secondes et ressors exactement là où la stratégie le prévoyait.

Tout se passe bien.

Je dois à présent remonter doucement en comptant sur les *pits* de ceux qui n'ont pas encore changé de pneus. Mon ingénieur est là pour me guider. En milieu de course, toutes les voitures sont mélangées, mais nous ne poursuivons pas forcément celles qui sont devant nous. Certaines se sont pris un tour, d'autres sont à l'avant, mais avec de vieux pneus. Bref. Il faut savoir qui combattre et qui laisser gentiment passer.

Pour l'instant, je dois empêcher la Riotti de s'échapper trop loin, sans pour autant fatiguer mes gommes en me battant contre une Fizzles qui va entrer dans les stands d'ici peu.

Je reste près, sans la coller. J'attends la zone de DRS pour la doubler proprement et sans effort.

Quand je passe le dernier virage avant la ligne droite, je commence à accélérer avant même la zone de DRS. Les lignes droites nous permettent de prendre des pics de vitesse impressionnants. La Neptune est bien meilleure sur ces zones que la Fizzles. Je ne devrais pas avoir le moindre souci.

Je monte en vitesse. Toujours plus haut. Ma nuque subit les forces créées par cette accélération, mais je ne bronche pas.

— Écart avec Oak : 0,4. DRS disponible.

Doubler Jacob me procure inévitablement un plaisir monstre. Je me délecte de prendre son aspiration pour ensuite le passer sur le côté. Je suis devant. Si l'un de nous doit décélérer pour faire de la place à l'autre, c'est lui. C'est la règle.

Nous entrons dans la courbe. Je ralentis le moins possible. L'autre pilote m'imite.

— Qu'est-ce qu'il fait ? demandé-je, inquiet.

Il sait qu'il ne court pas contre moi, que je suis passé et qu'il n'a pas à défendre farouchement dans cette zone. C'est dangereux. Il veut probablement me pousser à abandonner. Sauf que jamais je ne baisserai la tête devant cet enfoiré.

Je ne peux pas freiner plus s'il ne le fait pas en premier, je perdrais ma position.

Nous sommes proches dans le premier virage. Je garde l'avantage en donnant tout ce que j'ai pour conserver la voiture dans la bonne trajectoire. Il me gêne. Le passage est trop étroit pour deux.

— Sérieusement… râlé-je.

Il joue au plus con. J'espère qu'il va se prendre une pénalité pour ça.

Nous réaccélérons à la sortie de la seconde courbe. Ma nuque subit un choc violent, j'en perds presque connaissance. Malgré tout, mes yeux restent ouverts, mon corps pilote par automatisme.

Là encore, le nez de ma voiture est devant le sien. Il ne doit pas continuer de me pousser ainsi. Il se rapproche de moi. Toujours plus près. Je le vois à côté, mais je perçois aussi les graviers sur ma gauche.

— Il me force à sortir ! Il fait quoi, putain ?

— Nous allons le signaler.

Je m'en branle qu'ils le dénoncent, il doit juste arrêter !

Plutôt que de le laisser prendre les rênes, je tiens bon et reste à ma place. Je ne cèderai pas.

La bataille en piste traduit notre guerre pour ce siège. La rage est à son paroxysme. Aucun de nous ne veut abandonner.

Je tente un dernier coup pour me sortir de cette merde. Je réaccélère alors que la courbe arrive. Je mise sur un freinage très tardif et sur l'élément de surprise. Cependant, avant même que je ne m'élance, je sens un choc sec à l'arrière de ma voiture. Je perds entièrement le contrôle.

Les graviers virevoltent tout autour de moi, me fouettent les mains, les jambes. Finalement, ma monoplace heurte de plein fouet les pneus de sécurité. Je n'ai pas pu décélérer avant l'impact, mon dos et ma nuque absorbent toute la puissance de l'accident.

C'est le trou noir.

* * *

J'ignore combien de temps passe avant que je ne reprenne connaissance.

Je suis ramené à moi par des bras qui me secouent et mon ingénieur qui me parle à la radio.

— Gabriel, est-ce que ça va ? Est-ce que tu peux sortir de la voiture ? Gabriel ?!

Merde.

Un Marshal s'affaire pour me réveiller et m'aider à sortir. De la poussière nous enveloppe. Je perçois les débris de la Neptune. La pulsation dans mon dos me donne envie de vomir. Je ne vais pas pouvoir me hisser hors de là sans soutien. Incapable de bouger, je tente malgré tout de rassurer mon staff et l'audience.

— Je vais bien.

Les Marshals continuent de nettoyer autour de nous tout en aspergeant la voiture le temps que je m'en échappe. Ils ne veulent pas risquer un départ de feu alors que je suis à l'intérieur. Je dois sortir de là.

Je débranche ma radio pour pouvoir parler aux équipes médicales sans être écouté.

— Il faut que vous m'aidiez, je n'arrive pas à me soulever, avoué-je.

Mon volant et la protection au-dessus de mes épaules sont déjà retirés. Deux agents viennent m'entourer pour me soulever en passant leurs bras sous mes aisselles. Ils me hissent et je me retiens de crier sous la déchirure que ça crée dans mes reins.

Putain, ça fait mal !

Je vais tuer Oak.

Une fois debout, je parviens à enjamber le halo pour monter sur l'avant de la voiture et sauter par terre. Là, les deux agents m'entourent pour s'assurer que je ne tombe pas. Ils me posent plein de questions pour savoir où j'ai mal, si j'ai l'impression d'avoir un problème. Mis à part ce que j'ai déjà, je ne songe à rien de nouveau.

Je me contente donc de leur dire que le choc a été fort et qu'il m'a fait perdre connaissance quelques instants. Rien d'anormal ni de trop inquiétant. Je les rassure en promettant que j'irai voir directement mon médecin. J'essaye d'esquiver l'auscultation de ceux de la fédération, mais ils m'obligent à rester assis le temps qu'ils prennent mes constantes.

Ce n'est qu'au bout d'interminables minutes que je parviens à retrouver mon box pour souffler.

J'ai demandé à me reposer avant de répondre à qui que ce soit, staff ou journaliste.

Je dois aussi aller voir Mai, mais je ne me fais pas d'illusions quant au fait qu'elle va me passer un savon.

Elle m'avait prévenu qu'une telle chose pouvait arriver. Elle a dû s'inquiéter. Ce que je comprends.

Elle avait entièrement raison. Je ne peux que le saisir à présent. Si la voiture avait pris feu, je serais resté coincé dedans et j'étais bon pour retrouver Mike au paradis…

Les gars m'auraient tué une seconde fois. Enfin, après Mai qui m'aurait déjà bien amoché.

Certains diraient que je suis inconscient de prendre autant de risques. Moi, je crois surtout que je préfèrerais être mort plutôt que de ne pas piloter. Les difficultés en valent la peine. J'espère simplement arriver à convaincre Mai de la même chose…

Je n'ai jamais eu aussi peur de faire face à une femme.

MAI

Dès que mon dernier patient quitte mon cabinet, je retire mon masque de politesse pour laisser aller ma colère et ma peur.

Je l'avais pourtant prévenu.

Je lui avais dit qu'il risquait sa vie, mais il n'en a eu que faire ! Je refuse de participer à ça et je pensais avoir été claire. Dès le début, je lui ai affirmé que si un tel accident survenait et qu'il prenait plus de risques que d'habitude, il pouvait tirer un trait sur mon aide.

Je crois que mon hypothèse s'est confirmée. Je n'ai pas eu besoin d'écouter la radio pour comprendre ce qui est arrivé.

J'ai eu peur. Terriblement peur.

De l'instant où j'ai vu sa voiture sortir du circuit, au moment où je l'ai vu rejoindre l'équipe médicale supporté par des Marshals, j'ai vu sa vie défiler. Mon cœur s'est arrêté et n'a repris sa course effrénée que lorsqu'il est sorti conscient de cette monoplace.

Depuis, mon sang bout, je suis hors de moi, angoissée, blessée…

Se rend-il compte de ce qu'il impose à ses proches en jouant au con ? Évidemment, pour l'instant, je suis la seule à en avoir conscience, mais quand ils réaliseront les décisions qu'il a prises, il va se faire allumer ! J'espère que Mélanie lui passera un savon, vu qu'il se moque éperdument de mes remontrances.

Plutôt que de l'attendre pour l'ausculter, je quitte le paddock. J'ai besoin d'air, de réfléchir et surtout, de ne pas le voir. Je risquerais de le gifler pour la frayeur qu'il m'a causée, sauf que ça ne règlerait rien.

Je rejoins mon hôtel en broyant du noir. Les images de l'accident passent en boucle dans ma tête. La dernière fois que j'ai eu aussi peur, c'était quand ma mère m'avait appelée pour me parler d'une grosseur dans son sein. Heureusement, dans les deux cas, personne n'est mort. Sauf que l'issue de la journée aurait pu être tout autre.

Moi qui croyais qu'il avait retenu la leçon avec l'accident de Mike ! Il est stupide, inconscient, paumé, têtu…

Je pourrais continuer un moment. Je possède une longue liste de noms d'oiseaux à lui sortir !

Putain…

Je crois que je suis tombée amoureuse de cet abruti de pilote. Il ne manquait plus que ça pour arranger la situation. Vraiment, je suis au summum de mes capacités. C'est n'importe quoi. Je me suis laissée embarquer dans cette histoire avec une facilité déconcertante. J'imagine que mes sentiments grandissants n'ont fait qu'empirer mes mauvaises décisions.

Gabriel a débarqué comme une tornade pour chambouler ma routine. À coups de regards coquins, de gestes tendres et de mots émouvants, il a fait de moi ce qu'il voulait, sans oublier de me voler mon cœur au passage.

Je n'ai rien vu venir.

C'est allé vite. Trop vite.

Moi qui refusais de sortir à nouveau avec un pilote… Non pas que nous sortions ensemble d'ailleurs. Ce n'est pas le cas. Il couche avec moi, c'est tout. Je n'ai pas la moindre idée de ce qu'il peut ressentir ou non. Lui-même doit l'ignorer.

Je file à la douche, puis passe un jogging et un tee-shirt *oversize* pour profiter de ma meilleure bouteille de vin en solo.

Je n'aspire qu'à la paix, au calme et à la disparition du nom Hupert de ma mémoire.

Évidemment, c'est le moment que choisit Mélanie pour me contacter. Je n'arrive pas à me convaincre d'ignorer l'appel. La connaissant, elle doit être aux cent coups après l'accident et n'attend que d'être rassurée. Je me vois mal lui expliquer que je ne veux pas voir son frère parce que je l'aime et que ses décisions me font chaque fois un peu plus mal. Aujourd'hui, il m'a terrifiée et je ne m'en suis pas encore remise.

— Est-ce qu'il va bien ? demande-t-elle avant même que je ne l'aie saluée.

Je retiens un soupir en me pinçant la cuisse.

— Je ne l'ai pas encore vu. Il est rentré se reposer, mais si l'équipe médicale l'a laissé filer, c'est qu'il allait bien, Mel.

Elle respire vite. Je perçois le son de voitures, le brouhaha d'une ville animée derrière elle. Je crois qu'elle est à New York en ce moment. Elle doit être en train de se rendre à son premier rendez-vous de la journée. Il est encore tôt, mais je l'imagine sans mal courir à travers la grosse pomme pour rejoindre son prochain *shooting*. Elle n'avait pas besoin de ça dans sa semaine, mais son frère s'est fait un plaisir d'ajouter une préoccupation à sa longue liste.

— Il va venir te voir ?

L'inquiétude dans sa voix me serre le cœur. Je n'aime pas être entre eux deux.

Je ne sais pas quoi faire, quelle décision prendre. Pour l'instant, je dois juste réfléchir, digérer et me détendre après autant de stress.

— Probablement, oui. Peut-être demain s'il se repose.

J'espère sincèrement ne pas le voir ce soir.

— Tiens-moi au courant, Mai. Putain… Je n'ai pas regardé la course, mais j'ai appris la nouvelle au réveil et…

— Tu as flippé, je sais. Mais ça va ! On gère ici, donc calme-toi et file bosser. Ton frère va bien.

Voilà le plus gros mensonge de l'année ! Je dois me sortir de cette histoire et vite. Ça ne peut plus durer.

Mélanie finit par raccrocher, contrainte de commencer sa journée. De mon côté, j'avale trois longues gorgées de vin. Affalée sur le canapé, je lance la première série que je trouve. Je ne veux rien faire d'autre à part glander, oublier et déprimer.

Le premier épisode défile et un second débute à peine quand on toque à ma porte. Plutôt que de me lever pour répondre, je me fige. Quelques suppositions passent dans ma tête. Est-ce Nora ? Je ne vois pas pourquoi elle viendrait sans prévenir. La liste des possibilités s'arrête vite, je n'ai pas beaucoup d'amis sur le paddock et encore moins à Abu Dhabi.

Le visiteur toque à nouveau, plus fort.

Je ne me voile pas la face. Je sais pertinemment de qui il s'agit. Il s'est probablement rendu à mon cabinet pour réaliser que je n'y étais pas. Un petit détour et le voilà devant ma porte.

Je ne bouge pas, ne fais pas un bruit en espérant qu'il fasse demi-tour. Je mets aussi ce temps à profit pour calmer ma respiration, reprendre mes esprits et me préparer à lui faire face. Hurler ne servira à rien, essayer de lui faire entendre raison non plus : il l'a perdue depuis longtemps. Je me vois mal lui faire une déclaration d'amour ou rompre une relation qui n'a jamais existé.

Qu'est-ce que je peux bien faire ?

— Mai… S'il te plaît… Je sais que tu es là.

Je secoue la tête, déterminée à l'ignorer.

Il toque à nouveau. À ce rythme, il va se faire taper dessus par mes voisins.

— On a besoin de discuter après… cette course. Je t'en prie, ouvre.

J'avale une nouvelle gorgée de vin. Je jette un œil à ma tenue, je touche mes cheveux encore bien mouillés de ma douche, j'inspecte mon visage non apprêté. Je suis tout sauf présentable et je me dis finalement que c'est peut-être le truc à faire pour qu'il ne soit pas tenté de me séduire, qu'il fasse demi-tour et que j'arrive à passer à autre chose. Ce béguin ne peut plus durer, tout comme notre accord.

Non, c'est vrai. Cet arrangement ne peut plus continuer. Je ne vais plus l'aider. C'est terminé et surtout, il doit arrêter de courir tant qu'il n'aura pas fait les examens nécessaires et qu'il n'aura pas pris de repos.

Je me décide à aller lui ouvrir juste pour pouvoir lui dire ces dernières choses.

J'ouvre la porte à la volée et l'invite à entrer d'un sourire mauvais. Il est surpris, mais ne se fait pas prier pour passer le seuil.

Je referme derrière lui et croise les bras sur ma poitrine en le toisant. S'il veut me parler, qu'il se lance, je ne lui faciliterai pas la tâche, quand bien même je le trouve craquant avec ses cheveux en bataille.

Il m'observe un instant, évalue la situation. Il prend note de ma bouteille, de mes vêtements. Finalement, il inspire profondément pour s'expliquer.

— Je suis désolé, tu avais raison. Je prends de gros risques et on en a eu la preuve aujourd'hui.

S'excuser une nouvelle fois n'arrangera rien.

— Je comprendrais que tu ne veuilles plus m'aider et je suis désolé de t'avoir embarquée là-dedans, poursuit-il, attristé.

— Effectivement, c'est terminé.

Il acquiesce en hochant doucement la tête.

— Merci, en tout cas. Pour ce que tu as fait jusqu'ici.

Son expression est suppliante, désespérée. Cependant, il a la décence de ne pas me demander l'impossible. Ce qu'il ne réalise pas, c'est que je tiens à lui. Bien trop pour fermer les yeux sur la situation et le laisser mettre sa vie en danger. Ce n'est pas sur les dernières courses qu'il va faire ses preuves. Il ferait mieux de se remettre en forme pour la saison prochaine, au lieu de risquer sa vie pour un siège qui va de toute façon lui passer sous le nez. Sa porte de sortie est une nouvelle écurie, qui ne voudra pas de lui s'il est en mille morceaux.

— Tu ne peux plus piloter, Gabriel, affirmé-je froidement. Prends la décision de toi-même et mets-toi en arrêt pour la fin de la saison.

Mes mots lui font relever brusquement la tête.

— Tu sais que je ne peux pas.

Je retiens ma colère pour ne pas lui hurler dessus. Au lieu de ça, je lui fais une promesse.

— Alors, je le ferai à ta place.

Ma froideur lui fait hausser un sourcil.

— Tu es énervée et je le comprends, mais ne prends pas ce genre de décision à la légère. C'est ma carrière que tu menaces de foutre en l'air, riposte-t-il, tendu.

Un rire amer m'échappe.

— Je préfère foutre en l'air ta carrière que ta vie, parce que figure-toi qu'il y en a au moins un de nous deux qui tient à toi.

Son regard s'adoucit. Il cherche à s'approcher de moi pour me prendre les mains et comme j'ai bien trop envie de son toucher, je le laisse faire.

Ma décision prend forme petit à petit dans ma tête et je sais qu'il m'en voudra. Autant profiter des derniers instants où il ne me haïra pas.

— Tu connais tous mes arguments, alors je ne vais pas te faire chier à te les répéter, mais promets-moi de réfléchir. Mai, c'est vraiment important.

J'en ai conscience. Et il a raison. Je ne prendrai jamais une telle décision sous le coup du stress.

— Je te promets d'y réfléchir.

Il me sourit, satisfait d'avoir au moins obtenu ça.

— Je peux te montrer à quel point je me sens mieux… suggère-t-il le regard plus coquin qu'une seconde auparavant.

Son audace me fait sourire. Qu'il pense à ça après ce qui est arrivé aujourd'hui me dépasse. Ses mains passent dans mon dos, ses lèvres glissent dans mon cou. Il est passé en mode séduction en plein milieu d'une discussion importante. Est-ce qu'il s'imagine m'amadouer de cette façon ? Je reste sur mes gardes.

— Si tu cherches à me convaincre par le sexe, je te les coupe, Gabriel.

Il rigole contre ma peau.

— Je suis un abruti en ce moment, mais pas au point de jouer avec la seule personne qui prend réellement soin de moi. Je n'aime simplement pas me disputer avec toi et j'ai envie de m'excuser.

— En me faisant jouir ? me moqué-je.

Il hausse les épaules.

— En te montrant à quel point je te suis redevable.

Sa soudaine légèreté me surprend, mais parvient aussi à me détendre. Petit à petit, ma colère s'amenuise et je me laisse porter par ses caresses toujours plus aventureuses. Il me sent réceptive, alors il continue.

Mon cerveau se coupe pour donner les rênes à mon cœur qui ne demande qu'à se laisser cajoler par ses mots, ses gestes. *Une dernière fois…*

Je suis dans une merde noire s'il parvient à me retourner aussi facilement. Je dois me faire violence pour ne pas l'écouter et rester sur ma décision. Tout le sexe du monde n'arrivera pas à me faire changer d'avis. La séduction aurait pu fonctionner quelques semaines auparavant, mais à présent, je suis bien trop attachée pour me laisser aveugler. Je veux ce qu'il y a de mieux pour lui parce que je tiens à lui.

Finalement, mes sentiments ne m'aveuglent pas, ils m'ouvrent les yeux. Je veux son bien et ce n'est pas en l'aidant à cacher ses blessures que je vais prendre soin de lui. Nous avons essayé, mais ça n'a pas suffi. Maintenant, je dois employer les grands moyens pour ne pas les perdre, lui et Mélanie. Je dois m'assurer que tout le monde en sorte indemne.

J'espère sincèrement qu'il finira par le comprendre. S'il partage un tant soit peu mes sentiments, alors il devrait arriver à se raisonner.

Je n'ai pas l'impression qu'il joue avec moi. Je pense que lui aussi s'est attaché et que je lui plais. Du moins, il me semble sincère.

Mais il pourrait tout aussi bien me manipuler sans que je ne m'en rendre compte. J'ai été témoin de ce qu'il a été capable de faire pour garder sa place. Ce rapprochement pourrait n'être qu'un énième stratagème pour conserver son siège.

Mais je ne veux pas croire ça de lui. Le Gabriel Hupert que je connais n'est pas comme ça.

Je ne parviens plus à aligner une pensée cohérente lorsque ses lèvres trouvent les miennes. Seul le lourd pincement de mon cœur me rappelle qu'il s'agit là de mes derniers instants dans ses bras.

Un gémissement m'échappe quand sa langue vient jouer avec moi. Je savoure son goût, tente de le mémoriser du mieux possible pour les nuits solitaires qui m'attendent après ça.

Ses doigts s'infiltrent sous mes vêtements qu'il retire à la hâte. Moi, je prends plus de temps pour ôter les siens. Je veux me souvenir de chaque instant, de chaque expression, de chaque respiration. Je caresse les lignes de son torse bien dessiné tout en retirant son haut, prends le temps d'imprimer cette vision avant de m'attaquer à son pantalon. Je l'embrasse langoureusement entre chaque geste, prends tout ce qu'il y a à prendre avant que ce privilège ne me soit retiré.

— Gabriel... murmuré-je tristement.

Il méprend mon ton pour un excès de désir, me sourit avec orgueil. Mieux vaut ça qu'il sente ce qui approche...

Nous ne prenons pas le temps de rejoindre ma chambre. Il me guide sur le canapé où je m'assois sur lui.

Avide de contact, je prends son visage en coupe avant de déposer de délicats baisers sur son front, sa tempe, son nez, ses joues. Puis, je caresse ses lèvres du bout des miennes. Une fois, deux fois... jusqu'à céder à la pulsion de l'embrasser plus fortement, d'imprimer ma marque sur lui avant de le laisser partir.

Gabriel ronronne sous mon toucher, il se laisse faire, savoure d'être ainsi chouchouté.

— J'aime tellement quand tu es comme ça, me confie-t-il.

Honteuse de lui cacher la réelle raison de mon comportement, je détourne son attention en plongeant ma main entre nos corps pour le caresser. Il gémit d'envie et profite quelques instants de mon attention avant de saisir une protection.

— J'ai besoin d'être en toi, de te sentir autour de moi, murmure-t-il à mon oreille.

Je me contente de hocher vivement la tête, incapable de parler sans prononcer des choses que je regretterais, trop lourdes pour qu'il les saisisse en cet instant.

Délicatement, il m'invite à descendre sur sa longueur aussi dure que ses muscles bandés sous mes mains. Je m'accroche à ses épaules comme à cette relation, tout en sachant que ça ne suffira pas.

La dernière fois…

Il ne doit pas voir les larmes qui commencent à envahir mon regard, alors je blottis mon visage dans ses cheveux tout en le prenant toujours plus profondément en moi. Je veux le sentir partout, ne jamais oublier ce moment.

Son râle de plaisir envahit la pièce. Ses doigts agrippent mes fesses pour m'imposer un rythme régulier, rapide. Une de ses mains reste sur ma hanche alors que l'autre vient englober ma poitrine. La taille parfaite pour tenir dans sa main.

— Tu es incroyable, Mai… s'émerveille-t-il.

Je me perds un peu plus chaque seconde dans cette étreinte. Mes gémissements se font plus fort, plus rapprochés. Le désir m'aide à occulter ma peine. Gabriel se joint à moi avec ses propres cris de plaisir. Je tire sans ménagement sur ses cheveux quand l'orgasme monte. Je m'accroche à lui et lui mords le cou lorsqu'il me ravage. Enserré, son sexe finit par se relâcher pour le laisser lui aussi atteindre l'extase.

Je mémorise chaque trait de son visage déformé par le plaisir pour me les remémorer quand il m'en voudra pour mes choix.

Je l'aime.

Je ne peux juste plus faire autrement.

Pardon, Gab.

15

Octobre – Arabie Saoudite

GABRIEL

La veille des essais, alors que je me prépare pour une interview sur le weekend en compagnie d'Oran, Leceo débarque dans les coulisses, de la fumée lui sortant des oreilles. Sur ses talons, les ingénieurs course et stratégie me lancent des éclairs.

Que se passe-t-il ? Qu'est-ce que j'ai fait, cette fois ?

— Sale petit con ! s'emporte mon boss en me pointant du doigt.

Il dépasse les bornes.

L'air siffle à travers ses dents serrées quand il approche rapidement vers moi. Heureusement, il n'y a pas grand monde de présent. Autrement, ça aurait été l'humiliation de ma vie.

— Comment oses-tu me cacher ce genre d'information ? Tu es complètement inconscient ? Tu veux qu'on se prenne un procès au cul pour mise en danger de la vie d'autrui ?

De quoi parle-t-il ?

Je lève les bras en signe d'apaisement, mais surtout pour le tenir à une distance raisonnable de ma personne. S'il s'emporte trop, j'aimerais éviter qu'il en vienne aux mains. Ça rendrait notre travail beaucoup plus compliqué.

— Calme-toi ! crié-je à mon tour. Qu'est-ce qui te prend ?

Au diable les marques de politesse. Lui ne se gêne pas pour m'insulter. Je vais lui rappeler que nous sommes deux adultes qui se doivent le respect.

— Ton contrat stipule que tu dois m'informer quand ta condition physique est mauvaise. Tu as l'obligation de me prévenir si tu es blessé. Parce que tu dois être à cent pour cent de tes capacités pour piloter ! Nous ne pouvons pas prendre de tels risques ! Nous devons savoir si on doit faire intervenir le pilote de réserve.

Pardon ? Ma « condition physique ? » J'ai un mauvais pressentiment. Le visage de Mai s'impose dans mon esprit. Elle n'a quand même pas osé ?

« Je préfère foutre en l'air ta carrière que ta vie parce que, figure-toi qu'il y en a au moins un de nous deux qui tient à toi. »

Je ne peux pas dire qu'elle ne m'avait pas prévenu. *Putain !* C'étaient des mots en l'air, non ? Mai… *Dis-moi que tu n'as pas fait une connerie pareille !*

— Monsieur Hupert, votre médecin a émis des réserves sur vos capacités à piloter après le crash de la semaine dernière. Elle a évoqué des douleurs dorsales et cervicales que nous devons prendre au sérieux.

L'ingénieur stratégie en chef me donne raison. C'est elle. C'est elle qui m'a trahi.

Je ne comprends pas.

J'étais persuadé en partant qu'elle était apaisée, moins énervée, que nous arriverions à avoir cette conversation de façon posée un peu plus tard. Elle m'a promis de réfléchir ! Nous en avons discuté il y a à peine deux jours ! Deux jours ce n'est rien pour décider de détruire la carrière de quelqu'un !

Comment est-ce qu'elle a pu faire ça alors que je me suis autant ouvert à elle ? Je lui ai tout dit, je lui ai donné mes raisons, je me suis confié sur des choses enfouies depuis longtemps. Elle vient de me mettre un sacré coup de couteau dans le dos.

Je me secoue pour cesser de penser à Mai. Elle est loin d'être mon problème le plus important, là, maintenant. Je dois me battre pour les convaincre de me laisser courir, leur dire qu'elle a dramatisé la situation. Je règlerai son cas un peu plus tard. Elle va m'entendre. Je n'ai jamais été aussi furieux, blessé et déçu par quelqu'un. Je ne comprends pas sa décision.

— Écoute, Ronan. Le crash a été violent la semaine dernière, c'est vrai. J'ai eu mal quelques jours, mais je vais mieux. Bien mieux, mens-je.

Il soupire en se passant la main dans les cheveux.

Je préfère arrondir les angles que lui rentrer dedans, si ça peut le détendre. Au moins, elle n'a mentionné que le crash en course, c'est déjà ça. Je dois maintenant décrédibiliser ses conclusions.

— Je ne sais pas d'où sortent ses réserves. Je ne l'ai pas vue depuis dimanche. Faites-moi confiance, je comprends mieux la course qu'elle. Je connais mes limites, je sais quelles sont mes capacités et comment je dois me sentir pour conduire au max de mes aptitudes.

Les ingénieurs échangent un regard incrédule. Je ne serais pas le premier à leur mentir, je m'en doute. Nous faisons tous le maximum pour piloter, quoi qu'il en coûte.

Leur rôle est de poser les limites. Je dois me montrer très convaincant pour contrer l'avis du médecin.

— Si nous te mettons en danger, c'est nous qui payons, me rappelle Leceo.

Je hausse les épaules.

— Je vous l'ai dit. Vous ne me mettez pas en danger, je vais bien, affirmé-je.

Je joue la nonchalance, les mains dans les poches, comme si tout allait pour le mieux, alors que la frustration et les pulsations dans mes reins me tendent assez pour me donner envie de me coucher.

— Les essais commencent demain, lâche Leceo dans un soupir.

L'information leur est arrivée tard et je sais que je peux jouer là-dessus. Prévenu à la dernière minute, le pilote de réserve ne sera jamais assez préparé pour courir correctement. Mes résultats seront toujours meilleurs que les siens. Ronan le sait.

— Je suis prêt, affirmé-je.

— Peut-être devrions-nous lui faire consulter un second médecin ? propose un des ingénieurs.

Ronan secoue la tête.

— C'est trop tard ! Les essais commencent demain ! Je ne peux pas jouer le weekend sur un *rookie* qui n'a jamais touché la voiture ! panique-t-il.

— Mais si monsieur Hupert est blessé…

— Je ne suis pas blessé ! Je peux piloter ! m'emporté-je.

Si un regard pouvait tuer, il serait mort sur place. Leceo grogne de frustration avant de reporter son attention sur moi.

Il appuie fermement un doigt sur mon torse pour me mettre en garde. Je ne bouge pas d'un millimètre en le défiant du regard de plus s'avancer.

— Si j'apprends que tu me mens, tu dégages, affirme-t-il.

Je ne laisse rien paraître de ma panique, de ma colère. Je me contente de hausser les épaules et continue à lui mentir, plein d'assurance et d'arrogance.

— Je sais ce que je dis.

— Tu as intérêt de faire des prouesses ce weekend, Hupert. Je t'ai à l'œil. Si je vois un seul signe qui va dans le sens du médecin, tu vires.

— Tu te répètes, Ronan, lancé-je d'un ton moqueur. Je ne suis pas sourd, ni stupide.

Cette fois, j'écarte sèchement sa main de mon torse et rétablis une distance raisonnable entre nous. Il n'a pas à envahir mon espace personnel et il me gonfle à prendre ses aises, à se comporter comme un roi.

— C'est ce qu'on verra.

L'arrivée des journalistes nous oblige à mettre un terme à cette conversation.

Je pense avoir réussi à leur faire changer d'avis, du moins assez pour que je puisse aller en piste. Je donnerais jusqu'au dernier bout de mon âme pour faire des étincelles ce weekend. Je vais leur prouver à tous que je ne suis ni diminué, ni un débutant.

Personne ne se mettra sur mon chemin.

Et certainement pas une jolie médecin qui croit pouvoir décider de ma vie à ma place.

Je me prête au jeu des journalistes alors que mon sang bout. Je suis remonté, vexé. Je n'attends qu'une chose : être libéré de cette conférence pour lui tomber dessus. J'ai deux mots à lui dire et elle aura intérêt de m'écouter.

Je n'en reviens pas, putain…

Je lui faisais réellement confiance.

Surtout, je croyais que nous étions assez importants l'un pour l'autre pour ne pas en arriver là. Qu'elle ne veuille plus m'ausculter c'est une chose, mais me balancer ? Je le vis vraiment mal. Cette femme me plaît énormément et je me suis plus ouvert à elle en quelques semaines qu'à toutes les copines que j'ai pu avoir réunies. Elle m'a trahi de la pire façon. Finalement, nous n'étions peut-être qu'un vulgaire plan cul.

Je ferais mieux d'arrêter d'y penser. Ça ne fait que me mettre encore plus en colère. Je m'imagine toutes sortes de conneries qui ne vont rien arranger à la situation.

Je parviens à me reconcentrer pour la fin de l'interview. Au bout de deux heures d'entretien, nous sommes libérés.

Je file de la salle comme si j'avais le feu aux fesses. J'attrape Dorian à la sortie pour qu'il me conduise au cabinet de Mai. Moins je reste, moins j'ai de chances de tomber sur Ronan. Je dois régler cette histoire rapidement. J'ai besoin d'explications. *Vite*.

Le trajet vers le paddock me paraît interminable. Je songe à tout ce que j'ai envie de dire à Mai, comment, dans quel ordre. Je me répète les reproches auxquels je pense. Cependant, quand j'arrive devant sa porte, j'oublie tout.

La colère et la déception prennent le dessus.

Un patient sort de son cabinet, j'en profite pour m'imposer avant que le prochain ne débarque. Je claque la porte derrière moi, le bruit attire son attention. Quand elle me voit, elle grimace. Son visage traduit sa résignation. Elle savait probablement que je me pointerais pour régler mes comptes. Elle attend patiemment que je me lance. Elle se contente de me regarder avec un mélange de tristesse, de compassion et de désolation.

— Pourquoi tu as fait ça ? demandé-je d'une voix plus posée que j'aurais pensé.

Elle fronce les sourcils.

— Tu sais pourquoi. Tu n'es plus en condition de courir, Gabriel.

Voilà qui libère ma colère à son égard.

— Mais de quoi tu te mêles, putain ? Tu ne pouvais pas la fermer et me laisser gérer ? Je ne t'ai pas fait chier quand tu as décidé de ne plus m'aider, alors pourquoi tu es allée parler à Leceo ?

M'entendre crier la surprend. Je crois que ça la blesse. En tout cas, elle n'est pas impassible. Des tonnes d'émotions passent sur son visage. Elle ne les dissimule pas, mais je suis trop énervé pour les déchiffrer. Je me fous de ce qu'elle peut ressentir. Elle a tenté de détruire ce qu'il y a de plus important dans ma vie.

— Je me mêle de ce dont tu m'as obligée à me mêler, me rappelle-t-elle doucement.

— Je t'ai demandé de m'aider, pas de décider pour moi, contré-je.

— Je fais mon métier. Au cas où tu l'aurais oublié, je suis médecin, abruti !

Elle commence à perdre patience, je la vexe. Je n'arrive plus à réfléchir, je me sens acculé, trahi. La situation m'échappe alors que je fais tout ce que je peux pour me sortir de là depuis des mois. En une journée, elle a réduit à néant tous mes efforts pour terminer la saison, trouver un nouveau siège.

— S'ils me virent à cause de toi…

Elle ricane.

— Tu vas faire quoi ? me provoque-t-elle. Te faire soigner ? Quelle bonne idée, Gabriel !

— Je ne comprends juste pas, Mai. Comment tu as pu croire que tu avais le droit de choisir à ma place ? Et ne me dis pas que c'est ton rôle de médecin, ça fait longtemps que tu l'as mis de côté me concernant, dis-je, mauvais.

L'attaque lui fait serrer les dents, mais elle se contient. Sa retenue m'épate. Pourtant, elle rêve manifestement de m'envoyer son genou quelque part.

— Je te l'ai déjà dit, reprend-elle d'une voix faible. Je tiens trop à toi pour te laisser te mettre en danger.

Je n'ai clairement pas envie d'entendre ce type d'excuses.

— On baise, Mai. C'est tout, imposé-je avec dédain. Je ne suis rien pour toi, si ce n'est le frère de ta pote. Remets les choses dans leur contexte. Il n'y a rien entre nous, tu n'avais pas à prendre la décision la plus importante de ma vie à ma place !

Elle m'observe, choquée, déçue à son tour.

Je vais trop loin et ce que je dis n'est pas totalement vrai. Seulement, je suis perdu dans ma haine et je n'arrive plus à penser correctement. Je veux la remettre à sa place, la punir de tout gâcher de la sorte.

— Je me demandais ce que tu pensais de tout ça, maintenant j'ai ma réponse, marmonne-t-elle.

Son rire nerveux vient briser le silence qui s'étend entre nous.

— T'es un monstre, tu sais ? m'accuse-t-elle.

Son regard triste et incrédule m'atteint plus que je n'aurais pu le croire. En quelques minutes, son avis a changé sur moi. Après ça, elle va me haïr. De toute façon, je ne la porte pas beaucoup dans mon cœur pour l'instant. *Je lui en veux vraiment…*

— T'es un putain de monstre, Gabriel, répète-t-elle de plus en plus convaincue de ses mots. Je ne sais pas pourquoi on te prête cette réputation de mec gentil, doux… Depuis le début, avec moi, tu n'es qu'un manipulateur égoïste.

— Arrête, Mai. Tu exagères…

C'est la première fois que quelqu'un me dépeint de cette façon. Je ne me reconnais pas dans ces mots. Je ne comprends pas comment elle peut penser de telles atrocités à mon sujet.

— Ah bon ? Tu as profité de moi pour sauver ta précieuse carrière. Tu as mis en péril mon travail en jouant sur ma sensibilité. Tu as utilisé mon amitié avec Mélanie. Mais là où tu t'es surpassé, c'est quand tu as commencé à jouer avec mes sentiments pour toi. Tu ne ressens rien, c'est super, bravo. Ce n'est pas mon cas. Je me suis attachée à toi.

Elle part dans un rire hystérique.

— Je me suis attachée à toi, répète-t-elle comme si elle ne croyait pas à ses propres mots. Alors que tu m'as sautée pour arriver à tes fins, pour me retourner le cerveau, me faire accepter des choses parfaitement stupides.

Elle marque une pause, soupire bruyamment, puis reprend.

— Tu sais quoi, Gabriel ? Va te faire foutre ! Va piloter ! Va bousiller ta vie ! Dégage !

Je ne m'attendais pas à ça. Pas à cette réaction. Et j'en reste sans voix. Elle se fiche de se mettre à nu, de perdre la face. Elle se montre honnête. Elle pense sincèrement m'aider, faire ce qu'il y a de mieux pour moi.

Elle croit aussi que je me suis foutu de sa gueule depuis le début et ça, je ne comprends franchement pas comment elle a pu se l'enfoncer dans la tête alors que je me suis ouvert à elle de cette façon.

Essaye-t-elle de retourner la situation ?

— Crois ce que tu veux, si ça peut t'aider à passer à autre chose après m'avoir fait le pire coup de pute de l'univers. Je ne sais même pas pourquoi on discute. Tu me prends pour le plus gros connard de la terre alors que j'ai été irréprochable avec toi. Tu me détestes, je te déteste. On va s'en tenir là.

Elle m'a trahi et maintenant, elle me vexe. J'ai été parfait avec elle ! Je l'ai traitée comme une reine !

Non ?

Je perds mon temps à rester ici. Je passe la porte sans attendre de réponse, sans la regarder. J'ai besoin d'air.

J'ai envie de hurler. Comment est-ce que tout a pu dégénérer si vite ? La situation n'était pas idéale, mais elle tenait debout. Là ? Je risque de tout perdre. En plus, je me suis pris une bonne grosse gifle en entendant ce que cette femme pense de moi.

Ses mots tournent en boucle dans ma tête. Ils résonnent, me rendent dingue. Ils me dégoûtent, me font avoir un regard sur ma personne que je n'avais jamais eu jusqu'ici. Il faudrait que l'univers tout entier s'effondre pour que je parvienne à penser à quoi que ce soit d'autre.

Je n'ai jamais autant rêvé d'une distraction. *Pitié, quoi que ce soit, mais changez-moi les idées et vite avant que je ne me mette à vomir.*

Un message d'Owen semble répondre à toutes mes prières. Je déverrouille mon téléphone en accueillant avec bonheur cette mini-pause dans mon calvaire.

Owen : « Tu as vu ? MacArthur va se faire arrêter… La copine de Matt vend Keelean… »

Quoi ?

Je relis plusieurs fois le texto pour être certain d'en comprendre le sens. C'est une blague ? Quand je demandais une distraction, je ne parlais pas d'un bordel pareil !

Qu'est-ce qui se passe encore ?

Putain de merde !

16

Novembre – Espagne

GABRIEL

Je ne suis pas viré.

J'ai finalement pu relâcher le souffle que j'ai retenu tout ce weekend.

Je peux dire merci à Keelean, même si la situation de Mathieu m'attriste autant qu'elle m'inquiète. Le scandale soudain au sujet du propriétaire de l'écurie m'a permis de facilement battre ses pilotes en course. Ils n'étaient pas au mieux de leur forme, et j'avoue en avoir profité pour briller auprès de Neptune.

Il fallait au moins ça pour rattraper les dégâts causés par Mai.

En finissant P4, j'ai clairement sauvé la situation. Du moins pour cette course. Mais comme Leceo ne m'a toujours pas congédié, je crois pouvoir terminer la saison.

Je regrette un peu les mots et les pensées que j'ai eus à l'égard de Mathieu. Finalement, sa place aussi est en jeu. À cause de sa copine d'ailleurs. Enfin, pas réellement. À cause du père de sa copine. Nell ne cherche qu'à sauver les meubles après que son paternel a commis tout un tas de crimes dont il va devoir répondre. La vente de l'écurie était inévitable, Nell fait de son mieux pour préserver tout le monde.

Mathieu lui en veut certainement moins que j'en veux à Mai.

Dans mon cas, cette dernière a réellement eu un rôle déterminant.

Je me noie dans les entraînements, la course et les impératifs pour oublier ce qui s'est passé. J'ai besoin de m'occuper l'esprit, car sinon, je ressasse et c'est invivable.

D'un autre côté, j'ai fait mes preuves ce weekend, mais je ne dois pas me relâcher. Leceo m'a toujours à l'œil, je n'ai pas le droit à l'erreur. Je dois donner mon maximum sur cette dernière ligne droite. Il ne reste que deux courses. Je dois tenir bon. Ensuite, j'irai voir tous les médecins nécessaires.

Le fait que Leceo ne m'ait pas encore licencié commence à me redonner espoir. Il ne peut pas me virer à quelques semaines de la fin de la saison. Ça serait inhumain. Il vouerait ma carrière à une mort certaine. Toutes les écuries ont probablement leur *lineup* pour l'année prochaine. Ce n'est pas maintenant que je vais trouver un siège. Neptune aussi doit déjà savoir qui sera au volant de leurs voitures. J'aime à croire qu'ils m'auraient prévenu si je ne faisais pas partie de leur futur.

Cet espoir grandissant m'aide à garder la tête hors de l'eau, à tolérer la douleur sans le soutien de Mai. Je me repose sur les pilules que j'ai encore en ma possession et les consomme avec parcimonie pour en avoir jusqu'à la fin de la saison. Certes, j'ai plus mal qu'il y a quelques jours, mais c'est mieux que rien.

Je refuse d'aller ramper à sa porte pour lui demander des antidouleurs. D'autant qu'elle m'enverrait probablement voir ailleurs. Elle a été claire : elle ne veut plus m'aider, quitte à me dénoncer. Moins je m'approche d'elle, mieux je me porte.

N'empêche, ses mots tournent en boucle dans ma tête.

« T'es un monstre, tu sais ? »

Ça me fait mal.

Je l'ai blessée, j'en ai conscience. Je suis allé loin dans mes propos, j'ai voulu me venger de sa trahison. Je ne pensais pas que ça mènerait à un tel aveu de sa part. Je ne m'attendais pas à ce qu'elle me dépeigne de cette façon. Je croyais… Je ne sais pas. Ai-je réellement fait tout ce qu'elle a dit ? Je l'ai utilisée ? Manipulée ? Je suis incapable de répondre à ces questions. Peut-être. En tout cas, elle me voit comme un monstre, ce que je ne digère absolument pas.

Je ne veux pas la voir. Pas pour l'instant. Je suis toujours très stressé, sur mes gardes. Je suis blessé et lui parler ne ferait que me mettre en position de faiblesse. Je ne peux pas gérer ça en plus du reste.

Allez, Gab. Deux courses. Seulement deux.

Le weekend en Espagne se déroule plutôt bien.

Je me sens confiant en essais, puis je me qualifie en P7 pour le Grand Prix. Je n'aurais pas été contre quelques nouvelles de la part de mon boss, mais je ne l'ai pas croisé depuis la semaine dernière. Il est étonnamment calme, cependant, je ne vais pas me plaindre de la paix que son absence m'apporte.

En piste, je me débats tant bien que mal avec des gommes qui surchauffent sans que les ingénieurs comprennent la source du dysfonctionnement. Nous devons changer de stratégie, adopter un plan en deux arrêts. Notre tactique déstabilise certaines écuries concurrentes qui se voient obligées de nous suivre pour éviter l'*un-*

dercut. Finalement, nous parvenons à conserver notre position jusqu'au bout, ce qui était loin d'être gagné au début de la course.

Je suis assez satisfait de mon weekend, mais épuisé. Je tente de m'étirer seul pour me soulager, ce qui n'est clairement pas aussi efficace que les massages de Mai. J'avale un cachet pour m'endormir en espérant qu'il mettra mon cerveau en *off* pour la nuit. Je n'ai pas envie de penser. Juste de terminer cette saison infernale.

Les jours passent relativement vite. Cependant, j'ai l'impression que rien ne va, que le ciel va me tomber sur la tête. Je suis déprimé, fatigué, mais surtout, je me sens seul.

Voilà près de deux semaines que je n'ai pas adressé la parole à Mai. Même si je suis furieux après elle, elle me manque. Après des mois à nous voir tous les jours en tête à tête, à me confier à elle, puis à me perdre dans ses bras, la distance me surprend. Tout comme ce que je commence à réaliser.

Ce ne sont pas simplement son humour, son aide, ses câlins ou le sexe qui me manquent. C'est elle. Je crois que je me suis voilé la face et que j'étais bien plus attaché que ce que je pensais. Peut-être suis-je même tombé amoureux ? Je préfère ne pas y penser, car je regretterais amèrement de lui avoir parlé comme je l'ai fait.

J'étais en droit d'être en colère.

Mais de la blesser ? De la faire me détester ?

Je ne sais plus où j'en suis. J'aimerais une solution miracle pour réparer tout ce qui dysfonctionne dans mon corps et mon esprit. J'aimerais juste me sentir bien à cent pour cent.

J'essaye une fois de plus de me rassurer avant de sombrer dans le sommeil : je ne suis pas viré, la saison est presque finie, je vais bientôt consulter, Mai n'était de toute façon pas amoureuse du *monstre* que je suis.

Comme tous les autres soirs, ce mantra ne m'empêche pas de songer à un visage légèrement mat, dont les origines asiatiques se mêlent à un charme tout français, des lèvres rose foncé, un nez mutin, des yeux fins en amande, des cheveux noir ébène, lisses et soyeux, un corps tout en douceur, tonique, une odeur singulière d'abricot.

Un jour, Mélanie m'a dit que Mai signifiait « fleur d'abricot » en vietnamien. C'est terriblement mignon. Ça lui va bien.

Elle me manque sévèrement et je suis définitivement amoureux de la fille qui a essayé de briser ma carrière…

Je suis maudit.

MAI

Dire que je suis d'une humeur massacrante est un euphémisme.

Je suis frustrée, vexée, blessée, énervée et tous les autres mots en « -ée » qui existe sur cette terre.

Connard de pilote de merde ! Je savais pertinemment que ça ne mènerait à rien de me frotter de nouveau à l'un d'eux, mais non ! J'ai foncé tête baissée et me voilà avec le cœur brisé, ce que je n'avais franchement pas prévu au programme de la saison.

Je n'en reviens toujours pas des termes qu'il a utilisés pour parler de « nous ». Quel enfoiré ! Qu'il me prenne pour un plan cul c'est une chose, mais qu'il me traite comme un vulgaire pion sur l'échiquier de sa vie ? Jamais un mec ne m'a autant manqué de respect. Je m'en veux de ne pas avoir été plus véhémente, il mériterait de se faire taper dessus.

Il m'a renvoyé à la tête des trucs qu'il n'aurait jamais dû, notamment sur mon rôle de médecin vis-à-vis de lui. Je crois qu'il a oublié tout ce que j'ai fait pour lui sauver la mise. Et me dire que je ne suis *rien* ? Mais qui ose sortir des mots pareils ?

Au moins moi, j'ai été honnête du début à la fin. Je n'ai pas honte d'avouer que je suis tombée amoureuse de lui, que je tiens à lui. C'est ce qui fait que je suis humaine et lui un connard de première catégorie.

Il ne me méritait pas.

En tous cas, je me félicite de ne pas avoir pleuré inlassablement à cause de cet idiot. Il n'en valait pas la peine. Je préfère l'oublier, relever la tête et assumer cette histoire. Je ne suis pas celle qui doit avoir honte, je ne dois pas raser les murs quand je suis sur le paddock pour l'éviter. Il ne m'a pas humiliée ! Il s'est humilié tout seul en montrant son immaturité sentimentale.

Qu'il baise sa carrière, ça lui fera les pieds !

Mon énervement est probablement ce qui m'empêche de m'effondrer. Au fond, il m'a fait vraiment mal.

J'essaye de poursuivre ma vie comme je l'entends et de me promettre – encore – de ne plus jamais m'attacher à un pilote.

Je tente une énième fois de me sortir ce sujet de la tête, mais mon téléphone sonne alors, affichant la photo de la seconde personne que j'évite savamment ces derniers jours. Je réalise que c'est stupide, que je la punis pour rien. Ce n'est pas sa faute, mais son visage me fait trop penser à celui de son frère. Pourtant, j'aurais grand besoin de ma meilleure amie en ce moment.

Plutôt que de l'ignorer à nouveau, je prends mon courage à deux mains et décroche.

— Ah bah enfin ! Je commençais à croire que tu étais morte !

Sa voix me redonne instantanément le sourire. Réellement, l'ignorer était débile à souhait.

— Bon j'arrive dans cinq minutes ! Rejoins-moi à la cafète.

Ce n'est pas une question, c'est un ordre et elle a déjà raccroché. Je regarde ma montre. À cette heure-ci, il ne devrait pas y avoir grand-monde. Ça sera mieux pour discuter. Je ne sais pas encore ce que je vais lui dire, mais dans tous les cas, je n'ai pas envie que le potin fasse le tour du circuit.

J'enfile ma veste et me rends au centre du paddock, où se situe la cafétéria pour les staffs qui bossent sur place. Je suis en train de me faire couler un café quand Mélanie débarque et me prend dans ses bras par-derrière.

— Mai ! s'exclame-t-elle en m'enlaçant.

Je ne sais pas pourquoi, mais mon cœur se noue intolérablement. Je serre fort les dents pour ne pas me mettre à pleurer comme une madeleine. J'inspire un grand coup avant de me retourner pour lui rendre son étreinte. Un faux sourire plaqué aux lèvres, j'essaye de me montrer aussi enjouée qu'elle.

Ça ne fonctionne pas.

— Bon sang, mais tu vas me dire ce qui ne va pas ? D'abord tu ne réponds pas à mes appels et maintenant tu prends un air constipé en me voyant. J'ai fait quelque chose qui ne fallait pas ? s'inquiète Mélanie.

C'est son visage qui m'achève. Les mêmes yeux, les mêmes cheveux, des expressions similaires… Putain, je déteste leur ressemblance. Pourquoi fallait-il que je me prenne ça en pleine face ?

Moi qui me félicitais de tenir bon, je fonds en larme devant Mel qui ne comprend rien à ce qui se passe. Elle m'attire à elle, caresse mes yeux en susurrant des mots pour me calmer. Finalement, elle me guide vers une table pour nous asseoir. Elle attrape une serviette en papier pour m'essuyer les joues.

Elle attend que je m'apaise un peu pour discuter de la situation.

— Je ne connais que deux raisons pour te mettre dans cet état : ton boulot ou un mec. C'est un mec, c'est ça ? devine-t-elle, en bonne amie qu'elle est.

Je hoche la tête, me sentant minable.

Mélanie essaye de se montrer réconfortante, mais je ne sais pas ce qu'elle dira en apprenant que c'est son frère qui a foutu la merde. Est-ce qu'elle prendra mon parti ? Elle lui voue un culte… J'en doute.

Réaliser que je n'obtiendrai probablement pas le soutien de ma meilleure amie me fait pleurer de plus belle. Je n'aurais jamais dû m'approcher de Gabriel.

— Je suis débile ! m'énervé-je.

— Non ! Je t'interdis de dire ça. Je suis sûre à 95 % que c'est ce mec qui est débile, affirme-t-elle en serrant mes mains dans les siennes.

Un rire nerveux traverse mes lèvres mouillées. J'attrape une nouvelle serviette pour me moucher. Heureusement que la cafète est vide…

— Qu'est-ce qui s'est passé ? Je ne savais même pas que tu voyais quelqu'un.

Elle cherche à comprendre. L'espace d'une seconde, son visage trahit sa surprise et sa vexation de ne pas avoir été mise au courant. Nous partageons tout d'habitude. Je sais même qu'elle a flirté avec Oak, l'ennemi juré de son frère. Si *ça,* ce n'est pas de la confiance ! En échange, moi, je couche avec son cadet. Finalement, je suis aussi monstrueuse que lui.

Je lui dois un minimum d'explications, alors je me lance tant bien que mal.

— Je croyais… Je croyais qu'il y avait plus, mais apparemment non, commencé-je. Ça faisait des semaines qu'on se voyait tout le temps. Il s'est confié à moi et j'avais l'impression qu'on s'était réellement rapprochés. Je savais que c'était stupide ! Je le savais ! Je suis trop conne. Je suis tombée amoureuse alors que lui s'est contenté de me baiser pour oublier ses problèmes.

Mélanie fronce les sourcils et me serre les mains.

— Tu es sûre de ça ? Tu n'as pas mal interprété la situation ? tente-t-elle de rester positive.

Un sourire mauvais étire mes lèvres.

— Il m'a dit mot pour mot « On baise, Mai. C'est tout. Je ne suis rien pour toi. Remets les choses dans leur contexte. Il n'y a rien entre nous. », répété-je, toujours outrée.

Mon amie écarquille les yeux.

— Pardon ? s'énerve-t-elle soudainement. Non, mais c'est qui ce connard ? Dis-moi où le trouver ! Personne ne te parle comme ça ! Sérieusement ?

J'aimerais tellement qu'elle puisse le faire.

Je préfère fuir son regard plutôt que me remettre à pleurer comme une idiote.

— Il m'a prise pour une dinde… Je suis stupide, il y avait pourtant un certain nombre de signes, réalisé-je.

Il y en avait. Toutes les fois où il a menti, tourné la situation à son avantage pour avoir ce qu'il voulait. Je n'étais qu'un moyen de parvenir à ses fins. Je ne sais pas à quel moment je me suis perdue à croire qu'il y avait des sentiments au milieu de ça.

Un silence empli de réflexion s'étend entre nous. Mel doit tourner cette histoire dans tous les sens pour tenter d'en comprendre les tenants et aboutissants, tandis que je me rejoue ces derniers mois.

— Tu ne me dis pas tout, je m'en rends compte, tu sais ? lâche-t-elle finalement.

Sa voix douce m'oblige à remonter les yeux vers elle.

— Pourquoi tu ne me racontes pas tout, Mai ? Pourquoi tu ne me dis pas qui c'est ? insiste-t-elle, semblant en savoir bien plus que ce que je pensais.

Le rouge me monte aux joues. Je ne sais pas quoi faire, quoi dire. J'ai honte et à la fois, qui peut contrôler ses sentiments ?

— C'est Gabriel, pas vrai ? demande-t-elle finalement. J'ai bien vu que vous vous comportiez différemment.

À ce stade, il n'y a plus aucun intérêt de lui mentir. Je n'ai pas envie de lui cacher quoi que ce soit. Ce n'est pas à moi d'avoir honte !

— Je suis désolée… marmonné-je en me remettant à sangloter.

Mélanie soupire en me prenant dans ses bras.

— Mais non.

Elle me tend à nouveau une serviette en papier.

— On va vider leur stock, remarque-t-elle en riant.

Le soulagement de voir qu'elle ne me déteste pas me fait aussi éclater de rire. Nous restons en silence quelques secondes avant que Mélanie ne reprenne la parole. Je ne sais pas quoi dire. De son côté, elle semble avoir du mal à mettre les choses au clair.

— Bon… Donc Gab et toi, vous avez eu une relation et… tu es tombée amoureuse, mais lui t'a larguée comme une merde ? C'est quoi ce délire ? soupire-t-elle.

Elle n'en revient pas plus que moi. Je m'apprête à répondre, mais manifestement, elle n'a pas terminé.

— Ça veut dire que Gabriel, mon petit frère, t'a dit ce que tu m'as répété ? Il a perdu la tête ou quoi ? Ce n'est pas lui, ça…

J'acquiesce et avoue :

— Je ne le comprends pas. Franchement, je le reconnais de moins en moins.

Mel regarde dans le vide, en pleine réflexion.

— Attends, ça veut aussi dire que tu as… *Beurk,* réalise-t-elle.

Cette remarque – parfaitement inutile dans ce contexte – me fait retrouver le sourire. Ce devait sûrement être son but.

— Oh merde, maintenant je vais vous imaginer à poil et –

— Non, mais non ! Mel ! la coupé-je vivement.

La situation nous amuse et m'aide à remonter un peu la pente. Mon amie ne m'en veut pas, ne me juge pas. Elle se contente de me changer les idées.

— Tu veux que je lui parle ? Qu'il m'explique ? demande-t-elle finalement, en retrouvant son sérieux.

Sans lui raconter tout de l'accident en Italie, je ne vois pas comment elle pourrait comprendre cette histoire. J'ai déjà balancé Gabriel à Neptune, le vendre à sa sœur sur tout ce qui s'est passé… ce ne sont plus mes affaires. Il n'a qu'à se démerder.

— Non, s'il te plaît, ne lui dis rien. Je ne veux certainement pas qu'il sache que je suis dans cet état. J'ai juste besoin d'une copine à qui en parler.

Mélanie me promet de garder ça pour elle et de ne pas aborder le sujet si Gabriel ne le fait pas de lui-même. Autant dire que cette histoire sera enterrée d'ici peu.

— Qu'est-ce que tu penses d'une soirée entre nanas pour l'oublier ? propose Mel. J'appelle Nora ? Je crois que Lise est dans le coin aussi.

Je hoche la tête et lui serre la main pour sceller notre accord.

— Va pour une cuite.

Mélanie m'enlace une nouvelle fois.

— Les mecs… soupire-t-elle. La pire espèce !

J'ai vraiment la meilleure amie du monde.

17

Novembre – Azerbaïdjan

GABRIEL

Je n'ai jamais été aussi ravi de descendre de voiture.

La dernière course est passée. Je vais enfin pouvoir souffler, me reposer, me soigner. Un poids se lève de ma poitrine au moment de rejoindre mon box après les interviews. Je me laisse glisser dans le canapé en soupirant.

— C'est fait…

La douleur est toujours là, et bien là. Cependant, savoir que je vais aller passer ces fichus examens m'aide à me détendre les muscles. Il me reste deux gélules. J'en prends une et garde l'autre pour la semaine prochaine.

Je ferais mieux de ravaler ma fierté, mais je ne me sens pas capable de faire face à Mai pour la supplier de me donner des antidouleurs. C'est son job, certes, mais elle serait tout à fait en droit de m'envoyer chier. Je lui ai dit qu'elle n'était rien pour moi alors que je suis amoureux d'elle. J'ai gagné la palme de la stupidité cette année.

Elle a tellement raison. J'ai perdu la tête. Je ferais bien de consulter un psy.

Sans parler de cette histoire comme quoi le père de Nell aurait tué Mike… Putain… C'est trop pour moi. J'ai besoin d'une sacrée pause.

Ma course a été pourrie en plus. J'ai terminé P13, soit loin des points et loin de satisfaire mon écurie. Je m'en fous. Je veux juste dormir.

Et c'est ce que je fais pendant les trois jours suivants.

Nous restons cependant sur place. Un dernier impératif m'attend pour cette saison : l'interview bilan. Je déteste ce moment. C'est long, tous les pilotes sont là et tout le monde se fait chier. La seule chose qui me motive à m'y pointer, c'est l'idée de retrouver mes amis.

Comme prévu, je rejoins Owen, Loris et Matt qui, eux non plus ne sont pas super excités par cette perspective. Nous nous asseyons ensemble pour faire face aux journalistes. Au moins, je sais qu'aujourd'hui, c'est Matt qui leur sera jeté en pâture. Entre le bordel chez Keelean et l'histoire avec Mike, il s'attend à recevoir un certain nombre de questions. Le soutenir m'aidera à oublier mes propres problèmes. Les siens sont clairement plus importants !

N'empêche, j'ai envie de tous les faire taire avec leurs histoires de couples. Ça pue l'amour et moi, je suis comme un con parce que j'ai repoussé la seule femme qui m'a plu depuis plus d'un an.

Sur ce coup, j'ai définitivement mérité mon célibat. Je lui en veux toujours, mais putain… elle me manque. Je sais en plus qu'elle passe beaucoup de temps avec ma sœur ces derniers jours, je commence à flipper de me prendre une bombe sur le coin de la tête. Si Mel apprend ce que j'ai pu dire, je suis mort.

Owen attire mon attention en me bousculant l'épaule.

— Gabby ?

Je tourne mon attention vers lui, je n'ai rien écouté de leur conversation après les « ma femme... », « mon mec... », « j'ai rencard... ».

— Hmm ?

Un sourire amusé prend place sur ses lèvres. Cet enfoiré est sur un nuage, il a gagné le championnat et sa femme l'attend pour une partie de jambes en l'air du tonnerre. Même Mathieu, qui vit un des pires moments de son existence, garde le moral parce qu'il va retrouver sa Nelly.

— Les vacances t'appellent ? demande-t-il.

Je hausse les épaules.

— On te saoule ? m'interroge-t-il ensuite.

Sa question me fait sourire. Ça ne m'embêtera jamais de savoir qu'il est heureux avec Lise, que Loris a trouvé le grand amour ou que Matt – Matt, putain ! – ait finalement choisi de se caser. Ce qui m'énerve, c'est moi, mon comportement, ma stupidité.

— Franchement, c'est ma faute si je suis seul, reconnais-je, amer.

Owen fronce les sourcils, intrigué.

— Tu veux en parler ?

Je secoue la tête.

— Absolument pas.

Il rigole.

— Je la connais ? insiste-t-il.

— Tout à fait.

Sa curiosité est piquée par mon aveu, alors il observe la salle, à la recherche d'un indice. Lise se tient près de Nell dans le fond de la pièce. Non loin d'elles attendent Mélanie et Nora. Mai n'a pas fait le déplacement et je n'ai pas besoin de demander pourquoi. J'imagine sans mal qu'elle ne voudra pas me voir avant longtemps. *En général, on évite de traîner avec les monstres.*

— Ne te fatigue pas, elle n'est pas présente.

Owen grimace avant de réaliser que je lui ai donné bien plus d'indices qu'il n'en avait en regardant la salle.

— Mai ? C'est Mai ? C'est la seule absente. À moins que tu parles du mec de Loris ? Je ne vois personne d'autre qui traîne avec nous.

— Le mec de Loris ? T'es sérieux ?

Owen hausse les épaules.

— Mathieu est en couple, franchement, on aura tout vu.

Celle-là, je dois bien lui accorder.

— Bref. Arrête de changer de sujet. Tu as fait quoi avec Mai ? persiste-t-il.

— Ton nouveau goût prononcé pour les ragots m'indique que tu traînes trop avec Lisie.

Il encaisse ma moquerie en roulant des yeux.

— Toi, si tu n'arrives même pas à assumer avec moi, c'est que tu as sacrément merdé.

Là encore, il tape juste. Je me résous à lui donner quelques infos, sans non plus parler de ce que j'ai eu tant de mal à cacher.

— Elle me plaît, on a passé du temps ensemble, elle m'a fait un sale coup et j'ai mal réagi. Très mal réagi.

L'interview commence, mais Owen n'en a pas fini.

— Mal réagi comme « Lise a mal réagi » ou comme « Loris a mal réagi » ? chuchote-t-il.

— Tu es vraiment en train d'utiliser ta femme comme extrême d'une échelle de gravité ? Elle va t'égorger, tu es au courant ?

Il rigole.

— Ce qui me semble être un bon repère, argumente-t-il. De toute façon, tu ne me balancerais pas.

Jamais.

— Mal réagi comme « Mathieu a eu le cœur brisé et a mal réagi », élaboré-je.

Owen grimace.

— Je ne te savais pas aussi idiot que lui, se moque-t-il.

— Je t'emmerde.

Owen ravale son gloussement quand un journaliste s'adresse à lui. C'est parti pour trois longues heures de questions inutiles et déplacées. Chacun en prend pour son grade. Mathieu s'explique du mieux qu'il peut en défendant sa femme et son écurie. Moi, je ne sais pas comment me positionner. Je n'ai pas été viré, mais je ne porte pas spécialement Neptune dans mon cœur. Je me contente donc de banalités en espérant que personne ne viendra me faire chier pour des détails. Oran se charge du plus gros, heureusement.

Finalement, nous sommes libérés.

Les gars et moi convenons de nous retrouver ce soir pour fêter la fin de la saison.

Comme prévu, Owen file rejoindre Lise. Mathieu attrape Nell pour l'attirer je ne sais où – et je ne veux pas en savoir plus. Loris s'enfuit à son tour. N'ayant pas très envie de papoter avec ma sœur ou Nora, je m'en vais dans les coulisses. Je compte retourner à mon hôtel pour me reposer avant ce soir.

Seulement, je n'ai pas le temps de quitter le paddock car Ronan m'invite à le suivre dans son box. Trop fatigué pour réfléchir, je ne me mets sur mes gardes que lorsque je réalise que je suis en présence du juriste de l'écurie en plus du patron.

Je ressens le claquement de la porte comme une sentence irréversible.

Ne me fais pas ça, Ronan. Pas maintenant, sérieux…

— Bon, Gabriel, commence-t-il, d'un ton lourd de conséquences.

— Tu me lâches, annoncé-je à sa place.

Il a le mérite de conserver une expression grave quand il hoche doucement la tête.

Un rire amer m'échappe. Quel connard…

— Laisse-moi t'expliquer, impose-t-il.

N'ayant rien à dire de particulier, je conviens de l'écouter.

— Jacob Oak nous promet de meilleurs avantages que toi. Tes résultats n'ont pas été suffisamment impressionnants pour contrebalancer ses garanties financières. Tu t'en doutes.

Toujours le même vieux refrain.

— Et tu ne pouvais pas m'informer de ça quelques mois plus tôt ? Ce n'est pas comme si la décision n'était pas déjà prise.

Il secoue la tête.

— La décision n'était pas prise, Gabriel. Je t'ai offert une chance de faire tes preuves…

— Non. Vous m'avez poussé à l'erreur. Ce n'est pas ce que j'appelle faire ses preuves. De toute façon, même si j'avais pu gagner une course, ça n'aurait rien changé. Ce que je ne comprends pas c'est pourquoi tu ne m'as pas laissé une chance de trouver un autre siège ? Tu sais ce que ça va me coûter d'apprendre ça maintenant. Tu es sadique à ce point ? Tu me hais ?

Ronan se contente de regarder ses pieds. Il n'a pas d'explication ou de justification à me donner. C'est ainsi, voilà tout.

Je ne devrais pas être surpris. Je savais que ça finirait par tomber, je ne sais pas pourquoi j'ai repris espoir sous prétexte que la direction se faisait discrète. J'aurais dû me douter que Ronan ne respecterait pas les usages du paddock.

— Tout ça… pour rien, réalisé-je alors.

Cette révélation me fait partir dans un éclat de rire aussi nerveux que désespéré. Me battre pour trouver un siège, c'est une chose, mais me défoncer pour finir viré comme un malpropre après la dernière course… Voilà qui a un goût amer.

Le juriste prend à son tour la parole.

— Nous allons vous envoyer une notification à votre domicile pour la paperasse. Comme convenu dans le contrat, vous pouvez garder votre voiture de fonction. Nous vous laissons aussi la chambre d'hôtel jusqu'à votre départ et l'avion de l'écurie pour le trajet de retour en France.

— Ma voiture a fini dans le fossé et je ne me souviens pas d'en avoir reçu une autre, remarqué-je.

Ronan hoche la tête.

— Nous t'en donnerons une nouvelle.

Je m'en branle de sa bagnole. C'est le siège que je veux. Mais je ne compte pas m'humilier à le supplier de me garder. C'est terminé. La décision est prise et le contrat avec Oak probablement signé. J'ignore les motivations de Neptune, autres que financières. Je ne comprends pas pourquoi ils m'ont viré si tard.

— Tu vas m'aider à négocier auprès d'une autre écurie ou tu me laisses purement et simplement dans la merde ? cherché-je à le faire culpabiliser.

Il se planque derrière son juriste.

— Le contrat ne spécifie pas un tel devoir de la part de Neptune.

— Je ne parle pas de devoir, mais d'humanité, de reconnaissance. Mais apparemment, tu es réellement le connard que tout le monde dépeint, hein, Ronan ?

N'obtenant pas de réponse, je prends le chemin de la sortie. Qu'est-ce que je peux dire de plus ? Quitte à gaspiller ma salive, autant le faire au téléphone avec les écuries qui n'ont pas encore signé leur second pilote. Il me reste une infime chance de trouver un siège pour la saison suivante. Moins je perds de temps chez Neptune, plus j'en aurai pour négocier.

— Fils de pute… marmonné-je en quittant le paddock au pas de course.

Dorian m'attend à la sortie.

— Tu n'es pas au courant, petit ? Tu ne bosses plus pour moi, lancé-je, furieux, déçu.

Mon assistant hausse les épaules.

— Je préfère travailler pour vous que pour eux, monsieur Hupert. Je vous suivrai. Quelle que soit votre nouvelle écurie. Si vous voulez bien de moi, ajoute-t-il d'une petite voix.

L'attention me touche profondément. Je ne trouve plus mes mots. Pourtant, il va bien falloir que je lui dise que j'accepte.

— Tu m'amènes à l'hôtel alors ? C'est *open-bar* sur le compte de Neptune, ça te tente ?

Dorian hoche la tête en rigolant. Nous ne perdons pas de temps et nous mettons en route. Cette chambre, je vais m'assurer qu'elle leur coûte un sacré paquet d'argent.

Je me fais même un plaisir d'inviter tout le monde dans ma suite pour fêter la fin de la saison. Qui sait ? C'est probablement ma dernière, autant la faire compter.

* * *

Quelques heures plus tard, tout le groupe est réuni chez moi. Si certains me lancent de drôles de regards, tous sont trop pressés pour fêter la fin de la saison pour me poser des questions. L'unique personne à qui j'ose me confier sur la situation, et à qui je sais que ça ne gâchera pas la soirée, c'est ma sœur.

Dès que je me retrouve avec elle, j'entre dans le vif du sujet.

— Je suis viré, Mel. Leceo me l'a dit après la conférence de presse.

Nous sommes seuls dans la cuisine. Elle s'assoit près de moi pour m'entendre par-dessus la musique.

— Je suis désolée, Gabby, soupire-t-elle bruyamment en me prenant la main. C'est vraiment des…

Elle n'a pas besoin de finir sa phrase. C'est plus que clair.

— On va trouver une solution, on va appeler toutes les personnes qu'il faut, m'assure-t-elle.

Je me contente de hocher la tête parce que… c'est tout ce que je peux faire à présent.

Je pensais que l'alcool m'aiderait à oublier, à me détendre. Finalement, c'est comme si je n'avais rien bu alors que Dorian et moi avons enfilé une bouteille de champagne chacun avant l'arrivée des autres.

J'ai tout fait, tout essayé pour garder ce siège. Pour rien. J'aurais pu négocier plus durement une autre place si Ronan s'était décidé à m'annoncer les choses plus tôt. Mais c'est de ma faute, je devais me douter que ça allait se terminer ainsi. Ce n'est pas comme si la saison avait été toute rose.

Je me suis perdu en route.

J'ai pété un plomb, pris des risques insensés et tout ça pour rien.

J'ai brisé le cœur d'une femme et le mien au passage, pour rien.

— Je suis un monstre *et* un abruti, dis-je finalement.

Mélanie souffle avant de me serrer dans ses bras. Je me laisse complètement aller dans son étreinte. Je ferme les yeux et me contente de sentir son odeur rassurante, toujours là quand j'en ai besoin. Même quand je dérape, que je fais de mauvais choix, que je la déçois.

— N'abandonne pas, Gabby. Il y a encore des places libres, tout n'est pas bouclé et tu *as* de bons arguments pour négocier. Mais pas tout de suite. Et si on faisait une petite pause, hein ? Ne serait-ce que ce soir, une semaine ? Tu dois souffler, Gabriel !

Je secoue la tête.

— Je n'ai pas le temps, Mel…

Elle se détache de moi pour m'obliger à croiser son regard.

— Eh bien tu vas le prendre ce putain de temps ! s'énerve-t-elle. Tu as traité ma meilleure amie comme une grosse merde et si ça ce n'est pas un signe que tu pètes un plomb…

Là, je ne sais pas quoi répondre. Moi qui voulais éviter que ma sœur soit au courant de ça, c'est raté. Et sur ce coup, je ne peux pas le reprocher à Mai, elle a bien le droit de se plaindre de moi à son amie. Je l'ai mérité.

— Elle t'a dit quoi, au juste ? cherché-je.

Mieux vaut ne pas révéler ce que Mai a pris soin de cacher. De la même manière qu'elle n'a pas tout balancé à Neptune, je sais qu'elle ne l'a pas non plus fait avec Mel.

— C'est ta seule préoccupation, là ? Savoir ce qu'elle m'a confié ? s'agace ma frangine. Tu n'as pas autre chose à dire comme « j'ai merdé », ou « comment va-t-elle ? » ?

Frustré par ma stupidité, je grogne en me tapant la tête répétitivement sur la table. Ça a le mérite de couper Mélanie dans son élan. Elle me regarde, perdue. Owen choisit ce moment précis pour se joindre à nous.

— Toi, tu es encore plus bourré que moi, remarque-t-il.

Mélanie se frotte nerveusement le visage.

— Dis à ton pote qu'il est con !

Owen hausse les épaules.

— T'es con, Gab ! obéit-il.

— Très constructif…

Owen rigole alors que Mélanie s'en va en rouspétant.

— Non, Mel, attends ! l'arrêté-je.

Elle marque une pause pour se tourner vers moi, les bras croisés sur la poitrine. Minablement avachi sur la table, je lui demande la seule chose qui m'importe réellement depuis que j'ai vu Mai passer le seuil de la porte.

— À quel point elle me déteste ?

Owen suit la conversion avec un intérêt renouvelé.

— Tu lui as dit qu'elle n'était *rien* pour toi. Que tu t'étais contenté de la baiser, me rappelle ma sœur, déçue.

Mon meilleur ami écarquille les yeux vers moi.

— Mec… Même Mathieu n'aurait pas osé !

— Osé quoi ? demande ce dernier en débarquant dans la cuisine.

Je supplie Mélanie du regard.

— J'ai parlé sous le coup de la colère et crois bien que je le regrette, promets-je, sincère.

— Il a dit à sa meuf qu'elle n'était rien pour lui, explique Owen à Mathieu.

Matt ouvre grand la bouche, choqué.

— Gab a une copine ? intervient alors Loris.

J'implore Mélanie de me sortir de ce guet-apens, mais elle se fait un plaisir de me laisser dans la merde. Au moins, j'en oublierais presque que je viens de me faire virer.

— Non, répond ma sœur à Loris avant de partir. Il n'a pas de copine parce qu'il lui a brisé le cœur comme un connard inhumain.

— Comme un monstre, la reprends-je. Elle a utilisé le mot « monstre », pour être exact.

Mélanie se contente de soupirer en quittant la pièce. Elle chuchote quelque chose à Owen que je n'entends pas, mais qui le fait rire. Me voilà seul avec ces trois abrutis et je sens qu'ils vont passer le reste de la soirée à m'emmerder. Du coup, je dégaine ma meilleure arme pour les distraire de ce sujet dont je ne suis pas fier.

— Je me suis fait virer alors soyez indulgents, plaidé-je.

Voilà qui les fait taire cinq secondes. Sauf que l'alcool les aide vite à retrouver la parole.

— Matt, va nous chercher des verres, ordonne Owen, Loris le whiskey. Toi, tu restes là et moi, je vais trouver Lisie. On va te remettre sur pied, vieux.

Je ne sais pas vraiment à quoi rime cette entreprise, mais soit. Au moins, ils me font rire.

Matt revient avec les verres, Loris avec une bouteille, Owen avec Lise qui m'étouffe dans un câlin. La conversation part dans tous les sens, mais, l'espace d'une soirée, ils arrivent à me faire oublier tout ce qui ne va pas. Je crois que ça aide aussi Matt à omettre le bordel qui se passe dans sa propre vie. Finalement, tous ensemble, nous pouvons surmonter n'importe quoi.

Et Dieu sait que j'ai encore du travail devant moi !

18

Décembre – France

GABRIEL

La batterie d'examens qui suit la fin de la saison n'aide en rien à me détendre.

Radio, IRM, Scanner… Je passe par tous les médecins possibles pour m'assurer de ne rien rater. Pour le coup, j'ai écouté les conseils de Mai et ai pris mon mal en patience pour ne pas faire cette vérification à l'arrache.

J'attends les résultats avec autant d'empressement que d'inquiétude. Heureusement, pour m'occuper, j'ai cent mille coups de téléphone à passer pour trouver un nouveau siège. J'enchaîne toujours les mêmes numéros. Les écuries qui possèdent encore des places libres sont rares. Je ne dois pas lâcher le morceau pour être celui que quelqu'un finira par choisir.

J'ai déjà eu de longues discussions avec Fizzles, Giants et Riotti. Chaque fois, rien de concret n'en ressort. Tout le monde hésite, négocie ses prix, les contrats. Je ne suis pas le seul à plaider ma cause. Les meilleurs de F2 de cette année cherchent à entrer en F1. Les pilotes déjà sur la grille tentent d'obtenir une plus grosse écurie, d'autres, comme moi, cherchent simplement à rester en lice. Sans oublier les pilotes présents dans ces écuries qui espèrent garder leur siège.

Je fais de mon mieux. Mon manager se défonce aussi pour m'aider. J'ai déjà répondu à quelques interviews sur le sujet. Je n'ai pas hésité à démonter Neptune, sa gestion pitoyable et ses décisions de copinage. Je ne leur ai pas fait de bonne pub, Leceo a tenté de m'insulter par téléphone, mais je n'ai pas décroché. Je n'ai plus rien à lui dire.

Je m'apprête de nouveau à appeler Tino Riotti quand je reçois un mail avec les résultats de mes examens. Je me suis adressé à un médecin français du sport très réputé pour travailler avec des athlètes de haut niveau. Sa principale qualité est clairement la discrétion, ce que je recherche absolument.

Pour m'éviter de lire tout un tas de comptes-rendus, il s'est lui-même chargé de les parcourir et de me faire un bilan complet sur mon état.

Mon cœur bat la chamade au moment d'ouvrir le mail. J'ai peur de ce que je vais y trouver. Pourtant, il va bien falloir que je sois fixé. Je me résous donc à cliquer sur le lien.

Je le survole une première fois à la recherche d'un élément grave, mis en exergue. Pour l'instant, je ne vois rien. Cependant, je ne l'ai pas encore lu dans son entier.

Je passe les platitudes et politesses pour me rendre directement à l'analyse des examens.

Côtes fêlées reconsolidées. Traumatismes dans la cuisse gauche et sur les fesses rétablis. Inflammations aiguës des cervicales. Tension visible. Diverses inflammations au niveau des dorsales, nerfs pincés…

Je finis par arriver aux recommandations de traitement : prescription d'antidouleurs, repos, rééducation pour assurer un rétablissement complet des capacités sportives.

« Étant donné les circonstances de l'accident mentionné lors de notre rendez-vous, mais aussi les nombreux efforts ayant grandement aggravé votre cas, je vous trouve très chanceux. Cependant, sans repos ou rééducation, vous pourrez dire adieu à votre carrière. Je ne vais donc pas vous conseiller de vous ménager, mais vous l'ordonner. Votre corps a besoin de temps et d'attention. Je peux contacter un kiné pour suivre votre cas, ainsi qu'une infirmière pouvant vous aider à prendre votre traitement. N'hésitez pas à revenir vers moi pour toute question ou suggestion. Je vous souhaite de bonnes vacances. Utilisez-les à bon escient ! »

Je suis soulagé, mais pas autant que j'aurais pensé l'être.

Est-ce que j'espérais quelque chose de grave ? J'aurais eu une excuse valable pour ne pas trouver de siège, pour me faire virer, pour avoir pourri la vie de Mai et la mienne.

Du repos. Je devrais y arriver cette fois. La rééducation ne devrait pas poser de problème, ni les prises de cachets entre deux harcèlements d'écurie.

Je réponds rapidement au mail avant de taper de nouveau le numéro de Tino. Je n'ai pas une seconde à perdre.

Le stress me submerge au moment de lancer l'appel. La tension engendrée se répercute facilement dans mes cervicales et je réalise que ce n'est pas le repos dont le médecin a parlé. Ai-je vraiment le choix ? Je ne peux pas attendre trois mois que les autres pilotes aient tout raflé.

Je n'ai pas le temps d'appeler que je reçois moi-même un appel de ma frangine. Elle aussi me harcèle depuis des jours, il va bien falloir que je finisse par répondre.

— Sœurette ! m'exclamé-je d'un ton faussement enthousiaste.

Elle soupire bruyamment.

— Dans quinze minutes, je suis chez toi. Je te conseille de préparer fissa tes affaires, car tu pars en vacances avec moi. Pas de discussions, pas de négociations.

Effectivement : elle raccroche aussitôt.

Je lui envoie tout de même un message pour tenter de parlementer.

Moi : « Mel… Je n'ai pas le temps. »

Mélanie : « Je m'en fiche ! Tu as besoin de te détendre, c'est non négociable, Gabriel. Tu veux que je te rappelle ton pétage de plombs avec Mai ? Prendre deux semaines ne va rien changer à la situation. Figure-toi qu'ils ont aussi le téléphone en Guadeloupe. »

Moi : « On va en Guadeloupe ? »

Je dois dire que la destination fait réfléchir. De toute façon, j'ai besoin de prendre du repos. Je ne vois pas pourquoi je refuserais. Je peux effectivement appeler de là-bas. Le soutien de ma sœur sera aussi très utile. Sans parler des cocotiers, des cocktails, de la plage, du soleil. Putain, j'ai bien mérité ça, non ?

Mélanie : « Maison au bord de l'eau, météo parfaite, des potes, du soleil… »

Moi : « Vendu. »

Je verrai avec le médecin pour que mon traitement arrive sur place en même temps que moi. Quant au kiné, je ne commencerai les séances qu'en rentrant. Je ne vois pas ce qui pourrait poser problème à prendre quelques jours. Mes amis m'aideront à me changer les idées, à positiver et à trouver l'énergie nécessaire pour la suite.

Mélanie a raison et pour une fois, je ne veux pas discuter.

Quand elle arrive, j'ai déjà bouclé ma valise.

— Quand tu y mets du tien, forcément, c'est plus simple ! se moque-t-elle.

Un sourire mauvais prend place sur mes lèvres.

— Alors, ne m'oblige pas à me montrer chiant.

Elle me tire la langue, puérile.

— Allez, bouge-toi. Les autres nous attendent.

Une fois de plus, je ne discute pas et la laisse nous mener à l'aéroport où un jet privé a été affrété. Nous nous soumettons tout de même aux contrôles de sécurité et à la vérification de nos papiers. Quand tout est en ordre, nous rejoignons l'avion tandis que des agents apportent nos bagages vers la soute.

Ce n'est qu'au moment de prendre place à bord que je réalise ne pas avoir demandé à Mélanie qui était de la partie. Je n'ai plus besoin de lui poser la question. Ils sont tous présents : Nathan, Brice, Loris, Nora… et Mai.

Évidemment. J'aurais dû me douter que ma sœur n'en resterait pas là avec cette histoire. La connaissant, elle va probablement chercher à nous réconcilier. Sauf que vu le regard que mon médecin adoré vient de me lancer, ce n'est pas dans ses plans.

Putain.

Le repos est clairement compromis.

D'un autre côté, il s'agit peut-être là de ma chance pour me faire pardonner. J'ai beaucoup d'excuses à lui présenter. Je vais simplement attendre qu'elle n'ait plus envie de me tuer.

Je crois que c'est la première fois que je la revois – sans être ivre – depuis notre dispute. Je ne sais pas quoi faire. Suis-je censé la saluer, lui laisser de l'air ? Je ne veux pas qu'elle s'imagine que je l'ignore ou lui manque plus de respect que je ne l'ai déjà fait.

J'opte pour un petit sourire de paix, sans oser envahir son espace personnel. Elle détourne la tête justement à cet instant. Bon. Le message est clair pour le moment. Je vais rester de mon côté et attendre que la tempête se calme.

Je reporte mon attention sur les autres passagers. Je salue tout le monde et remercie silencieusement Loris de désigner la place libre à côté de lui. Je m'y rends sans tarder, laissant mon aînée s'asseoir près du docteur Dillon.

Les vacances s'annoncent bien. *Merci, grande sœur.*

— Tu as l'air d'avoir vu un fantôme, se moque Loris.

Je soupire en me glissant dans le siège.

— J'ai surtout vu ma mort prématurée sous la main d'une femme en colère.

Loris glousse sans la moindre compassion.

— Les autres nous ont tous plantés ? changé-je de sujet.

Doppia hausse les épaules.

— Marin doit bosser. Owen et Lise sont partis tous les deux. Matt et Nell sont en plein débâcle judiciaire. Il ne reste plus que toi et moi !

Le temps où nous voyagions tous ensemble me paraît drôlement lointain. Ils ont tous commencé une nouvelle vie alors que j'en suis à observer discrètement celle que j'aime en espérant arriver à la reconquérir par la pensée.

— Je n'aurais jamais cru voir une femme te détester autant. Tu es pourtant le gentil de la bande, remarque Loris. Tu as vraiment foiré avec elle, c'est fascinant.

Je le fusille du regard.

— Tu ne m'es pas d'une grande aide, là.

Il rigole.

— J'ai deux semaines pour t'aider. Laisse-moi un peu me foutre de ta gueule.

— Tu es censé être mon binôme, mon soutien ! plaidé-je.

— Ouais, bah ne compte pas sur moi pour partager ta piaule et t'écouter pleurer non plus.

— Je ne pleure pas !

— On n'aurait pas dit, l'autre soir, se moque-t-il à nouveau.

L'avion se décide à décoller et je profite de la distraction pour ignorer les gloussements de Loris. L'espace d'une trentaine de minutes, il me fout la paix avant de revenir à la charge.

— Va lui parler au lieu de rester là. Va au moins la saluer…

— Elle ne veut pas me voir.

Il secoue la tête, rejetant mon argument.

— Ça, tu n'en sais rien ! Peut-être qu'elle ne souhaite juste pas te montrer qu'elle s'intéresse malgré tout toujours à toi. Ce serait un miracle, mais bon…

Plutôt que de continuer à l'écouter me descendre, je me lève pour rejoindre les trois filles. Je suppose que sa stratégie a marché.

Nathan et Brice sont déjà en plein sommeil. Ça fera deux personnes de moins pour se moquer de moi.

Je m'assois à côté de Nora, face à Mai et Mélanie. Je tente un sourire avenant et des platitudes pour entamer une discussion.

— DC t'a accordé des vacances, Nora ?

Cette dernière hoche vivement la tête.

— Lisie m'a un peu aidée à plaider ma cause. Elle peut se montrer convaincante. Surtout avec Smith.

Nous échangeons tous un regard entendu.

— Tu m'étonnes, répliqué-je.

— Et toi, tu es sûr que ça va ? m'interroge-t-elle en fronçant les sourcils. Tu es tendu comme un string.

Je souris du mieux que je peux en ignorant l'expression amusée de ma sœur.

— Oui, je vais bien !

Mai lâche un rire dédaigneux.

— Bah voyons, marmonne-t-elle.

Celle-là, je l'ai cherchée. J'essaye de me reprendre un minimum.

— En réalité, ça pourrait aller mieux sur… divers points.

Nora fronce les sourcils en zyeutant Mai.

— Quels points ? tente ma sœur, pour nouer le dialogue.

J'observe Mai, mais elle s'applique à fuir mon attention.

— Des points qui concernent presque tous mon médecin, dis-je doucement.

Mélanie regarde discrètement Mai qui se contente de me rire au nez.

— Tu consultes qui maintenant ? Que je lui envoie mes condoléances…

La pique est bien placée, j'essaye de ne pas me laisser démonter, mais j'ai du mal.

— J'ai raté un épisode ? intervient Nora.

Mélanie grimace en acquiesçant.

— Celui où j'ai franchement merdé avec Mai, oui, avoué-je.

Surprise, la concernée relève enfin les yeux vers moi. Ils ne transirent pas la chaleur, mais c'est un début. Nora questionne Mel du regard, qui se contente de soupirer. Je suppose qu'elles lui expliqueront les détails après mon passage.

— Tu as épuisé ma patience pour la journée, me remballe Mai. Reviens demain. Ou jamais.

Je ne m'attendais pas à un accueil avenant, certes. Mais sa véhémence est plus forte que je pensais. J'ai probablement minimisé les conséquences de mes mots et de mes actes. Je ne sais pas si je parviendrai à la reconquérir. En tous cas, si tel est mon but, je ferais bien de m'armer de patience pour ramper à ses pieds. Elle ne reviendra pas vers moi sans un dur labeur de ma part. Rien d'anormal. J'ai mérité sa colère. Je m'en veux.

— Tu accepteras d'écouter mes excuses, demain ?

Au point où j'en suis, je n'ai rien à perdre. Quitte à la laisser m'humilier en m'envoyant chier.

— Tu peux te les mettre où je pense, tes excuses. Mais ça, évidemment, c'est dans le cas où tu pourrais faire quoi que ce soit avec ton corps, hein, Gabby ?

Je serre les dents. Le message est clair : barre-toi ou je balance tout. Je ne me fais pas prier et file retrouver Loris.

— Ça s'est passé comment ? m'interroge-t-il sans attendre.

Je soupire bruyamment.

— Si je meurs, c'est parce qu'elle aura mis du poison dans ma nourriture.

Loris éclate de rire. Au moins, l'un de nous deux sera amusé par la situation.

Je ne sais vraiment pas comment rattraper le coup.

MAI

Heureusement que le soleil et la plage sont là pour me divertir et me calmer les nerfs.

Ça ne fait qu'une journée et je suis déjà à deux doigts d'imploser.

J'ai accepté ces vacances avec mes copines parce que j'en avais grandement besoin. Je savais que Gabriel serait présent, mais je pensais bêtement qu'il resterait de son côté et moi du mien. Sauf qu'apparemment, monsieur aimerait bien renouer. Ce n'est pas mon cas. Il est vraiment allé loin dans ses propos. Je ne peux juste pas retomber dans ses bras parce qu'il m'a fait deux sourires et trois compliments.

Heureusement que d'autres personnes sont là. Les garçons occupent facilement Gabriel avec des jeux ou des conversations sportives dont je me moque éperdument. J'entends déjà bien assez parler de F1 à longueur d'année, ce n'est pas pour continuer pendant les vacances.

J'ai choisi ce domaine et ce métier non pas parce que j'aimais particulièrement la F1, mais pour la liberté qui allait avec. J'aime ma famille. Profondément. Le seul problème, c'est que je ne suis que la quatrième à avoir fait des études de médecine. Mes parents et mon frère sont passés avant moi. Ils étaient en permanence sur mon dos et je n'en pouvais plus. Dès que je rentre, j'ai droit à un interrogatoire complet. M'enfuir à l'autre bout du monde m'a paru une bonne idée au moment de choisir une affectation. Et puis, comme mes parents apprécient mon prédécesseur, ça a été plus facile pour leur faire avaler la pilule.

Allongée sur le sable fin, au pied de la magnifique villa que l'agent de Mélanie nous a trouvée – et pour laquelle je ne paie presque rien – je savoure chaque rayon de soleil qui caresse ma peau. Me connaissant, je vais vite bronzer, ma carnation étant déjà mate de base. Les Hupert, eux, ont plus tendance à rougir. Si ça me fait de la peine pour Mel, je suis satisfaite de voir que le karma en fait baver à Gabriel.

Les filles et moi avons opté pour le bronzage tandis que les garçons disputent une partie de jeux vidéo à l'intérieur. Le calme m'apaise après ce long trajet en avion et notre arrivée en fanfare. Certains ont encore la gueule de bois. Je n'étais pas d'humeur à me mettre une caisse donc je fais partie de ceux qui peuvent profiter de leur première journée.

Nous nous prélassons de longues heures, alternant entre bronzage et baignade. Quand finalement le soleil atteint son zénith, nous sommes forcées de rentrer profiter de la clim. La chaleur devient trop lourde et nous aimerions éviter une insolation qui nous clouerait au lit.

— Allons retrouver nos mâles, rigole Mélanie. C'est qu'ils sont impressionnants, avachis dans le canapé.

Nora glousse.

— C'est déjà mieux que le niveau élevé de testostérone sur le paddock. Je n'en peux plus de leur guerre d'egos permanente !

Je lui tape joyeusement dans la main.

— Attends, toi, tu ne les vois pas en consultation. Je te jure, ils ont toujours une excuse pour justifier un état de faiblesse.

Mélanie me regarde avec un sourire entendu. Je la coupe avant même qu'elle ne se lance.

— Ne prononce pas son nom, pitié.

Depuis qu'elle est au courant de mon histoire avec Gab, elle ne cesse de me poser des questions. Elle veut des détails que je ne suis pas en mesure de divulguer. Sa curiosité la perdra.

Nous allons nous prendre un soda dans la cuisine ouverte.

— L'eau est bonne ? demande Brice.

— Elle serait presque trop chaude, sourit Nora.

Les garçons mettent leur jeu en pause pour nous regarder. Tous torse nu sans exception, ils nous offrent un joli décor. Les footballers sont tout en jambes, tandis que les pilotes restent secs. Le dénominateur commun est évidemment les muscles affinés par leurs nombreux entraînements. Tout comme Nora et Mélanie, je ne me gêne pas pour profiter du spectacle. En revanche, je fais de mon mieux pour regarder partout, sauf vers Gabriel. C'est pourtant bien lui qui attire le plus mon attention.

Il a pris du repos et ça se voit sur son visage. Ses traits commencent à se détendre, ses cernes à se résorber.

Je me demande s'il a encore mal. Comment il va.

Me sentant partir sur une pente glissante, je me retourne pour tous les ignorer. C'est plus simple de cette façon.

Mélanie entame une conversation avec eux sur leur jeu que je n'écoute pas. Nora ne semble pas non plus y prêter grande attention. Ses yeux sont plus focalisés sur les abdos de Brice.

— Le défenseur est à ton goût ? la taquiné-je.

Elle rougit en haussant les épaules.

— Ils sont tous à croquer, réplique-t-elle.

— C'est pourtant le seul que tu regardes, insisté-je.

Elle se contente de glousser.

Je m'apprête à lui répondre autre chose quand mon téléphone sonne pour la quatrième fois depuis mon arrivée. Le même numéro inconnu apparaît et si jusqu'ici je l'ai ignoré, je me décide à décrocher. Avec un peu de chance, après, il cessera de m'appeler.

— Allô ? demandé-je en m'éloignant du groupe.

Je me trouve une marche sur l'avancée de la maison pour mener ma conversation sans gêner tout le monde.

— Docteur Dillon ? s'assure une voix d'homme mûr.

Surprise par cette formalité, je me mets sur mes gardes. Je suis en vacances et je n'aime pas les appels professionnels dans ce cadre. Je ne connais pas cette personne. Bref. Tout vise à me tendre dans cette situation.

— C'est bien moi. Et vous êtes ?

L'homme se racle la gorge avant de répondre.

— Enchanté ! Je suis le docteur Martin, spécialisé dans les sportifs de haut niveau. Vous avez peut-être entendu parler de moi dans votre cercle ?

Effectivement. Et c'était justement pour parler de sa propension à se vanter. Qu'est-ce qu'il me veut ?

— Que me vaut cet appel ? demandé-je sans plus de cérémonie.

— Je souhaitais discuter avec vous du cas de Gabriel Hupert.

Pardon ?

— C'est bien vous qui étiez chargée de lui chez Neptune ?

— En effet, réponds-je en grinçant des dents.

De quoi il se mêle ?

— Monsieur Hupert est venu me consulter il y a quelques jours pour une batterie d'examens. Je suppose que vous connaissez son état… Vous n'avez pas pu passer à côté.

Est-ce qu'il est en train de mettre en doute mes compétences ?

Je le laisse poursuivre au lieu de m'énerver sur le champ.

— Heureusement, les examens n'ont montré qu'une fatigue extrême, des inflammations et quelques traumatismes résorbés. Cependant, je me devais de vous appeler parce que… ce pilote n'aurait jamais dû continuer son sport dans cet état. Vous en aviez conscience ?

Je manque de m'étouffer sous l'accusation.

Fils de pute !

Surtout… Gabriel a finalement été consulter, mais il ne m'a rien dit ? Après tous mes efforts ? Oh, là, là… Je vais me le faire !

— Votre inquiétude à son sujet est louable, Docteur. Je vous rassure, je sais faire mon job, merci. Vous n'avez juste pas idée d'à quel point ce mec est une tête de nœuds. Je ne pouvais pas l'attacher à un lit d'hôpital, vous comprenez ?

Surpris par mon ton véhément, il se contente de bégayer.

— Je n'ai pas de comptes à vous rendre, nous ne nous connaissons même pas, alors allez pourrir la journée de quelqu'un d'autre. Je n'ai pas besoin de vos conseils, de vos remontrances ou je ne sais quoi.

— Docteur Dillon, ne le prenez pas mal, je cherche juste à…

— Je dois vous laisser, j'ai un pilote à insulter.

Furibonde, je raccroche et déboule dans le salon pour régler mes comptes. Je n'en ai rien à faire que tous les autres soient là, qu'ils puissent entendre ce que j'ai à lui dire. Je veux en finir avec cette histoire et maintenant.

Qu'il ait été énervé par les conséquences de mon choix sur sa carrière, c'est une chose, mais qu'il ne prenne même pas la peine de me tenir au courant de son état après tout ce que j'ai fait et risqué pour l'aider ? Il va trop loin. J'étais déjà furieuse et blessée à cause de lui. Voilà qu'il empire la situation.

À peine ai-je mis un pied dans la pièce, qu'il reçoit le premier cousin qui me tombe sous la main. J'aimerais le gifler, le secouer, mais je me retiens du mieux possible. La violence n'a jamais rien réglé.

— Mai ? m'interroge-t-il sans savoir quoi dire.

Les autres me regardent, surpris, amusés aussi.

— Tu comptais m'en parler ? commencé-je doucement.

Le calme avant la tempête comme dirait mon frère.

— D-de quoi tu parles ? demande-t-il, méfiant.

— Mai, qu'est-ce qui se passe ? intervient Mélanie, jouant le tampon entre nous.

Trop furieuse après son frangin, je lui intime de se taire pour me laisser régler ça à ma façon.

— T'es allé voir un putain de médecin arrogant qui vient de me passer un savon parce que le connard que tu es n'a pas voulu m'écouter ! lui hurlé-je dessus.

— Mai, attends… commence Gabriel.

— Non ! crié-je en le pointant du doigt. Après tout ce que j'ai fait, toutes les solutions que je t'ai trouvées pour sauver ton précieux siège, toute la merde que j'ai acceptée de ta part, les heures que j'ai passées à t'aider, tu aurais *au moins* pu me dire ce qu'il en était finalement !

Quand il comprend ce que je lui reproche, il grimace et tente de se défendre.

— Je ne pouvais pas t'en parler, tu ne m'adresses pas la parole !

— C'est ça, ton excuse ? dis-je, avec un rire amer.

Il se contente de me regarder, les yeux écarquillés, paniqué.

— Jamais personne ne m'a autant manqué de respect que toi ! l'accusé-je, dégoûtée.

Il cherche à me calmer en faisant un pas vers moi.

— Mais, je ne veux pas te manquer de respect…

— Bon sang, mais de quoi vous parlez, à la fin ? s'emporte Mélanie, coincée entre son frère et son amie.

Gabriel me supplie du regard. Sauf que non, je ne l'épargnerai pas, pas cette fois.

— Démerde-toi avec tes secrets à la con, assume avec ta sœur, avec tes potes, avec la terre entière. Ne compte plus sur moi pour cacher à tout le monde que tu as eu un putain d'accident de voiture et que tu étais prêt à mourir en piste pour un putain de siège que tu n'as même pas gardé !

Celle-là, elle est vache, mais je n'arrive plus à me retenir. J'en ai marre, il me fatigue, je suis vexée et il s'en sort toujours trop bien.

— On sait qu'il a eu un accident à Abu Dhabi, intervient doucement Loris, perdu.

Gabriel prend son visage dans ses mains. Je m'apprête à tout balancer pour me venger, mais finalement, il se décide à intervenir.

— Non… souffle-t-il. On parle d'un autre accident…

Mélanie hausse un sourcil.

— Pardon ?

Gabriel soupire avant de leur raconter la vérité sur ces derniers mois. *Enfin.*

— En Italie… j'ai un peu poussé en vitesse sur une route de campagne, une moto m'a surpris et j'ai perdu le contrôle de la voiture. J'ai fini dans le décor. Sauf que si Neptune l'avait su, j'aurais été mis sur la touche dès la mi-saison. Donc…

Il marque une longue pause. Il n'assume pas du tout ses actes, surtout quand Mélanie et Loris écoutent avec attention son récit.

— Donc, il a demandé à son assistant de dire qu'il avait eu l'accident à sa place, interviens-je.

Gabriel hoche la tête et reprend la suite.

— Sauf que le choc a été violent et que j'avais mal un peu partout, que le repos n'y faisait rien, alors je suis allé voir Mai. Elle m'a prévenu que ça pouvait être grave et que je devais passer un certain nombre d'examens. Mais comme je ne voulais pas perdre ma place… je ne l'ai pas écoutée.

— Tu te moques de nous, pas vrai ? Tu n'es pas con à ce point ? s'emporte sa sœur.

Il se contente de hausser les épaules.

— Mec… commence Loris. Ta santé vaut plus qu'un siège.

— Pas à mes yeux ! s'énerve-t-il.

Une fois de plus, je soupire, ne comprenant pas sa réaction.

— Bref. J'ai supplié Mai de m'aider pour continuer de courir. Ce qu'elle a fait, non sans me fustiger tous les jours et me rappeler ma connerie.

— On parle de quoi comme problèmes, là ? demande Mélanie, plus à mon attention qu'à celle de son frère.

Je me frotte le visage, toujours aussi consciente des risques qu'il a pris.

— Cervicales et dorsales… marmonné-je.

Gabriel se mord la lèvre et rougit quand il croise le regard de Loris. Cette fois, son ami est hors de lui.

— Tu es con ou quoi ? Tu voulais finir comme Mike ? Ta putain de nuque, Gab ? C'est à se demander si tu connais réellement le sport.

Mélanie blêmit. Elle secoue la tête, énervée, apeurée. Elle regarde son frère avec une colère non dissimulée. Gabriel délaisse son ami pour aller vers sa sœur. Il tente de rassurer tout le monde.

— Je n'ai jamais dit que j'avais pris une bonne décision, d'accord ? De toute façon, j'ai fini par faire les examens et ça va. J'ai juste besoin de repos.

— Tu vas m'envoyer le compte-rendu.

Il accepte mon ordre sans rechigner.

— Je ne mens pas, affirme-t-il. Pas cette fois, du moins.

Il câline sa sœur qui se contente de croiser les bras sur sa poitrine.

— Et toi, tu l'as laissé faire ça ? Tu devais faire attention à lui ! s'énerve-t-elle soudainement.

Je réfléchis à un moyen de me défendre, je n'ai pas d'excuse. J'ai moi aussi pris une très mauvaise décision.

— Ouh là, non, Mel ! Ne t'énerve pas contre elle... Je ne lui ai pas vraiment laissé le choix et j'ai vraiment abusé pour la convaincre. En plus, elle m'a balancé à Neptune, donc en soit, elle ne m'a pas laissé faire comme je voulais, me protège-t-il.

— Qu'est-ce que vous avez foutu, tous les deux ? demande Nora, paumée.

— J'ai un million de questions à poser, ajoute Loris.

Gabriel regarde sa sœur, ses amis, puis moi. Il ne sait plus où donner de la tête. Sa frangine est à deux doigts de fondre en larmes. Loris semble prêt à lui arracher les yeux, d'ailleurs je crois même qu'il vient d'envoyer un message au reste de la bande. C'est pourtant moi que le beau blond observe. Je prends la décision à sa place.

— Tu as pas mal de choses à raconter à Mel et aux aut –

— Attends, me coupe-t-il, je te dois aussi pas mal d'excuses et d'explications sur les dernières infos à propos de ma santé. Je voulais vraiment t'en parler, Mai, mais…

— C'est bon, Gabriel. Tu vas bien, c'est tout ce qu'on souhaitait, non ? Fin de l'histoire, dis-je, malheureuse.

Il soupire, mais ne riposte pas pour le moment. Sa sœur vient de quitter la pièce et il a la présence d'esprit de la suivre, suivi de Loris qui n'en a pas fini avec lui non plus. De mon côté, je file dans ma chambre, Nora pas loin sur mes talons.

Seuls nos deux footballers restent plantés dans le salon, pris au dépourvu par cette scène de ménage.

19

Décembre – Guadeloupe

GABRIEL

Je rejoins ma sœur, en larmes, au bord de l'eau.

Elle ne me repousse pas quand je viens la prendre dans mes bras. Loris débarque rapidement et s'assoit près de nous. Son visage est grave. Mon téléphone qui ne fait que vibrer dans ma poche m'indique qu'il n'a pas tardé à prévenir les autres. J'imagine qu'ils veulent s'y mettre à plusieurs pour me passer un savon.

C'est pourtant inutile, je sais parfaitement ce que j'ai fait. Ce n'était pas l'idée de l'année, mais la seule que j'avais sous la main à ce moment-là.

— Je suis désolé.

Loris soupire.

— Comment tu peux nous infliger ça, Gab ? Je ne veux pas te perdre, pleure Mélanie. On a déjà perdu Mike, et je refuse que la même chose t'arrive.

La culpabilité me noue la gorge.

— Tu m'enlèves les mots de la bouche, acquiesce Loris.

— Vous vouliez que je fasse quoi ? Que je laisse tout tomber ? Après tous les efforts qu'on a faits pour arriver là ? argumenté-je.

Je sais que Loris comprend mon point de vue. Il s'apaise en entendant ces mots, il connaît mes motivations.

— Je sais, vieux… Vraiment… Mais tes cervicales ? C'est le point le plus sollicité en course. Je ne vois même pas comment tu as pu tenir une moitié de saison comme ça.

— Moi non plus, reconnais-je sans réfléchir.

Cette remarque me vaut un regard noir de ma sœur. J'essaye de me rattraper du mieux possible.

— Enfin, si ! Mai ne m'a pas lâché d'une semelle. Elle n'acceptait de m'aider que si je venais la consulter après chaque effort. Elle m'a fait je ne sais pas combien de massages. Elle m'a mis de la crème, elle m'a mis de la glace, des compresses chauffantes. Elle m'a trouvé des cachets efficaces…

— Je ne comprends pas qu'elle ait toléré ça, soupire Mel.

Ayant déjà causé assez de problèmes dans la vie de Mai, je mets un point d'honneur à m'assurer que ma sœur ne lui en veuille pas. Quitte à me montrer sous un jour qu'elle ne connaît pas. Un pilote ne peut pas être gentil. Autrement, il se fait marcher dessus. Je crois que tout le monde a tendance à oublier ça dans mon cas, mais je ne suis pas différent des autres : je veux tous les écraser pour faire mon trou.

— J'ai tout fait pour la convaincre, Mel. Vraiment tout…

— Dis-moi que tu n'as pas fait ce que je pense… soupire Loris, atterré.

Mélanie met quelques secondes avant de saisir ce que je suggère Doppia.

— Gab ? demande-t-elle.

Je grimace.

— Au début… j'y ai réfléchi. Je me suis dit que je pouvais la séduire pour la manipuler, reconnais-je, peu fier.

Mélanie se détache de moi pour me fusiller du regard. Je la déçois, mais au moins, elle n'en veut plus à Mai.

— J'y ai pensé, mais au final, je n'ai pas fait semblant ! reprends-je. Elle me plaît vraiment et j'ai réellement pris du plaisir avec elle –

— Mais tais-toi ! me coupe ma sœur.

Loris ricane.

— Ce que j'essaye de dire, c'est que je l'ai suppliée, je lui ai menti aussi, j'ai minimisé la situation et j'ai appuyé sur toutes ses cordes sensibles pour la faire flancher. Quand on a commencé à fricoter… disons que c'était plus facile de détourner son attention. Mais au final, elle n'était pas dupe et c'est elle qui m'a mis de la poudre aux yeux pour mieux me balancer à Leceo.

— C'est pour ça que tu as rompu comme tu l'as fait ? demande Loris.

Je hoche la tête.

— Elle m'avait donné sa parole qu'elle garderait le secret, expliqué-je. Je l'ai vraiment mal pris. Je me suis défoncé pour conserver mon siège, pour courir et elle a tout envoyé valser en deux secondes…

— Pour te protéger, pauvre idiot ! s'emporte ma sœur. Tu devrais lui baiser les pieds à l'heure qu'il est.

— Pour ça, il faudrait déjà qu'elle veuille bien me parler, marmonné-je.

— Tu ne la mérites pas, affirme ma frangine, furieuse.

Loris rit en la voyant m'engueuler.

— Bon sang ! Répondez avant que je ne les envoie à la mer ! s'énerve Mel en entendant nos téléphones vibrer.

— C'est l'océan, en fait, remarque Loris.

Le regard de ma sœur pourrait le tuer sur place.

Plutôt que de répliquer, il sort son portable. Owen nous appelle en visio. Je suis loin d'avoir fini de me faire engueuler. Loris décroche et la seconde d'après, je reçois un sermon des deux personnes les plus déterminées que je connaisse. Mathieu, qui a aussi répondu, se contente de les écouter en hochant la tête de temps en temps. Puis, quand Lise et Owen ont terminé de me hurler dessus, il prend la relève pour m'achever.

— Écoute Gabby, je ne vais pas crier parce que je suis déjà épuisé de me battre contre Don… Tu sais, vu que Mike est mort il y a peu ? Tu as l'air d'avoir oublié ce que ça fait de perdre l'un d'entre nous, donc je te le rappelle. Parce qu'en vrai, là, tu as joué avec ta vie et même si on est tous des têtes brûlées pour la course, il faut savoir s'arrêter. Franchement, je n'ai rien à dire de plus. Les autres ont assez bien résumé les choses. Je ne te comprends juste pas sur ce coup…

Tout le monde se tait après son intervention. Si les autres m'avaient déjà porté un coup, Matt m'a mis la larme à l'œil.

— Je ne voulais pas vous faire souffrir… Je… Je ne sais pas. J'ai débloqué, j'en ai conscience. Mai n'a pas arrêté d'essayer de me le faire comprendre, mais… cette histoire m'a rendu fou et au final, je suis le cul dans l'eau, donc…

Lise caresse le dos d'Owen, probablement pour le calmer. Sur l'écran de Matt, je peux aussi voir une main délicate lui cajoler la nuque. De mon côté, Mélanie hoquette, tandis que Loris soupire çà et là.

— Je suis allé trop loin, je pense qu'on est tous d'accord là-dessus. Cependant, ça ne changera pas la situation. La bonne nouvelle, c'est que je n'ai rien de grave. La mauvaise, c'est que j'ai utilisé la femme dont je suis tombé amoureux, que je lui ai brisé le cœur et que maintenant je l'ai vexée parce que je ne lui ai pas envoyé le rapport médical.

Tout le monde grimace en écoutant cet état des lieux.

— Tu attends quoi pour ramper à ses pieds du coup ? me provoque Matt.

Nell rigole à ses côtés.

— C'est toi qui dis ça… remarque-t-elle.

Mathieu sourit.

— Mais moi, personne n'espérait que je fasse les choses bien. Gabriel devait être notre modèle ! rappelle-t-il.

— Vas-y, rajoutes-en…

— Je comprends mieux pourquoi elle t'a traité de monstre, poursuit Owen à côté de Lise qui hoche la tête.

— Je vous déteste, me plains-je tout en riant.

Leur parler et leur dire la vérité me soulage plus que n'importe quel rendez-vous médical. Il ne manque plus que des réconciliations avec Mai pour que le tableau soit complet. Et un siège, mais ça je ne risque pas de le dire à voix haute…

— Elle est où Mai, là ? demande Lise, inquiète.

Je regarde vers la maison, mais je ne la vois pas.

— Elle est avec Nora, répond Loris, probablement en train de fabriquer une poupée vaudou à l'effigie de Gabby.

Je ne cherche même pas à répliquer.

— Pourquoi tu parles encore avec nous ? me reproche Lise. Tu as un millier d'excuses à lui présenter, Gab.

— Ah non, c'est bon, réplique Mel. Mai, tu lui fous la paix maintenant ! Tu en as assez fait !

— Quoi ? m'emporté-je. Non, tu es censée m'aider à la reconquérir !

Elle se détache de moi en levant les mains au ciel.

— Et puis quoi encore ?

Les autres éclatent de rire.

— S'il te plaît, je te promets que mes intentions sont bonnes et que je veux la rendre heureuse, la combler de bonheur…

— De sexe, intervient Loris, pour foutre la merde.

Je le pousse pour le faire taire, mais ça a le mérite d'amuser Mel.

— De sexe aussi, mais ça, tu n'as pas besoin de le savoir.

— Mec, tu me désespères encore plus que Matt, se moque Owen.

Le concerné s'offusque.

— Je suis un petit ami parfait, je vous signale !

Trois rires féminins éclatent derrière lui.

— Désolé, sourit-il, mes supers nanas étaient censées rester *silencieuses.*

Les Écossaises rigolent de plus belle. Je ne comprends toujours pas comment il a pu se retrouver dans une bande de filles.

N'empêche que je dois encore obtenir gain de cause auprès de Mel. Sans son soutien, mon histoire avec Mai sera vouée à l'échec. Je joue donc la seule carte que je possède dans ma manche.

— Mélanie… Je te pardonne pour Oak si tu m'aides avec Mai.

Ma sœur écarquille les yeux et bégaye quelques instants avant de regarder discrètement vers Lise qui lève les mains au ciel.

Parce qu'elle était au courant, celle-là ? Bravo l'amitié !

— Oak ? demande doucement Owen à Lisie.

— Comment tu sais ça, toi ? m'interroge Mélanie, méfiante.

Je roule des yeux.

— Parce que tu croyais qu'il n'allait pas balancer ? Ce fils de pute vit pour me gâcher l'existence, lui rappelé-je.

— Tu ne m'en as jamais parlé, dit-elle en rougissant.

Si cette histoire m'a longtemps retourné, j'ai toujours refusé de laisser Oak se mettre entre ma sœur et moi.

— Et je suis ravi de pouvoir te faire chanter aujourd'hui, me félicité-je. Vendu ?

Mélanie soupire, mais me serre finalement la main.

— Vendu… Mais tu as intérêt à la traiter comme une reine ! impose-t-elle, sérieuse.

— Je vais ramper en bonne et due forme.

Tous mes amis étant témoins de cette promesse, je n'ai plus qu'une chose à faire : retrouver Mai

MAI

J'ai finalement préféré m'isoler pour le reste de la journée et de la soirée. Je n'ai pas envie de discuter ou de me faire engueuler. Cette histoire m'a déjà bien assez épuisée pour en rajouter. Je connais mes erreurs, celles de Gabriel, je n'ai pas besoin d'en entendre un *remake*.

Surtout, j'ai peur que Mélanie m'en veuille réellement, ce qui serait compréhensible. Si je perds ma meilleure amie à cause de tout ça…

Bizarrement, après avoir discuté avec Nora, la seule personne que j'accepterais de voir serait Gabriel. J'attends beaucoup de choses de sa part : des explications, des excuses. Cependant, pour l'instant, il n'est pas venu me trouver et il est presque minuit. Tout le monde est déjà allé se coucher. Les évènements semblent en avoir épuisé plus d'un.

Moi, j'ai attendu qu'ils s'endorment pour quitter mon trou.

Je me fais couler une tisane au passage, puis vais la déguster sur l'avancée de la maison, une terrasse qui donne sur la plage. Je crois que c'est mon coin préféré de cette villa. Assise sur une marche, je regarde les vagues s'écraser sur le sable.

Le bruit m'apaise, tout comme celui des insectes s'agitant autour de moi. Une brise fait bruisser les feuilles des palmiers. L'endroit est bien plus calme que le paddock qui, lui, grouille de monde, de moteurs. L'odeur d'asphalte ne me manque pas, ni le vrombissement assourdissant des courses. Sans parler des fans qui hurlent à pleins poumons pour leurs pilotes favoris.

Là, j'ai l'impression de pouvoir enfin m'entendre penser.

Une seule chose tourne en boucle dans ma tête : j'aime cet homme, malgré toutes ses erreurs. Il me manque, mais je ne veux pas lui pardonner sans efforts de sa part. L'ami que j'ai trouvé en lui me manque plus que tout.

Je refuse de me remettre à pleurer. J'ai versé bien assez de larmes pour lui. La déception est dure à digérer. J'attends avec impatience sa réponse à tout ce qui vient de se passer.

J'avale une gorgée de thé avant de fermer les yeux pour mieux apprécier l'odeur iodée autour de moi. Finalement, ce sont des effluves d'un parfum de cuir qui parviennent à mes sens. J'entends ses pas hésitants, lents, avant qu'il ne s'assoie à côté de moi.

— Je peux ? s'assure-t-il.

Je me contente de hocher la tête.

— Je me suis dit qu'on serait plus tranquilles pour parler que quand les autres nous observent de loin. Je n'ai pas attendu par flemme ou je ne sais quoi. Enfin, ne m'en veux pas d'avoir mis autant de temps pour venir te trouver, c'était réfléchi et…

— Gab ! J'ai compris.

Il hoche vivement la tête, ne dit plus rien et se contente de secouer sa jambe de nervosité. Je suis tentée de lui demander ce qui l'amène, mais je préfère le laisser commencer de lui-même.

De longues secondes plus tard, il ne m'a toujours pas décroché un mot, si bien que je m'impatiente. J'ai terminé mon thé et je suis plus mal à l'aise que jamais, à côté de lui, sans nous parler ou nous regarder. Qu'est-ce qu'il attend ?

Enfin, il prend un grand souffle et se livre.

— Je suis vraiment désolé, Mai. Pour tout. Pour la façon dont j'ai décrit notre relation, pour la situation dans laquelle je t'ai mise, pour ne pas t'avoir tenue au courant assez rapidement des résultats de mes examens, pour toutes les fois où j'ai disjoncté, pour le stress, la peur et la déception. J'ai probablement un millier d'autres choses à mentionner. L'idée principale c'est que je m'en veux de t'avoir fait du mal. Je tiens réellement à toi, tu me manques et je me sens comme le dernier des cons. J'ai fait fuir la seule femme qui me plaît vraiment depuis des années, je suis un idiot fini.

— Oui, ça tu l'as dit, me contenté-je de répondre.

Un silence s'installe de nouveau entre nous. Je ne sais pas quoi dire. J'aurais tellement de choses à lui expliquer, mais je n'y arrive pas. Je suis tétanisée.

— Je t'ai transféré le mail, m'informe-t-il.

— OK.

Sa jambe continue de tressauter. Cette fois, je ne peux m'empêcher de mettre la main dessus pour le faire cesser.

— Désolé, s'empresse-t-il de s'excuser. C'est que... à tout moment, je m'attends à me prendre un revers violent.

Je soupire en secouant la tête de gauche à droite.

— Je n'ai pas envie de hurler ou de te faire des reproches. Là-dessus, on s'est tout dit et les autres en ont rajouté une couche.

Il acquiesce avec une grimace.

— En fait, je ne sais pas quoi te dire, Gabriel, admets-je.

Dans un élan de témérité, il serre ma main dans la sienne. Surprise par ce geste relativement intime, je ne bouge plus d'un centimètre.

— Moi, je voudrais mettre au clair certaines choses, explique-t-il.

Je l'invite à se lancer et cette fois, il ne prend pas mille ans pour trouver le courage de dire ce qu'il a sur le cœur.

— Quand je t'ai dit que tu n'étais rien et toutes ces autres atrocités, j'étais énervé et blessé que tu aies parlé à Neptune. Ce n'est pas une excuse et je le regrette. Je voulais, je crois, te faire aussi mal que tu as pu m'en faire. Avec le recul, je sais que tu l'as fait pour me protéger de mes propres décisions. Tout le monde s'accorde à dire que j'ai été stupide, moi le premier. Mais... Bref. Tu sais déjà tout ça.

Impatiente et tendue d'entendre la suite, je lui presse la main de plus en plus fort. Pourtant, il ne se dégage pas. Il se contente de poursuivre.

— Ce que je veux dire, c'est que tu es loin d'avoir été un plan cul, une distraction et je n'ai certainement pas couché avec toi pour te manipuler, même si c'est ce que tu as pu ressentir. Je me suis plus confié à toi en quelques jours qu'à n'importe qui. J'étais bien avec toi, mais comme je n'avais pas le temps pour une relation, je n'ai pas fait les choses bien.

— Non, clairement pas.

Son visage se tourne vers moi, mais j'hésite à croiser son regard.

— En dehors de tout ce qui est lié à la course ou à nos jobs, te voir tous les jours était une bénédiction. Tu as été une amie, une confidente, une amante merveilleuse. Tu m'as soutenu, tu m'as fait rire et tu m'as aidé quand j'en avais besoin. Je regrette vraiment la façon dont je me suis comporté avec toi, parce qu'au final j'ai perdu une femme incroyable avec qui j'aurais aimé construire quelque chose.

Cette fois, je me sens obligée de le regarder dans les yeux. Est-ce qu'il pense réellement ce qu'il dit ? Il semble atterré, déçu de lui-même.

— Je suis manifestement tombée amoureuse plus vite que toi, remarqué-je. Même si mon cœur me dit de te pardonner, mon cerveau, lui, m'ordonne de prendre mes jambes à mon cou.

Mon aveu semble lui redonner espoir, mais en même temps, le reste de mes mots le découragent.

— À moi de le convaincre qu'il peut de nouveau avoir confiance en moi.

Je ris nerveusement. Il faudrait que je sois dingue pour retenter l'expérience.

— Je t'aime, Mai, confesse-t-il à son tour. Je m'en suis rendu compte un peu tard. Je suis désolé. Tu es loin de ne rien signifier à mes yeux.

Mon cœur se gonfle. J'ignore quoi répondre.

Putain… Gabriel.

— Je suis désolée pour ton siège, glissé-je finalement.

Je n'ai pas besoin d'en dire plus. Nous savons tous les deux ce qu'il a sacrifié pour ça. Il doit l'avoir sacrément mauvaise.

— L'idée que tu auscultes Oak me rend malade, reconnaît-il alors.

Que sa seule préoccupation soit celle-ci me fait rire. L'ambiance en est tout de suite beaucoup moins lourde. Il se joint à moi et nous partageons un nouvel instant de complicité pour la première fois depuis notre dispute.

— Je vais me racheter, je te le promets, assure-t-il en redevenant sérieux. Je ferai tout ce qu'il faut pour regagner ta confiance et mériter ton attention. Tu me manques, Mai Dillon.

Incapable de ne pas sourire, je dissimule ma bouche derrière ma main. Gabriel n'est pas dupe et s'en réjouit discrètement. Pourtant, il ne me pousse pas à lui offrir plus. Il se contente de m'embrasser la paume pour sceller sa promesse.

— Tu me manques aussi, m'autorisé-je à reconnaître.

— J'ai encore une chance ?

Son air de chien battu pourrait me faire flancher, mais jamais aussi rapidement.

— Rien n'est moins sûr.

Ma réponse le fait sourire. Il se doute que je ne lui faciliterai pas la tâche, pourtant il ne baisse pas les bras. Encore heureux, sinon j'aurais la preuve qu'il n'en vaut pas la peine. S'il me veut réellement et s'il est prêt à faire les choses bien, alors il va devoir me le montrer.

Je me lève en le congédiant.

— Bonne nuit, Gabriel.

Il sourit une nouvelle fois.

— Bonne nuit, Mai. À demain.

Il ne me suit pas. Il reste sur la marche et se contente de me regarder partir. Je ne me retourne pas pour ne pas l'encourager. Cependant, son soupir de soulagement m'atteint en plein cœur. Mais jamais autant que les derniers mots qu'il marmonne pour lui-même :

— Un pas après l'autre.

20

Décembre – Guadeloupe

GABRIEL

J'ai deux buts en me réveillant ce matin : reconquérir Mai et harceler les écuries.

Étant levé plus tôt que les autres, j'en profite pour préparer le café et contacter Fizzles, Giants, puis Riotti. Chaque appel me prend bien une demi-heure. Je rigole avec les dirigeants, tente de les charmer, avant de forcer en me vendant comme jamais dans ma vie je ne l'ai fait.

Je suis au téléphone avec Riotti lorsque Mélanie débarque, rapidement suivie de Loris. Les deux me tombent dessus quand je raccroche.

— Alors ? demande ma sœur.

Je me contente de hausser les épaules.

— Va savoir, ils sont tous aussi faux cul que moi.

— Continue, ça va forcément payer ! Tu pilotes mieux que leurs recrues, affirme Loris.

— Mais je suis moins riche, fais-je valoir.

Ils me donnent raison sans mal.

Nathan est le prochain à débarquer, nous coupant dans cette conversation.

— Je suis le seul à avoir eu envie de les tuer ? lance-t-il de but en blanc.

Mélanie se met à ricaner.

— C'était hyper gênant, ajoute-t-elle.

— De quoi on parle ?

À cet instant, Brice et Nora descendent les escaliers en gloussant. Je crois que Loris et moi n'avons plus besoin de dessin pour comprendre la situation.

Quand Nora entre dans la cuisine, Mélanie lui marmonne un truc qui la fait rire de plus belle.

— On a dit pas les pilotes, mais on n'a jamais mentionné les footballeurs, se défend-elle, cramoisie.

Elle est rayonnante, ce matin. Elle a manifestement passé une très bonne nuit. Putain, je les envie ! De mon côté, je n'ai pas cessé de ruminer, réfléchir et me lamenter de ne pas pouvoir câliner la seule personne qui arriverait à me changer les idées.

— Faut arrêter avec cette règle anti-pilote ! me plains-je. On n'est pas si mal !

Loris hoche vigoureusement la tête.

Mai rit avec nous.

— Non, vous êtes les pires, explique-t-elle. J'en sais quelque chose, j'en ai fréquenté beaucoup trop.

La piqure de rappel fait mal, mais comme elle l'a fait exprès, je ne dis rien. Elle n'aura pas la satisfaction de me rendre jaloux, même si au fond, j'ai envie d'arracher la tête de Simon et de Mathias. Surtout celle de Simon.

Je lui offre mon plus beau sourire mielleux et vais lui verser une tasse de café.

— Bonjour, Mai. Tu as bien dormi ?

Elle attrape le mug avec un regard méfiant.

— Mis à part un grincement de lit assez répétitif, oui, répond-elle avec un clin d'œil pour Nora qui ne sait plus où se mettre.

Brice, lui, déguste son petit-déjeuner sans se préoccuper des taquineries de tout le monde. De temps en temps, il embrasse Nora sur la joue. Il s'agit là du couple le plus bizarre de l'histoire, mais soit.

— Bientôt ça sera le tien qui grincera, réplique son amie avec un sourire provocateur.

Mélanie mime un vomissement qui m'amuse beaucoup.

— On peut parler d'autre chose que des parties de jambes en l'air de mon frère ? se plaint-elle.

Les garçons secouent la tête pour l'emmerder. Nora rigole. Mai, elle, en profite pour me tacler gentiment. Je suppose qu'au moins j'ai son attention, ce qui change de ces derniers jours.

— T'inquiète Mel, vu l'état de son dos, on n'est pas sur une exploration du *Kama-sutra*…

Tout le monde éclate de rire, évidemment. Elle est fière d'elle. De mon côté, je suis obligé de tenter de sauver les meubles :

— Ça ne t'a pas empêchée d'en redemander.

Ma sœur est à deux doigts de nous faire taire de force. Les autres suivent la conversation avec intérêt et amusement.

— Faut croire que j'étais en manque à ce point, hausse-t-elle les épaules.

Franchement, elle me vexe. Sauf que je sais que c'est son but, donc je me retiens d'entrer dans son jeu. J'ai promis de ramper pour la récupérer, elle n'a jamais dit qu'elle allait me rendre la tâche facile. Elle se venge et elle en a bien le droit.

Je m'apprête tout de même à répondre, sauf que cette fois, ma sœur me fait taire.

— Stop. J'en sais déjà beaucoup trop.

— Pas moi, intervient Loris, mort de rire. Owen, Lise et Matt veulent en savoir plus aussi.

Il m'épuise.

— Tu es obligé de balancer ? lui reproché-je, malgré tout amusé.

Il acquiesce.

— En même temps, si on commence à compter sur toi pour dire les choses… continue Mai, provocatrice.

Elle n'en rate pas une, ce matin. Nathan et Brice sont pliés en deux. Loris se retient de glousser, tandis que Nora et Mélanie échangent des regards entendus.

Plutôt que de riposter et d'entrer dans son jeu, je préfère la prendre au dépourvu. Elle ne me fera pas baisser les bras comme ça.

— Je t'ai dit que j'étais amoureux de ton caractère ?

Mélanie me fixe avec désespoir, mais je l'ignore. Loris continue de ricaner et de dresser un rapport au reste de la bande. Pourtant, c'est la réaction de Mai qui vaut tout l'or du monde.

Un piaillement lui échappe, qu'elle tente de dissimuler derrière un soupir. En revanche, elle ne peut pas effacer la rougeur sur ses joues, ni son regard manifestement attendri.

— Tu n'avais pas plus mielleux ? m'interroge Mélanie avec une expression de dégoût.

— Ne l'encourage pas ! intervient Mai.

Pourtant, c'est bien le rôle que j'ai confié à Mélanie. Si elle croit que j'en ai fini pour aujourd'hui, elle se trompe. Je ne vais pas la lâcher et tout faire pour la voir flancher.

J'espère que d'ici la fin des vacances, j'aurai réussi ne serait-ce qu'à l'embrasser.

Malgré tout, je lui fiche la paix une bonne partie de la journée. Déjà, j'essaye de renouveler mes appels aux écuries aussi souvent que possible. Ensuite, je la laisse profiter de la plage avec ses amis. Elle n'a pas besoin de m'avoir sur le dos vingt-quatre heures sur vingt-quatre. Enfin, je dois penser à me reposer, à respecter le dernier traitement qui m'a été prescrit, ce que je fais jusqu'en début de soirée. Je prends du temps pour m'étirer. Mai m'observe de loin, mais pour l'instant, elle réussit à ne pas s'en mêler.

Elle va rapidement craquer. Et s'il faut que je lui donne un coup de pouce, je ne vais pas me gêner. Mon aînée passe justement dans le coin. Je l'attrape pour lui demander un service.

— Dis sœurette, il y a moyen que tu arrives à convaincre Mai de reprendre ses soins pour moi ?

Elle soupire.

— Gabby…

— Tu dois te faire pardonner… pour Oak, lui rappelé-je opportunément.

Elle me fusille du regard.

— C'est du chantage ! s'emporte-t-elle.

— C'est nécessaire, contré-je.

Elle m'envoie son poing dans le bras, mais finit par accepter.

— Je m'en occupe demain. Mais là, on a décidé de sortir et on part dans une demi-heure ; alors va enfiler ta meilleure tenue, Don Juan. Si tu ne veux pas que Mai t'en fasse baver à draguer ici et là, tu ferais mieux d'attirer toute son attention.

L'image me crispe. Je demande confirmation à ma taupe dans le clan féminin.

— C'est son plan ?

Mélanie m'offre un sourire carnassier.

— C'est notre conseil d'amies à amie, m'informe-t-elle.

— Tu es censée m'aider à la reconquérir, pas la pousser dans les bras d'un autre !

Elle me tape de nouveau.

— Vous me fatiguez ! Je suis dans vos camps à tous les deux et j'en ai marre d'être au milieu. Je veux bien t'aider à la reconquérir, mais tu vas devoir faire des efforts et subir son courroux. Je ne suis pas magicienne, moi. En plus, je suis son amie et les mecs comme toi, en général, on conseille à ses copines de s'en tenir loin !

— J'ai débloqué une fois ! Ça ne fait pas de moi un fils de pute à vie ! me défends-je.

— Ne parle pas mal de Maman !

Je ne sais pas pourquoi j'insiste. Elle a décidé de faire sa tête de pioche. Mieux vaut repasser plus tard.

— Tu me gonfles, reproché-je en partant vers ma chambre.

— Une vrai cour de maternelle… remarque Mai en passant.

Même Mélanie est vexée. Voilà qui la convainc au moins de m'aider à séduire son amie. Finalement, elle me suit et choisit ma tenue pour ce soir.

Si Mai compte draguer d'autres mecs, j'entends bien rester près d'elle toute la soirée. Je ne vais pas la lâcher.

Comme annoncé par Mélanie, une demi-heure plus tard, nous sommes en route pour un club connu de nos footballeurs. L'ambiance caribéenne nous détend immédiatement. Cocotiers, bar de plage, musique sensuelle, rhum à volonté. Tout est fait pour s'amuser, en profiter et se laisser aller.

D'ailleurs, Brice et Nora ne perdent pas de temps. En moins de deux, ils se déhanchent dans une salsa endiablée. Nous autres nous contentons de déguster un premier verre. Nous papotons quelques instants de tout et de rien. Nous rigolons en regardant le nouveau couple. Une deuxième tournée est servie.

À la troisième, je me décide à partir à l'attaque. Profitant de la discussion dans laquelle sont embarqués Mel, Loris et Nathan, j'entame une conversation plus intime avec Mai.

Ma sœur s'étant débrouillée pour nous installer côte à côte, je peux m'adresser à elle sans que les autres ne nous écoutent de trop près.

— Tu es vraiment très belle, Mai.

Elle tourne la tête vers moi pour me regarder. Son sourire amusé me réchauffe le cœur. Tout n'est pas perdu.

— Ce n'est pas avec des compliments que tu vas te racheter, m'envoie-t-elle bouler.

J'acquiesce.

— Non, probablement pas. En revanche, ça ne change rien au fait que je te trouve réellement très belle.

Elle se retient de sourire.

— Tu es surtout un médecin incroyable, une femme forte, droite, dévouée…

— Toi, tu es lourd, réplique-t-elle.

Je lui donne raison sans mal.

— C'est vrai, mais au moins, c'est avec moi que tu parles.

Elle ne sait pas quoi répondre, alors elle prend une gorgée de rhum. L'alcool commence à teinter ses joues de rose, mais aussi la naissance de sa poitrine que ce décolleté met merveilleusement en valeur. Sa robe rouge se marie à merveille avec sa peau mate et fait ressortir le marron de ses yeux. Sans parler de ses cheveux bruns qui semblent briller sous la lumière de la pleine lune.

Ses belles lèvres roses m'attirent, mais je sais que je n'y aurai pas accès aujourd'hui. Ni demain d'ailleurs.

— Tu veux danser ? proposé-je en m'attendant à un refus sans équivoque.

Mai soupire en se frottant le visage. Elle hésite, ce qui représente une énorme victoire. Elle lance un regard à Mel qui lui fait un signe de tête vers la piste de danse. Une conversation silencieuse s'installe entre elles. Mai ouvre grand les yeux, Mélanie hausse les épaules. Mai se mord la lèvre, Mel lève les yeux au ciel. Finalement, Mai se tourne vers moi pour accepter.

— Tu peux tenir debout, au moins ?

Je suis prêt à supporter toutes ses piques si ça veut dire qu'elle me laisse poser les mains sur ses hanches l'espace d'une chanson.

— Grâce à toi, oui.

Plutôt que de répondre, elle m'autorise à lier nos doigts et l'attirer vers Nora et Brice. Je passe mon bras dans son dos tandis qu'elle s'accroche à mon épaule. Son visage est au plus près du mien depuis ces deux derniers mois. J'inspire profondément pour m'enivrer de sa présence. Elle n'est pas insensible non plus à ce rapprochement, sauf qu'elle refuse de le montrer.

J'ai tellement fait le con que c'est déjà une victoire inimaginable de l'avoir contre moi ce soir.

La musique est à la fois lente et sensuelle. Je n'en profite cependant pas pour la serrer plus près qu'elle ne le désire. Un pas à la fois.

J'inspire près de son cou. Son odeur m'attise et m'apaise en même temps. Je ne me savais pas aussi fan de ce fruit.

— Tu sens terriblement bon… Je te donnerais bien un surnom affectueux comme « mon petit abricot », sauf que ça me fait penser à l'emoji pervers et je ne suis pas certain que ça ait l'effet escompté.

Son éclat de rire me rend putain de fier.

— Je t'en supplie, ne m'appelle jamais comme ça, rigole-t-elle.

— Tu préfères quoi du coup ? Docteur ?

Elle secoue la tête en souriant.

— Je ne tourne pas encore dans un film porno.

— Je ne pensais pas du tout à ça !

— Moi si, réplique-t-elle, amusée.

J'ignore si c'est l'alcool ou sa garde qui commence à s'abaisser, mais elle est étonnamment gentille. Je m'autorise donc à aller un peu plus loin.

— Je pourrais t'appeler chérie ou mon cœur. Ma femme ?

Nos regards se croisent, elle hésite sur sa réponse.

— Tu as encore un paquet de chemin à parcourir avant de pouvoir ne serait-ce que m'embrasser. Ce n'est pas parce que tous nos amis me poussent dans tes bras que je vais craquer aussi vite. Tu m'as vraiment fait mal, Gabriel.

Je détache ma main de la sienne pour pouvoir l'enlacer. Elle se laisse embarquer dans mon câlin, alors je lui chuchote ma réponse à l'oreille. Je n'ai pas envie que les autres nous écoutent, ce qu'ils sont actuellement en train de faire.

— Je sais. Je ne m'attends pas à ce que tu me pardonnes ce soir, demain ou même à la fin de ces vacances.

Contrairement aux apparences, je ne suis pas complètement idiot. Je dois te mériter et j'en suis loin. Il n'empêche que je suis amoureux de toi et que j'aurais dû te dire toutes ces choses dès le début.

— Tu es un imbécile, soupire-t-elle en blottissant son nez dans mon cou.

Je remercie tous les dieux pour cette attention soudaine.

— Un imbécile qui n'est pas si nul que ça au lit, si ?

Je cherche à la faire rire autant qu'à me rassurer. Elle ricane contre ma peau.

— C'est beaucoup trop facile de vexer un homme, se vante-t-elle.

— Tu as bousillé ma réputation, remarqué-je.

Elle hausse les épaules.

— Peu importe. Je suis la seule à avoir besoin de savoir ce que tu vaux vraiment, non ?

J'acquiesce parce qu'elle vient de sous-entendre que je ne pourrais être qu'avec elle et c'est tout ce que j'attendais ce soir.

Elle est la seule que je veux, avec qui j'ai envie de coucher, la seule que je laisserais toujours me provoquer et me taquiner.

Je n'ai jamais été plus sûr de ce que je désire.

Je l'aime elle. C'est tout.

MAI

J'aurais dû me douter que les filles ne seraient pas longtemps de mon côté. Déjà que Mélanie est un agent double…

Tout le groupe – les absents inclus – s'est mis en tête de me rabibocher avec Gabriel. Ils sont prêts à tout, même à jouer sur une corde très sensible. Selon eux, c'est mon devoir professionnel de m'occuper de Gabriel et de son traitement. Ils veulent que je le supervise et que je commence la rééducation avant qu'il ne se trouve un kiné.

Nora et Mélanie ont insisté sur la partie massage et sur les étirements. Plus cela implique de contacts physiques, plus elles sont heureuses.

Je ne sais pas quoi faire. J'ai déjà donné… Gabriel n'est pas le patient le plus simple à gérer, surtout s'il s'est décidé à me séduire. Ah… c'est sûr qu'il n'a pas Sali beaucoup de fringues depuis que nous sommes en Guadeloupe. Il se balade soit en maillot, soit en caleçon. Il est constamment torse nu et je commence à en baver d'envie.

Je me maudis de flancher comme ça. Mais putain, je le désire, je l'aime et il se démonte pour me rendre heureuse.

Je ne peux pas non plus l'envoyer chier avec ses problèmes alors que je suis déjà grandement impliquée dans l'histoire. Nos amis ont même dit que je serais inhumaine de le laisser se débrouiller. Ils abusent. Tout ce qu'ils veulent, c'est que nous finissions par partager un lit. Bien que Mel ne souhaite pas entendre parler de ça, elle fait tout de même tout pour que ça arrive.

Quand ils me demandent pour la énième fois d'aller le voir pendant ses étirements quotidiens, je ne résiste pas et obéis. De toute façon, ils ne comptent pas me lâcher.

Je m'en vais donc le retrouver dans le jardin de la maison, sous le peu d'ombre qu'un arbre offre. Il est concentré et ne m'entend pas approcher. Je préfère annoncer ma présence :

— Il paraît que je dois t'aider.

Gabriel relève vivement la tête vers moi, ce qui lui tire une grimace. Ses cervicales sont toujours sensibles, je l'avais bien remarqué.

— Si tu n'en as pas envie, ne le fais pas. Je ne veux pas que tu te forces à cause d'eux.

Voilà deux jours que nous sommes allés dans ce club, que j'ai dansé avec lui, qu'il fait tout pour me récupérer.

Toutes ces choses qu'il m'a dites ne m'ont pas laissée insensible. Il m'atteint de plus en plus et je commence à penser que je pourrais lui refaire confiance. Du moins, j'en ai envie. Je le crois quand il dit qu'il m'aime. Je ne vois pas pourquoi il prendrait autant de mal à me reconquérir sinon.

Je peux bien lui donner un coup de main dans mon domaine. D'autant qu'il va avoir besoin d'être en bonne condition physique pour retrouver un siège.

— Tu avale un cachet à chaque repas, c'est ça ?

Gabriel hoche la tête.

— Comment tu te sens ?

Son sourire trahit son envie de sortir un truc mielleux, mais il se retient pour répondre honnêtement.

— Je me sens mieux, vu que je ne force plus. La douleur s'estompe, mais elle est encore un peu là. Les étirements me font un bien fou par contre.

Je réfléchis à ce que je pourrais faire en plus. J'analyse les alentours et une chose m'apparaît très, très clairement.

— Si tu veux bien, on va se trouver un coin plus privé parce que là, ça ne va pas le faire avec les spectateurs.

Il rigole en regardant vers les fenêtres de la maison où cinq paires d'yeux nous observent.

— On peut aller dans ma chambre, propose-t-il, avant de réaliser le double sens de sa suggestion.

Il grimace, amusé par la situation.

— Parfait ! accepté-je en me retenant de sourire.

Nous montons à l'étage en ignorant les commentaires de nos amis. Je ferme derrière nous et lui demande de s'allonger sur le ventre sur le lit.

— Tu vas me masser ?

— Oui. Avec de la crème apaisante.

Gabriel s'exécute et je profite qu'il ne me regarde pas pour observer les lieux. C'est à peine s'il a défait ses valises. Seule une pile de linge sale est sortie. Je reporte mon attention sur son corps… Je commence alors à le masser pour essayer de me reprendre. Sauf que le contact physique me réchauffe de l'intérieur. Sa peau est toujours aussi douce, un peu plus bronzée. Je m'applique sur mes gestes en faisant de mon mieux pour ne pas penser aux autres moments où mes mains se sont accrochées à son dos.

Gabriel ne dit rien, mais je sens qu'il soupire d'aise sous mon toucher. Il n'ose probablement pas dire quelque chose qui me ferait fuir. S'il savait… Absolument rien ne pourrait me convaincre de me décoller de lui à cet instant.

— Tout va bien ? m'assuré-je malgré tout.

— Putain, oui, lâche-t-il, à la limite du gémissement.

Je termine mon massage en faisant de mon mieux pour ne pas le toucher plus qu'il ne faut. Je m'occupe de sa nuque pendant les dernières minutes, puis lui propose de se tourner pour que je l'aide à s'étirer correctement. Seul, il ne peut clairement pas autant pousser qu'avec de l'aide.

— On n'a qu'à se mettre sur le tapis, parce que sinon tu vas t'enfoncer dans le lit.

Gabriel se relève sur ses bras, mais ne bouge pas.

— Qu'est-ce qui ne va pas ?

Il est cramoisi.

— C'est que… hésite-t-il à poursuivre. Bah…

Je le pousse à prononcer la suite, sa rougeur s'accentue. Il jette un regard entendu vers le bas de son torse.

— Je ne veux vraiment pas te manquer de respect... commence-t-il.

Oh ?

Oh !

C'est à mon tour de rosir.

— Je ne regarderai pas, promets-je.

Même si, en vérité, je me sais incapable de ne pas zyeuter par-là. Malgré tout, Gabriel se laisse convaincre et descend du lit pour s'asseoir sur le tapis. Je n'attends pas une seconde avant de me mettre à la tâche. Autrement, je risquerais de faire une fixette sur son érection. Je ne compte pas coucher avec lui aujourd'hui, alors autant éviter de lui faire croire le contraire en le matant ouvertement.

Je m'applique à appuyer doucement sur son dos pour l'aider à s'étirer. Il descend bien plus bas que moi. Il est franchement souple, ça me surprend. Il a été tellement tendu ces derniers temps que je ne risquais pas de m'en apercevoir.

Je m'attaque ensuite à sa nuque en lui imposant quelques mouvements de droite à gauche, de haut en bas.

Quand j'estime que nous en avons fait assez pour aujourd'hui, je m'éloigne de lui et me tiens assez loin pour ne pas être tentée de lui sauter dessus. Gabriel le remarque alors, l'espace d'un instant, son expression se fait triste, mais il se reprend pour m'offrir un beau sourire et des remerciements.

Un pas après l'autre.

— Merci, Mai. Je me sens bien mieux.

Mon sourire est sincère. Je préfère vraiment le voir comme ça.

— Avec un peu de chance, d'ici la fin des vacances, je pourrai te montrer que je peux être autre chose qu'un tas de douleur, que je peux être vif…

Cette remarque me met des idées plein la tête…

Putain, je ne vais jamais tenir plus d'une semaine à ce rythme ! C'est une torture de lui résister, mais il mérite tellement de ramer.

Je suppose que nous verrons bien combien de temps je parviens à tenir. Et si je craque, au moins, je m'enverrai en l'air.

21

Décembre – Guadeloupe

GABRIEL

— Gabriel !

Encore très endormi, j'ai du mal à savoir si la voix de Mai provient de mes rêves ou de la réalité. Probablement mes rêves, je ne vois pas ce qu'elle ferait dans ma chambre de bon matin.

— Hey, réveille-toi, continue la douce voix de cette femme qui m'obsède.

Une main m'attrape le bras et me secoue. Je commence à comprendre que je ne l'imagine pas et que Mai cherche bien à me réveiller.

— Bon sang, tu as le sommeil lourd, Gabby ! Lève-toi, tu veux voir ça !

Cette fois, j'ouvre complètement les yeux et mets du temps à m'habituer à la lumière. Je fronce les sourcils pour tenter d'élucider le mystère de cette situation. Finalement, je remarque le téléphone que Mai agite sous mon nez.

— Bonjour, parviens-je à marmonner avant de me concentrer sur le portable.

Je le lui prends des mains pour le mettre à la bonne distance de mon visage. Le message que j'y lis réussit à me faire sortir de ma torpeur.

— Hein ?

Je relis le tout pour être certain de bien suivre. C'est un texto d'un collègue de Mai dans la section médicale de l'écurie. Apparemment, les potins ne circulent pas que chez les mécanos.

Donni : « Hey, Mai ! T'as vu ça ? Quel connard parfois… J'étais sûr qu'il se tramait un truc pas net. Virer Hupert pour Oak ? C'était obligé qu'il y ait une histoire de cul derrière. Ronan se tape sa mère ! Il n'a aucuns scrupules. »

— Ronan se tape la mère d'Oak ? C'est pour ça qu'il lui a filé ma place ? demandé-je confirmation.

Mai se contente de hausser les épaules.

— Gabby ! m'appelle Nora depuis le salon.

— On dirait que l'info a fuité ailleurs que chez Neptune, songe Mai.

J'enfile rapidement un jogging pour descendre rejoindre tout le monde. Loris et Mel me posent des questions dès que je pose un pied au rez-de-chaussée.

— Tu as vu pour Leceo ?

— Le paddock est super énervé !

— Riotti dit que ce n'est pas à coups de queue que Neptune gagnera le championnat.

Je ne sais plus où donner de la tête. Finalement, j'ouvre mon téléphone pour tomber sur la même notification que tout le monde : le nouvel article de *La Course* qui dévoile les histoires de Leceo avec madame Oak, expliquant par là même mon remplacement.

Selon le papier, Jacob aurait eu des vues sur mon siège dès la fin de la saison dernière et aurait utilisé l'argument monétaire pour faire pencher la balance en sa faveur. Il aurait tenté de convaincre Ronan que Neptune aurait plus de chance de monter dans le championnat constructeur avec plus de moyens. Le début des rumeurs sur mon remerciement coïncide avec les dates mentionnées par *La Course*. Oak a probablement cherché à mettre le feu aux poudres. Cependant, Ronan n'avait pas fait son choix.

De là, se serait alors nouée une liaison entre Leceo et madame Oak qui aurait poussé le dirigeant à privilégier Jacob, pour des raisons évidentes…

L'article explique enfin la décision tardive de Ronan à cause d'une dispute entre lui et son amante. Sans sexe, monsieur aurait eu plus de remords à laisser partir un bon pilote en qui il croyait réellement (qu'il ne voulait probablement pas non plus voir chez un concurrent). Finalement, madame Oak aurait regagné ses faveurs et réussi à imposer son fils dans l'écurie.

Quelle histoire de merde… J'espère que Ronan a conscience de s'être fait baiser. Littéralement. Quant à Jacob, obtenir un siège de cette manière est pitoyable…

Je me demande qui a bien pu balancer tout ça. Il doit s'agir d'un proche de Ronan qui n'était pas d'accord avec ses choix. Je devais avoir plus de soutien chez Neptune que je croyais.

— Oak ne s'est pas encore exprimé, annonce Nora.

— Par contre, les autres dirigeants ont eu quelques mots à dire, rigole Loris.

Il prend des captures d'écrans des messages qui lui sont parvenus pour me les montrer.

En effet, la plupart fustigent Leceo pour avoir fait passer ses histoires de cul avant l'écurie. Tout le monde s'accorde sur le fait que j'aurais obtenu de meilleurs résultats que Jacob pour la saison qui arrive. Chacun déplore qu'une fois de plus, un pilote se voie mettre de côté pour une raison sans rapport avec la course.

Lire tous ces messages et connaître la vraie justification derrière mon départ me soulage. En revanche, ça ne m'aide pas pour autant dans ma recherche d'un nouveau siège.

Je délaisse donc cette histoire pour me faire couler un café. J'attrape un bout de brioche et déguste mon petit-déjeuner, l'esprit encore embué, mais aussi préoccupé. Je n'ai toujours pas de solution pour la prochaine saison.

Les autres continuent de débattre de la nouvelle. Mélanie tente de me faire parler, mais n'ayant rien de spécial à ajouter, je me contente de hausser les épaules à toutes ses interventions.

Finalement, il devient plus simple de faire semblant de m'occuper de cette histoire en traînant sur les réseaux. Chacun rapporte sa trouvaille, mais je préfère scroller sans réellement regarder les *posts* des gens. Quand j'ai fait le tour de mon fil, je m'amuse à lire les messages de mes fans dans mes DM.

J'en ai quelques centaines et je sais que je ne pourrai jamais répondre à tout le monde. Malgré tout, j'en parcours quelques-uns et marque ceux qui me touchent le plus d'un « J'aime ».

Cependant, au fur et à mesure que je lis ces commentaires, je réalise que beaucoup réagissent à la nouvelle en me prenant en pitié. Certains s'offusquent, d'autres s'énervent. Tous s'accordent à insulter Neptune.

Au milieu des messages de fans, j'en reçois de pilotes, de dirigeants d'écuries, d'anciennes légendes et même de pilotes de F2.

Je comprends rapidement que j'ai un coup à jouer aujourd'hui. Il y a une vague sur laquelle surfer et je ne dois pas rater ma chance.

Je délaisse mon petit-déjeuner pour aller me doucher, m'habiller et me mettre à la tâche. Assis sur mon lit, j'entame une série d'appels qui, je l'espère, me permettra de convaincre plus efficacement les autres équipes, maintenant que tout le monde sait que les raisons de mon départ n'ont rien à voir avec mes capacités.

Ma cote de popularité est montée en flèche, ce matin. Si bien que je n'ai pas à contacter Giants. Ce sont eux qui me joignent directement. Peu de temps après, c'est au tour de Fizzles de me passer un coup de fil. Les deux petites écuries commencent à se positionner et moi à reprendre confiance.

J'essaye d'enfoncer Leceo tout en me faisant briller. Je tente de leur faire croire qu'ils ne sont pas seuls sur mon cas pour leur donner encore plus envie de me prendre. Il n'y a rien de plus alléchant que de couper l'herbe sous le pied d'un concurrent.

Je passe toute la matinée au téléphone. Je m'arrête dix minutes pour manger, puis remonte pour m'attaquer à Riotti. Eux n'ont toujours pas décidé s'ils gardaient Charley ou non. Le pilote continue de négocier sévèrement son contrat et je ne sais pas si Riotti va céder ou lâcher l'affaire. Je dois me manifester au cas où quelque chose déterminerait la suite de cette histoire.

Au final, je ne vois presque pas la lumière naturelle de la journée. Je ne me résous à laisser tomber que lorsque le décalage horaire m'empêche d'appeler vers l'Europe. Le soleil est en train de se coucher quand je vais rejoindre les autres.

Alors que je pensais qu'il n'y avait personne dans la maison, je trouve Mai et Mélanie dans la cuisine en train de servir des verres à tout le monde. Elles ne m'entendent pas tout de suite, donc j'en profite pour écouter quelques bribes de conversation.

Il faut vraiment que je perde cette mauvaise habitude…

— La F1 me sort par les yeux, explique Mai. N'empêche que je préfèrerais que Gab obtienne un siège.

Mélanie soupire.

— Et moi donc !

— Tu crois qu'il va bien ? On ne devrait pas aller vérifier ? demande Mai.

— Pour quelqu'un qui ne veut plus de lui, tu t'inquiètes quand même beaucoup, la taquine ma sœur.

Elle m'enlève les mots de la bouche. Entendre Mai parler gentiment de moi me remotive à faire des efforts. Tout n'est pas perdu. *Un pas après l'autre.*

— Évidemment que je m'inquiète, réplique-t-elle amusée. Je sais à quel point ça lui tient à cœur, en plus c'est d'une injustice…

— Je suis sûre qu'avec un gros bisou de sa chérie, il retrouverait le sourire, tente Mélanie.

Mai soupire, mais finit par rigoler.

Ma sœur plaide réellement ma cause. Je penserai à lui acheter un beau cadeau de Noël.

— Jamais dans l'excès Mel, c'est ça qui est bien avec toi ! Je croyais que tu ne voulais rien savoir de mes histoires de cul avec Gabriel ?

— J'ai parlé d'un baiser, pas de sexe !

Mai ricane.

— Et un baiser ça mène à quoi, selon toi ? Je vais te le dire, à sa bite dans…

— Je vais vomir ! Je vais vomir ! Arrête !

Préférant abréger le supplice de ma sœur, je fais du bruit dans les escaliers pour annoncer ma présence. Elles changent drastiquement de sujet et feignent de parler des boissons qu'elles sont en train de sortir. C'est du joli !

— Hey ! m'accueille Mel. Alors ?

Mai ne dit rien, mais écoute avec attention.

— Giants et Fizzles ont l'air plutôt ouvertes à la discussion, mais rien n'est moins sûr. Après, Riotti négocie toujours avec Charley. Loris n'en sait pas plus non plus. Franchement, je n'en sais rien. Tu peux me sortir une bière aussi, s'il te plaît ?

Mel sort trois bouteilles au lieu de deux pour les poser sur un plateau.

— On allait se faire un apéro dehors, tu viens ? m'explique ma sœur.

— Oui, bien sûr. Il y a autre chose à prendre ?

Mélanie glousse avant même de répondre.

— Oui, Mai.

Je lève les yeux au ciel et m'excuse à sa place auprès de la concernée qui retient difficilement un sourire.

— La lourdeur c'est de famille manifestement, nous taquine-t-elle.

— Te moque pas, t'en feras bientôt partie ! continue de la chercher ma sœur.

— Tu ne m'aides pas là !

Mai me donne raison en riant. Si je ne tenais pas tant à rester dans ses petits papiers, je la provoquerais sur ce que j'ai entendu. Malgré tout, je me comporte en gentleman et ne relève pas. À la place, je suis les filles sur la plage pour profiter d'un apéro entre amis.

Mel avait définitivement raison. J'avais besoin d'une pause. Maintenant que je m'en rends compte, je vois aussi tout ce que j'ai pu faire d'insensé, d'incohérent et de dangereux.

Je ne sais pas ce qui m'arrive aujourd'hui, mais là, sous le soleil couchant, je me promets de ne plus jamais perdre la tête de cette façon.

Pour les beaux yeux de la femme assise à côté de moi, je ferai tout pour m'en tenir à ces mots : « Plus jamais ».

MAI

Après le tumulte de ces deux derniers jours suite à la révélation sur Ronan Leceo et Jacob Oak, nous nous sommes tous mis d'accord pour dire que nous avions besoin de nous couper un peu de cette agitation.

Jusqu'ici, le plan était parfait. Cependant, le WiFi disponible sur le bateau loué a tout fait capoter. Alors que nous devions mettre nos téléphones en *off*, Nathan et Brice se retrouvent à prendre des selfies pour leurs réseaux. Nora et Mélanie *stalkent* leurs acteurs favoris. Loris est en plein appel avec son mec.

De mon côté, je fais semblant de m'intéresser à ce que font les filles quand, en réalité, j'observe Gabriel de loin. Lui profite du soleil, allongé sur l'avant du bateau. Perdu dans ses pensées depuis ces derniers jours, il se tient un peu à l'écart. J'ignore s'il est angoissé, dépité ou simplement s'il a beaucoup à réfléchir. N'empêche que cette soudaine distance me perturbe.

S'il croit que j'ai besoin d'air, il se goure. J'ai besoin qu'il continue de me prouver son intérêt, qu'il me montre de l'attention.

— Quoi ? crie subitement Loris.

Nous nous tournons tous vers lui pour des explications.

— Attends Marin, je dois raccrocher, je te raconte après.

Il ne laisse pas le temps à son mec de répondre qu'il coupe la conversation pour sauter vers Gabriel.

— Owen et Lise sont fiancés ! annonce-t-il.

Gabriel se relève subitement pour regarder l'écran de Loris.

— Putain ! Il n'a pas fait semblant sur la bague, remarque-t-il.

Mélanie les rejoint à la hâte. Elle lit le message à voix haute pour nous, tout en s'attendrissant pour ses amis.

Owen : « Après des mois à galérer pour trouver le moment idéal – merci Lisie –, j'ai finalement pu faire ma demande hier soir. Elle a dit oui. Bon, ça, ce n'était un secret pour personne. Il va sans dire que j'ai besoin de trois garçons d'honneur… Vivement qu'on se retrouve pour fêter ça. »

Du Owen Abbott tout craché. Sobre, droit au but, presque froid. Pour le coup, j'ai hâte que Mélanie et Nora harcèlent Lise pour que nous ayons la version romantique de ce moment. Mon amie ne me déçoit pas et saute sur son portable. Elle ouvre une conversation avec Lise, Nora et moi afin que nous puissions lui poser toutes nos questions. N'ayant jamais été très proche d'elle, je vais surtout me contenter de lire les réponses.

Mélanie : « Raconte !!!!!! »

Une notification nous indique que Lise a ajouté Nell à la conversation. Je me sens un peu coupable de ne pas avoir tout de suite pensé à elle. Mélanie aussi, vu sa grimace.

La réponse de Lise ne se fait ensuite pas tarder. Elle envoie une salve d'emojis morts de rire avant de s'expliquer.

Nora : « Je suis trop contente pour vous, je vais pleurer. »

Je jette un coup d'œil dans sa direction.

Moi : « Elle n'exagère même pas.
Félicitations à vous deux. »

Nell : « Je suis super heureuse pour vous. »

Lise : « Merci les filles. »

Mélanie : « Raconte !!!!!!!!!!!!!!!!!!!! »

Nora glousse.

Lise : « Owen m'a obligée à poser deux semaines de vacances. J'ai râlé, mais quand il m'a amenée au même endroit où nous nous sommes mis ensemble la première fois, j'ai choisi de fermer ma grande bouche… Il m'a organisé le même rencard, mais au lieu de me dire qu'il était amoureux de moi, il m'a demandé de l'épouser. Évidemment, j'ai dit oui… Après on a fait l'amour et nous voilà maintenant à pouvoir enfin vous annoncer la nouvelle ! »

— C'est à la fois mignon et dégoûtant, remarqué-je.

— Tu viens de résumer ta relation avec Gabriel, me provoque Mélanie.

Nora éclate de rire et tape dans la main de Mel.

Plutôt que de répondre à ces attaques gratuites, je félicite à nouveau Lise, rapidement imitée par mes amies. Finalement, nous décidons de leur foutre la paix et de les laisser profiter de leur moment. Quand nous sortons de notre bulle, nous remarquons que les garçons sont en visio avec Owen. Cependant, eux aussi ne lui tiennent pas longtemps la jambe. Je crois que les deux amoureux ont envie d'encore un peu d'intimité. Le message est passé pour tout le monde.

Malgré tout, notre groupe continue de débattre de la nouvelle. Chacun y va de son pronostic pour savoir quand ils auront leur premier enfant. Les filles se battent pour être la témoin de Lise. Nous nous demandons où aura lieu la cérémonie, si le mariage sera religieux, quel genre de robe portera Lise…

Tout le monde semble excité. Les garçons reçoivent aussi une photo de Mathieu accompagné de sa compagne et de ses amies, félicitant le couple. Il promet à Owen d'être le prochain et si sa remarque fait rire tout le groupe, je trouve Gabriel plutôt silencieux.

J'aurais pensé qu'il serait le premier à sauter de joie, mais je le vois triste.

Peut-être a-t-il peur de perdre son ami ? Ou bien il est jaloux ? Difficile de savoir.

Ce n'est qu'au bout de trois quarts d'heure que le soufflet retombe. Chacun repart dans ses activités. Gabriel s'isole de nouveau, mais cette fois je n'arrive pas à le laisser seul.

Je lui en demande beaucoup à le laisser me courir après sans rien lui donner en retour. Comment peut-il garder espoir s'il croit que je me moque parfaitement de lui ? Je n'ai pas envie qu'il abandonne, j'aimerais qu'à la fin, nous nous retrouvions, que nous réessayions. Je ferais bien de m'ouvrir un peu si je ne souhaite pas tout gâcher par inadvertance.

Il fait beaucoup d'efforts. À côté de ça, il gère des négociations stressantes, mais aussi sa rééducation. Là, je le trouve particulièrement maussade alors je compte faire de mon mieux pour lui remonter le moral.

Je viens m'asseoir près de lui en ignorant les murmures que mon acte déclenche chez nos amis.

Gabriel relève les yeux vers moi, surpris, mais il ne dit rien.

Je réfléchis longuement au moyen d'entamer la discussion, puis finalement, je me décide à partager simplement ce que je ressens.

— Tu as l'air… préoccupé.

Gabriel se redresse. Il hausse les épaules.

— Tu veux m'en parler ? proposé-je.

Son sourire, aussi franc qu'ému, me serre le cœur assez fort pour me rappeler tout ce que je ressens pour lui.

— Je devrais sauter de joie. C'est mon meilleur ami et il va épouser la femme dont il est amoureux depuis la nuit des temps. Mais…

— Mais ? le poussé-je à continuer.

Il soupire et se prend la tête dans les mains.

— Mais justement, il va se marier. Loris et Matt suivront vite. Quant à moi…

Cette fois, il n'ose plus me regarder.

— « Quant à toi » ou… quant à *nous* ?

Je lui tends une perche avec cette question, en espérant qu'il saisira le message que je souhaite lui faire passer : je veux qu'il galère parce qu'il m'a vraiment brisé le cœur, mais au fond, je l'aime et j'ai envie que nous réessayions.

Ses yeux retrouvent les miens.

— Je t'aime, Mai.

C'est la seule chose qu'il parvient à me répondre. Je mets un temps infini avant de prononcer la suite.

— Je t'aime aussi, Gab.

Voilà que sa jambe reprend son tressautement. Je la lui tape, mes nerfs sont déjà mis à rude épreuve par cette conversation qui me stresse.

Il éclate de rire, m'obligeant à l'imiter, car cet instant définit bien notre relation : nous nous tapons un peu sur le système, nous ne nous comprenons pas toujours, mais au final, nous nous plaisons vraiment.

— J'aimerais aussi trouver un siège, poursuit-il.

— Tu vas y arriver. J'en suis certaine. Réellement certaine.

Il grimace en essayant de me croire. Il doit absolument garder confiance en lui.

— En plus, tu vas être le médecin de Jacob ! Putain…

Il prend son visage dans ses mains et se laisse tomber en arrière. Son exagération me fait rire. D'un autre côté, je ne suis pas sûre qu'il exagère vraiment. S'il n'est pas spécialement possessif, avec Jacob Oak, c'est une autre histoire.

— Juste pour te le rappeler : je ne couche pas avec tous mes patients. Tu as été une exception.

— Et les petits frères de tes amies ? intervient Mel, assise pas loin et attentive à cette conversation.

— Et les autres pilotes de Formule 1 ? en rajoute Nora.

À mes côtés, Gabriel grogne et tente de les stopper.

— Bon sang, mais taisez-vous avec ça !

Je préfère les ignorer pour me concentrer sur le boudeur allongé à côté de moi. Cette fois, je m'assure cependant de parler assez bas pour conserver un minimum d'intimité.

— Tu n'as pas à t'en faire pour Oak. S'il le faut, je l'enverrai chez Donni. Mais bon, ausculter des gens, c'est quand même mon métier… À part toi, ça reste toujours très professionnel.

Gabriel se redresse de nouveau. Je trouve ses mouvements plus fluides, moins douloureux. Je commence enfin à être rassurée sur ce point.

— Tu es passée en mode médecin, là, remarque-t-il. Je le sens.

Prise sur le fait, je hoche la tête en rigolant.

— Tu vas mieux, affirmé-je.

Gabriel met un petit moment avant de se décider à faire un pas vers moi. Ce n'est qu'un baiser sur la joue.

Malgré tout, c'est une nouvelle étape vers une relation. Je veux qu'il sache que je ne lui ferme pas les portes et que j'ai envie que nous avancions. Encore quelques jours et je céderai. *Tiens bon, Gab, ton calvaire touche à sa fin.*

— Merci, chuchote-t-il à mon oreille.

Nous échangeons un sourire lourd de sens, puis je retourne près des filles. J'ai l'impression d'avoir fait un immense pas vers lui et ça m'a épuisée.

Je ne sais pas exactement combien de temps je vais continuer de le tenir à distance, mais je suis de plus en plus proche de céder. J'ai envie d'être dans ses bras, de l'embrasser, de partager son lit et me liguer contre sa sœur avec lui.

La haine, la défiance et la douleur se sont comme envolées après ces jours passés près de lui. Je ne sais pas. Je le sens simplement prêt et je crois que je peux de nouveau lui faire confiance. Jamais il ne s'ouvrirait comme ça s'il ne pensait pas ce qu'il disait. Gabriel maîtrise son image à la perfection. Là, il ne joue pas.

Il semblerait qu'il ait réussi à me reconquérir.

22

Décembre – Guadeloupe

MAI

Les vacances touchent à leur fin.

Demain soir, nous prenons l'avion pour retrouver la métropole. Le retour annonce surtout ma rentrée au travail. Ce n'est pas parce que les courses sont terminées que je ne bosse pas. Je dois toujours être disponible pour les membres du staff qui, eux aussi, continuent de trimer. À vrai dire, seuls les pilotes profitent de longues vacances.

Je vais donc devoir revenir sur Paris pour quelques mois. Ça veut aussi dire que je vais voir ma famille. Et puis Noël arrive bientôt. Un programme chargé s'annonce pour moi. Je n'ai certainement pas envie de partir d'ici.

Je profite de mes derniers instants où je peux me permettre de faire ce que bon me semble.

Voilà deux semaines que je tiens, que je lutte, que je le fais ramer, mais maintenant, j'ai juste besoin de lui sauter dessus. C'est bon, j'en ai ma claque de me retenir. En plus, nous allons chacun rentrer chez nous et je suis franchement terrifiée à l'idée que la distance le fasse complètement abandonner. J'étais en position de force, mais là, je flippe.

Je ne souhaite pas qu'il passe à autre chose, qu'il m'oublie. Surtout qu'en mars, nous n'allons pas nous retrouver chez Neptune.

Vraiment, il est temps que j'appose ma marque sur ce mec. Maintenant ça suffit, je le veux.

Il ne va probablement pas comprendre mon changement soudain d'attitude, mais si c'est ce que lui aussi désire, il ne devrait pas trop poser de questions. D'autant que ces derniers jours ont été légèrement différents. Je ne l'ai pas autant repoussé, ni taclé qu'au début. Nous avons un peu retrouvé notre complicité, nos jeux. Nous sommes de nouveau tactiles et il ose m'embrasser sur la joue de temps à autre. Nous sommes sur la bonne voie et j'ai tout fait pour qu'il le ressente.

À présent, c'est à moi de décider de la suite de notre relation. La balle est dans mon camp depuis le début, je suis enfin prête à la jouer.

Je suis légèrement angoissée, mais aussi pressée de me jeter à corps perdu dans une relation qui me fait envie autant qu'elle me terrifie.

Du coup, pour mettre toutes les chances de mon côté, j'enfile mon plus beau décolleté accompagné d'un short fin orné de dentelle. Je me recoiffe et vérifie mon haleine avant d'aller chercher Gabriel. Quand je m'estime parée, physiquement et mentalement, je vais le trouver.

Je prends une grande inspiration avant d'interrompre sa conversation avec Loris.

— Salut, les gars ! lancé-je maladroitement.

Je n'ai pas été aussi avenante de toutes les vacances, je comprends donc leurs regards étonnés. Heureusement,

Loris, qui saisit bien mieux le fonctionnement des femmes que tous les autres mecs de cette maison, s'excuse pour nous laisser un peu d'intimité. Son petit sourire d'encouragement m'apporte l'énergie qui me manquait pour me lancer.

— Très subtil, remarque Gabriel en observant son ami partir.

— Pour le coup, ça m'arrange bien, avoué-je doucement.

Je ne sais pas s'il m'a entendue. En tout cas, il attend patiemment que je lui donne les raisons de mon apparition soudaine.

— Hum… Je me disais que… que je pourrais peut-être te masser et t'étirer ?

D'habitude, nous nous retrouvons plutôt en milieu d'aprèm. Mais là, je n'arrive pas à attendre. La journée commence à peine, il pourrait très bien me dire non, je comprendrais. D'ailleurs, il a peut-être d'autres plans. Mais il accepte.

— On va dans ma chambre ?

J'acquiesce et nous nous mettons en route.

Une fois la porte fermée, Gabriel se tourne vers moi.

— Tu veux débuter par quoi ?

Je lui montre le tapis avant de m'y agenouiller. Il me rejoint sans tarder et se met en position.

Pendant les dix premières minutes, il ne prononce pas un mot. Il se laisse faire et suit mes directives. Malgré tout, au bout d'un moment, sa curiosité prend le dessus. J'imagine qu'il sent le changement dans mon comportement envers lui. Ça le démange de me questionner. Il ne m'attaque cependant pas de front.

— Tu t'ennuyais, ce matin ?

Il sait très bien que non, et probablement qu'il sait aussi pourquoi j'ai cherché à me retrouver seule avec lui. Son petit sourire est éloquent. Il attend juste que je dévoile mon jeu.

— Tes beaux yeux me manquaient, ironisé-je.

Sauf qu'en dehors de toute moquerie, ce n'est pas tout à fait faux.

— Les tiens aussi me manquaient, réplique-t-il, amusé. Même si, avec cette tenue, j'avoue être plus tenté de regarder ailleurs…

J'aime qu'il soit plus taquin, qu'il ose de nouveau me draguer ouvertement. Le mec tétanisé à l'idée de me vexer n'est pas celui que je veux avoir près de moi. C'est cette version de Gabriel qui me plaît vraiment.

Plutôt que de me contenter de rire ou de le taper gentiment, j'entre dans son jeu de séduction. Voilà des jours que j'en crève d'envie, je vais me faire plaisir.

— C'est tout l'intérêt de cette tenue, lui chuchoté-je à l'oreille.

— J'approuve, marmonne-t-il d'une voix plus grave.

Il tente de croiser mon regard par-dessus son épaule. Il vérifie que je suis sérieuse, que je ne vais pas le planter ou lui faire un coup bas.

— Monte sur le lit, ordonné-je ensuite.

Il s'exécute en rigolant.

— À tout moment, je m'attends à ce que tu m'attaches, blague-t-il.

L'image n'est pas pour me déplaire entièrement.

— Enlève ton tee-shirt au lieu de fantasmer !

Il me fait un clin d'œil en attrapant l'extrémité de son haut.

— Ça va aller vite, alors reste concentrée pour ne pas rater ta chance de te rincer l'œil.

Son arrogance me fait lever les yeux au ciel. Sauf qu'effectivement, je me délecte du spectacle. J'aime la contraction de ses abdos et de ses biceps quand il se déshabille.

— Le spectacle est fini, annonce-t-il en s'allongeant sur le ventre, provocateur. Tu peux essuyer la bave au coin de ta bouche.

Je lui claque les fesses par réflexe. Le geste nous surprend tous les deux. Je ne l'ai pas touché de cette façon depuis des semaines. En fait, je crois ne jamais l'avoir fait. Cette soudaine proximité ne passe pas inaperçue. Je rougis sans pouvoir m'en empêcher. Gabriel pourrait me taquiner, mais il se contente de me regarder avec amour, envie et satisfaction. La température est rapidement montée. Malgré tout, il reste à faire le premier pas, ce qui s'avère loin d'être simple.

Je m'assois à califourchon sur lui pour entamer le massage de son dos. Je me concentre sur sa peau et sur mes gestes pour ne pas commencer à paniquer. Il va bien falloir que je lui fasse comprendre mes intentions, mais je ne veux pas imposer ma décision. Je ne sais pas comment m'y prendre.

— Mai ? m'appelle Gabby. Tu ne mets pas de crème, aujourd'hui ?

Il regarde fixement le pot sur sa table de nuit. Je me mords la lèvre pour ne pas rire. Je suis tellement concentrée sur mes histoires de cœur que j'en oublie le plus important.

— C'est que… là, en fait, on va…

Je cherche mes mots, une échappatoire, une excuse. Sauf que ça ne vient pas. Gabriel finit donc par prendre une décision pour nous deux. Il se retourne sous moi pour trouver mes yeux.

— Bon, et si on arrêtait de se mentir cinq minutes ? Pourquoi on est là, Mai chérie ?

Qu'il aborde la question lui-même me soulage. Je me sens rassurée et prête à dire ce que j'ai réellement envie de partager avec lui.

— Je voulais être seule avec toi, expliqué-je.

Il me soulève légèrement pour s'asseoir. Malgré tout, il me garde installée sur ses jambes. Nous sommes si proches comparé à ces dernières semaines. Son odeur est partout autour de moi, ses mains taquinent mes hanches. Son torse est à quelques centimètres seulement et je dois trouver une grande dose de courage pour venir poser mes doigts sur sa peau. Surtout, je sens son bassin sous le mien. L'intimité de cette position me chamboule. Je n'arrive plus à penser correctement et surtout pas à me protéger.

— Tu n'as pas besoin d'un prétexte pour ça, tu sais ? remarque-t-il.

Je hausse les épaules.

— Je n'ai pas à décider toute seule de quand et comment on…

Il colle son front au mien pour frotter nos nez l'un contre l'autre. Son souffle est si près de mes lèvres. Pourtant, il ne réduit pas cette distance.

— Je t'aime. Je veux être avec toi. Et après tout ce que j'ai fait, c'est bien à toi de décider si oui ou non, quand et comment, tu souhaiteras bien renouer avec moi.

Il m'embrasse le bout du nez, la joue, puis plante son regard dans le mien.

— Je ne ferai rien tant que tu ne m'auras pas donné clairement le feu vert.

J'inspire et expire si fort. Mon cœur bat à cent à l'heure. Je pourrais lui dire tellement de choses, lui parler de ce que je ressens, de ce dont j'ai envie. Finalement, ce qui me semble le plus limpide reste l'acte le plus simple qui soit.

Je passe une main sur sa nuque, à la naissance de ses cheveux et attire ses lèvres aux miennes. J'impose le premier contact, doux, hésitant. Puis Gabriel gémit d'aise avant d'enrouler ses bras autour de ma taille et de me tenir plus fort contre lui. Ma deuxième main s'accroche à la première. Je le laisse m'emporter dans un baiser plus possessif, désespéré, soulagé.

Mon bassin ondule instinctivement contre le sien, je le sens durcir sous son short. Ses doigts me serrent toujours plus fort contre lui, comme s'il avait peur que je m'enfuie, que je change d'avis. Je saccage sa coupe de cheveux, tire sur ses mèches, mords sa lèvre. J'ai besoin de ça, de lui, de plus.

— Je veux recommencer, affirmé-je en reprenant mon souffle.

Je ne sais pas pourquoi je ressens le besoin de lui dire. La situation est plus que claire.

— J'ai peur que tu m'oublies en rentrant en France, ajouté-je, inquiète.

Je ne parviens plus à m'arrêter. Je dois lui partager tout ce que j'ai sur le cœur, mes craintes, mes envies.

— Je t'aime trop pour que ça arrive, me rassure-t-il. Et puis, je vais avoir besoin d'un médecin pour vérifier le travail du kiné.

Je l'embrasse de nouveau.

— Je t'aime, Gab. Ne me brise plus le cœur.

Un rire nerveux lui échappe.

— Ce n'est pas prévu, je te le promets.

Pour le moment, c'est tout ce dont j'ai besoin pour me laisser aller. Je veux croire en lui, lui donner une seconde chance. Je veux me perdre dans ses bras, avancer à ses côtés et l'aider à rester qui il est. Je veux que Mélanie soit ma belle-sœur, continuer de me plaindre des pilotes à longueur de temps. Et surtout, je veux lui arracher ses fringues.

GABRIEL

Je ne sais pas ce qui a changé, ce qui l'a convaincue. La fin des vacances ? Des questions existentielles qu'elle a pu se poser ?

Putain, je m'en fous tant que je peux la tenir contre moi, l'embrasser et lui répéter à quel point j'ai envie de la rendre heureuse.

Je la sens petit à petit se perdre dans notre étreinte. Son bassin bouge toujours plus vite contre le mien, lui tirant des gémissements irrésistibles. Elle m'embrasse, me mord, me suce la lèvre.

C'est comme si elle s'était retenue pendant trop longtemps et que le désir la submergeait. De mon côté, j'ai tellement envie d'elle que j'ai peur de me vider dans mon caleçon. Je ne veux pas non plus qu'elle croie que je n'en avais qu'après ses fesses.

Je la laisse donc mener la danse en savourant chaque attention qu'elle peut avoir pour moi. Voilà des jours que je lui cours après, alors la sentir s'offrir à moi me ferait presque verser une larme de soulagement. J'ai bien compris que j'avais besoin d'elle. Pas seulement en médecin ou en amie, je veux qu'elle devienne mon binôme. Je vais tout faire pour que ce rôle la comble.

Elle retire d'elle-même son haut et je découvre avec bonheur qu'elle ne porte rien en dessous. Ma bouche trouve naturellement le bout de sein tendu vers moi. J'englobe l'autre de ma main et m'émerveille une nouvelle fois de leur taille parfaite. Je la mordille, suçote, change de sein, puis m'attaque à son cou.

Elle n'en peut plus de gémir, mais il y a tellement de choses que je veux encore lui faire.

Ma main retombe sur ses fesses avant de glisser doucement entre ses jambes. Elle les écarte un peu plus pour m'offrir un passage dégagé. Ce n'est cependant pas suffisant.

Je la fais basculer sur le dos contre le matelas et m'attaque sans attendre au nœud de son short. Je le retire en même temps que son dessous pour enfin l'avoir nue sous mes lèvres.

Son corps ondule contre les draps, son dos s'arque à mesure que j'approche mon visage d'elle. Je peux voir son désir goutter contre l'intérieur de sa cuisse. Elle me rend fou et je n'arrive plus à me retenir pour la faire languir. Je veux simplement lui donner tout ce que j'ai, la traiter en reine, me faire pardonner de toutes les façons que je connais.

J'aime sentir ses ongles s'enfoncer dans mon cuir chevelu, ses cuisses se refermer sur mon visage, ses pieds s'agripper au drap. Elle halète, gémit, marmonne mon nom et ce qu'elle désire.

Cette fois, c'est nous qui allons emmerder tout le monde avec nos câlins.

Mes doigts viennent terminer de la rendre folle et je ne m'arrête que lorsqu'elle me supplie de la laisser jouir. Je me retire doucement, déclenchant son premier orgasme. Les yeux mi-clos, elle mord si fort sa lèvre que j'ai peur qu'elle se fasse saigner.

Je remonte sur elle en déposant des baisers le long de son torse. Enfin, elle rouvre les yeux pour les river aux miens. La rougeur sur ses joues est exquise, tout comme son sourire satisfait.

Elle se redresse alors pour glisser sa main dans mon short. Elle me caresse doucement avant de s'attaquer au vêtement. Elle me dénude à son tour, puis reprend mon sexe dans sa paume.

— Putain… gémis-je de bonheur.

J'ignore combien de fois j'ai rêvé de ça, ces derniers jours. Je n'ai pas arrêté de me branler pour éviter de bander devant elle. Mais ça n'a rien à voir avec ce qu'elle me fait ressentir, là.

Elle m'embrasse en même temps qu'elle me taquine. Mes mains naviguent d'elles-mêmes sur son corps, je ne sais plus où donner de la tête. Je sais simplement que si elle continue de me toucher, je risque de jouir avant même d'avoir pu la pénétrer.

J'attrape donc son poignet et enlace nos doigts pour l'interrompre.

— Le sexe ça va dans les deux sens, Gab. Laisse-moi te faire plaisir aussi.

Je l'embrasse doucement avant de répondre.

— Tu me fais *trop* plaisir. Et je dois encore te montrer ce que je vaux quand mon dos ne me handicape pas.

Elle glousse en se moquant ouvertement de moi. Je réplique par une petite tape sur ses fesses qui l'amuse de plus belle.

Finalement, plutôt que de me défendre, je décide d'enfiler une protection pour la faire taire de la meilleure façon possible.

— Retourne-toi, Mai chérie.

Comprenant quelle position j'ai envie de la voir prendre, elle affiche un sourire carnassier. Elle sait que je veux la combler, que j'ai besoin de lui prouver que je ne suis pas un sportif en carton. J'ai de l'endurance et je compte bien le lui faire savoir.

Elle se met à quatre pattes sans discuter. Elle se délecte même de ce qui va suivre. Je m'approche d'elle et dès qu'elle commence à m'enserrer, je sens que je suis perdu.

Je me laisse complètement aller et me moque de savoir qui peut entendre ce qui se passe dans cette chambre. Je me fiche de démonter le sommier, d'imprimer la trace du lit sur le mur. Je n'écoute que ses réactions et les laisse me porter.

Tantôt rapide, tantôt lent, je fais durer l'instant le plus longtemps que je peux.

Malgré tout, l'orgasme arrive bien trop tôt à mon goût, j'aurais préféré ne jamais arrêter. Je crois que Mai en est à son troisième orgasme. Elle ne cesse de gémir, de griffer le drap et de m'enserrer.

— Clairement le meilleur sexe de ma vie, lui avoué-je en me laissant tomber à côté d'elle, une fois comblé.

À bout de souffle, elle se contente de hocher la tête, un sourire ravi aux lèvres.

23

Décembre – Guadeloupe

GABRIEL

Putain, ça y est. J'ai récupéré Mai.

Je ne m'en remets toujours pas alors que ça fait déjà une heure que je suis sorti de cette chambre. Il me fallait de l'eau. Beaucoup d'eau.

Mai est allée prendre une douche et même si j'étais très tenté de la rejoindre, elle m'a dit qu'elle avait tout de même besoin d'une petite pause avant de recommencer.

Je reste un moment seul dans la cuisine à réfléchir. Il va falloir que nous pensions à notre relation à présent. Nous n'habitons pas ensemble, nous allons tous les deux vouloir retrouver nos familles pour Noël. Je dois aussi me trouver un siège et si l'écurie n'est pas en France, je vais devoir déménager. Bref. Si je viens d'accéder au paradis, l'enfer cherche vite à me rattraper.

— Tu reprends ton souffle ? me taquine Loris en débarquant dans la cuisine.

Il peut me faire chier autant qu'il veut, je suis bien trop heureux pour me sentir honteux.

— Mel a préféré sortir un peu de la maison.

Je rigole à mon tour avant de me défendre, légèrement coupable sur ce coup.

— Je n'allais pas vérifier si elle était dans le coin, non plus !

— Tu étais clairement très occupé, me raille-t-il.

Je me contente de hocher la tête, perdu dans les images qui me reviennent à l'esprit. Il va falloir qu'on remette ça. Je crois que je bande de nouveau. Mieux vaut que je songe à autre chose, sinon Loris ne va pas me lâcher.

— Bon, loin de moi l'idée de te faire descendre de ton nuage, mais la course au siège est toujours en cours, me rappelle-t-il sérieusement.

J'acquiesce vivement. Si ma réconciliation avec Mai a levé un poids de ma poitrine, ma situation reste très problématique.

— J'ai eu un coup de fil de Toni, ce matin. C'est bien ce que je pensais... Charley s'est mis dans de beaux draps.

Il attire toute mon attention.

— C'est-à-dire ? On parle d'un scandale qui va passer ou d'un scandale qui peut mettre en péril un contrat ?

Loris hausse les épaules.

— Je ne sais pas. Ça dépend des écuries. Je sais juste que Toni m'a prévenu que ça allait jaser d'ici peu. Je serais toi, je poserais mes pions maintenant. Un pilote *clean* est toujours plus attrayant qu'un pilote dans la merde.

— Qu'est-ce qu'il a fait ?

Avec tout ce qui a pu arriver sur le paddock ces trente dernières années, je me demande comment il peut encore y avoir des scandales. Sexe, alcool, drogue, argent, corruption... Tout y est passé.

— Il aurait eu des propos très limites, racistes mêmes, envers Harris et Tomari, déballe Loris

Tiens, ça faisait longtemps… au moins trois semaines…

— Des fois, je me demande ce qu'on fout au milieu de cette jungle d'abrutis, dis-je, songeur.

Doppia acquiesce.

— C'est bien pour ça que je suis au placard, mon vieux.

Situation que je ne digère toujours pas. Je n'aime pas voir mon ami obligé de mentir devant les caméras. Marin et lui sont si heureux… Ça n'a pas de sens. Le truc, c'est que nous courrons parfois dans des pays où c'est encore un crime d'aimer une personne du même sexe. J'espère que ces conneries prendront vite fin.

En attendant, la bêtise de Charley pourrait bien m'ouvrir une porte. Je ne perds pas plus de temps avant de contacter Toni. C'est l'heure de briller et de rappeler que je suis *clean* sur tous les points : zéro scandale à mon actif. De quoi faire rêver un dirigeant !

Loris écoute avec attention ma conversation. Il connaît son patron mieux que personne. Il décèle certaines choses là où moi je ne vois que de la politesse. Loris me conseille de poser certaines questions, de lui faire des compliments bien placés.

Petit à petit, Toni s'ouvre et me confie que la situation avec Charley n'est pas idéale. Mai nous rejoint à cet instant et comprend vite que cet appel est de loin le plus important que j'ai pu passer ces dernières semaines. Elle s'installe à côté de Loris et je crois bien la voir croiser les doigts sous la table.

Toni reste au téléphone avec moi plus longtemps que les autres fois.

Finalement, au bout de quarante minutes, il finit par me laisser en me disant cependant ce que je voulais entendre depuis le début de notre conversation :

— Nous allons évaluer la réaction de nos sponsors vis-à-vis de Charley. Je te rappelle ce soir pour en rediscuter.

Mai et Loris s'attrapent les mains pour se retenir d'applaudir. De mon côté, je reste impassible, confiant.

— Vous savez ce qui est le mieux pour Riotti, Toni, affirmé-je avant de raccrocher.

La conversation prend fin au moment où les autres débarquent dans la maison pour nous parler du dernier article de *People News* sur Charley et ses propos racistes. La bombe est tombée, maintenant, j'espère bizarrement que tout le monde va s'emballer. Pour une fois, la machine médiatique pourrait me rendre service.

Évidemment, Lise, Owen et Matt réagissent sur notre groupe. Lise, particulièrement, est hors d'elle et compte bien se faire entendre auprès de Riotti. Elle ne veut pas de ça sur le paddock, pas plus qu'elle ne tolère le sexisme. Heureusement, c'est son job de remonter les bretelles de tout le monde. Le groupe nous appelle en visio, alors j'en profite pour toucher deux mots à Lisie.

— Si Charley saute, je peux obtenir le siège, Cardin. Je t'en supplie, fais-leur vivre un calvaire.

Matt rigole.

— Pour toi Gabby, je vais leur faire tomber l'Enfer sur le coin du nez, me promet-elle.

— Par contre, les gars, intervient Owen, vous vous sentez de piloter dans la même écurie ?

Loris et moi échangeons un regard lourd de sens.

Si garder des amitiés sur le paddock est compliqué avec la compétition, les préserver au sein d'une même écurie est presque impossible. La rivalité prend un tout nouveau tournant. L'un de nous serait favorisé au détriment de l'autre et, surtout, nous serions constamment comparés.

— Ça n'a pas à être pris en compte, décide Loris. On sait tous ce que vaut un siège chez Riotti, je ne vais pas dire à Gabby de refuser pour moi. On s'est tous démontés pour en arriver là, ce n'est pas le moment de jouer les sensibles.

Je n'avais pas pensé à ça jusqu'ici. Entendre Loris être si confiant me pousse à croire que nous sommes capables d'allier amitié et compétition

— Vous allez nous offrir la meilleure *bromance* de l'histoire de la F1, affirme Mélanie.

Même si cette discussion m'amuse, je me méfie et je n'oublie pas que rien n'est signé.

— Si ça se trouve, je vais me retrouver chez Giants ou en réserve chez Ted Wheeling, attendons de connaître la sentence.

Les autres me donnent raison, mais personne ne sait comment changer de sujet. Du coup, Mélanie intervient pour aider tout le monde.

— Bon sinon, Gab et Mai nous ont offert un remake de *50 nuances* à l'étage, ce matin.

Mai roule des yeux, mais rougit de se voir exposer de la sorte.

— Et après ça parle de nous, fait valoir Brice en caressant le dos de Nora.

— Qui ça, « nous » ? demande Lise, choquée.

Nora hausse les épaules en gloussant.

— Carly aimerait savoir si Nathan est toujours célibataire, lâche Mathieu sans le moindre tact.

Nell éclate de rire à côté de lui alors que la concernée commence à lui mettre des coups de coussins.

— Quoi ? s'offusque-t-il. Aller droit au but, les filles ! C'est ça le secret !

Loris me regarde, aussi amusé et déconcerté que moi. Owen et Lise se retiennent de rigoler.

— Bon, ce n'est pas qu'on n'a pas envie de voir Matt se faire arracher les yeux, mais c'est notre dernier jour de vacances, explique Mel. À plus !

Elle raccroche sans nous laisser le temps de donner notre avis. Moins de deux minutes après, nous sommes enrôlés dans un *beach-volley*.

Je n'ai pas spécialement envie de jouer. Je préfèrerais rester scotché à mon portable, mais Mai et Mel se sont accordées pour dire que ça n'allait pas m'apporter de réponse plus vite. Finalement, je me laisse emporter par le match tout en profitant de pouvoir croquer Mai ici et là.

Je crois que ma sœur fait exprès de nous viser avec le ballon, mais ça nous fait plus rire qu'autre chose.

Le temps file plutôt rapidement et avant que je ne comprenne quoi que ce soit, je me retrouve sur la terrasse, à côté de Loris, à regarder mon smartphone qui vibre. Doppia me tape affectueusement le dos. Je prends un grand souffle, puis décroche.

— La journée a dû être éprouvante pour que vous m'appeliez aussi tard, remarqué-je.

Toni soupire bruyamment.

— Ce métier aura ma peau, mon garçon.

Son intonation de mafieux manque de me faire éclater de rire.

— Bon, je ne vais pas passer par trente-six chemins, j'aimerais que tout soit réglé au plus vite. Tu veux le siège ?

Sa question me prend tellement par surprise que je mets un temps infini à répondre.

— C'est sérieux ?

Toni grommèle je ne sais quoi en italien avant de reprendre sur un ton intelligible.

— J'ai passé la journée à essayer de réparer les pots cassés, à nous désolidariser de ces conneries, à écouter nos investisseurs nous insulter, Cardin nous menace d'un procès. Je suis épuisé ! Je n'ai pas envie de me faire chier avec un gamin qui ne sait pas tenir sa bouche. Donc, tu veux le siège oui ou non ? J'aimerais que tu visites les usines au plus vite, que tu aies assez de temps pour prendre tes marques…

À ce stade, je n'écoute plus rien. Je me contente de regarder Loris. Mon pote me sourit en hochant la tête.

— Oui, bien sûr que je veux le siège, Toni, dis-je, en tentant de ne pas paraître aux abois.

Intérieurement, je suis à deux doigts de fondre en larmes. Putain, je n'ai pas fait tout ça pour rien. Je vais continuer, je vais courir. Pour une écurie meilleure que Neptune.

— Les juristes vont t'envoyer une promesse d'embauche d'ici demain et on se voit dans la semaine pour discuter du contrat.

Il marque une pause avant de terminer.

— Bienvenue chez Riotti, Hupert.

Il raccroche avant même que j'aie pu le remercier. Je reste sans voix quelques secondes. C'est Loris qui finit par briser le silence.

— Il sait y mettre les formes, hein ?

Nous éclatons de rire.

— Putain… Il peut dire ce qu'il veut tant qu'il me passe une voiture.

Loris acquiesce.

— On dirait qu'on va être concurrents, finalement.

C'est la seule ombre au tableau.

— Mec, je refuse qu'on se déchire comme nos prédécesseurs, imploré-je.

Doppia hoche vivement la tête.

— On n'a qu'à se promettre de ne pas se saboter et de la jouer fair-play. On l'a déjà fait en F3, non ?

Je lui serre la main en guise d'accord.

Je suis prêt à tout pour un siège, mais perdre mon ami comme j'ai blessé Mai ? Non, hors de question de remettre ça. Nous ferons tout ce qu'il faut pour nous préserver et je sais que le reste de la bande veillera au grain.

Maintenant, j'ai hâte d'annoncer la nouvelle à ma compagne et à ma sœur. Elles méritent bien d'arrêter de s'inquiéter pour moi. Et puis, si ça peut m'offrir une partie de jambes en l'air sans pareille, je prends !

Je me lève pour les tenir au courant, mais finalement, ce sont elles qui me sautent dessus avant même que je ne sois entièrement debout.

Je ne sais pas ce que je pense de cette coalition féminine. Je sens qu'elles n'ont pas fini de se liguer contre moi. Mais bon, là, tout de suite, je suis heureux de pouvoir partager ça avec elles, de savoir qu'elles s'adorent et que j'ai enfin tout ce que j'ai toujours voulu : un siège, une famille et des amis en or, une femme qui s'entend parfaitement avec eux. Que demander de plus ? Ah si…

— On monte ? proposé-je à Mai sans me soucier de choquer ma sœur.

Loris explose de rire alors que Mélanie me frappe sans ménagement. Mai, elle, se contente de m'offrir un clin d'œil avant de m'attraper par la main.

Épilogue

Février – Monaco

LORIS

Vu que Mathieu a fait sauter notre réunion habituelle de début de saison l'année dernière, il était obligé de nous accueillir chez lui pour celle-ci. La nouvelle saison va commencer d'ici deux semaines, nous nous devions de nous retrouver pour nous préparer et lancer les hostilités.

Depuis que nous nous sommes expliqués avec Matt, la bande est redevenue comme avant : soudée. Nous nous sommes beaucoup vus pendant l'intersaison et nous avons pu resserrer nos liens après cette dernière année compliquée. Nous sommes cependant nettement plus nombreux que l'an passé. Owen et Lise, Matt et Nell, Gab et Mai, Marin et moi. On dirait bien que nous sommes devenus une bande d'adultes. Ça n'empêche toutefois pas Owen et Gabriel d'entamer un bras de fer ou Mathieu de tripoter sa femme quand il croit que nous ne les voyons pas.

C'est bizarre. D'un côté, j'ai l'impression que tout a changé et de l'autre, que tout est enfin revenu à la normale. C'était écrit, non ? Que nous nous retrouverions ici, aujourd'hui, avec les personnes qui partagent nos vies pour débattre de notre passion. Si ce n'est pas un signe que Dieu existe, je ne vois pas ce qui leur faut de plus pour y croire. Moi, dès l'instant où j'ai posé les yeux sur Marin, j'ai compris ce que signifiait cette histoire de révélation divine. Alors non, notre relation n'est pas facile, car j'évolue dans un sport peu inclusif, mais nous nous aimons assez pour braver tout obstacle qui se dressera devant nous. Notre projet est clair : construire une famille ensemble. Ma place chez Riotti est assez stable pour me permettre de rêver à cela. L'écurie me parle même de renouveler mon contrat pour plusieurs années, c'est l'équivalent du Graal en F1.

— Mec, arrête de fanfaronner, parce que tu vas pleurer quand je te prendrai la coupe des mains.

Mathieu n'en démord pas, il battra Owen cette année. Je ne sais pas trop si c'est réalisable, mais ce n'est qu'en étant convaincu que ça peut marcher pour lui.

Eux non plus n'ont pas à s'en faire pour leur siège. Maintenant qu'Owen a pris le lead chez Dark Crown, il n'a pas à s'inquiéter. Son écurie domine la grille et il est un des meilleurs pilotes de notre génération. Son avenir est tout tracé.

Quant à Mathieu, c'est à se demander si Keelean n'a pas été créée sur mesure pour lui. Aucune autre écurie ne pourrait être plus parfaite pour lui. La voiture est pensée pour son style de pilotage. Ils ne sont pas près de le laisser filer et vu sa relation avec Nell, il y a peu de chance qu'il quitte les Écossais. Maintenant que l'équipe est assainie, je pense qu'elle va profiter d'une amélioration continue. Mathieu pourrait bien être champion du monde d'ici deux ou trois ans.

— Je suis meilleur, pourquoi tu ne l'acceptes pas ? riposte Owen.

— Tu n'es pas meilleur, t'as une Lise ! argumente Gabriel.

La concernée offre un clin d'œil à son fiancé.

Fiancé. Merde, nous avons vraiment vieilli en peu de temps.

Un coup d'œil vers elle me prouve à nouveau à quel point elle est épanouie aujourd'hui. Son travail la passionne et semble l'avoir enfin aidée à faire le deuil de sa carrière de pilote. Lise est heureuse, elle se bat pour ses convictions et crée un réel changement dans ce monde pourtant réfractaire à toute forme de combat moderne. Je suis persuadé que, grâce à elle, nous aurons une femme sur la paddock d'ici dix ans.

— Je donne le point à Gabby.

Marin me tape le bras tandis que j'interviens pour mettre le feu aux poudres, mais je m'amuse beaucoup trop à les voir s'écharper pour si peu. La bouteille de vin terminée échauffe facilement les esprits.

— Je suis la seule à souffrir d'une crise d'urticaires quand j'entends parler de F1 ? demande rhétoriquement Nell.

Matt s'offusque.

— Mais t'avais dit que tu commençais à aimer !

— « Commencer », oui. Mais à petites doses, réplique-t-elle, amusée.

Mai hoche vigoureusement la tête.

— Vivement vos quarante ans, soupire-t-elle.

Les garçons ont beau savoir qu'elles disent ce genre de chose exprès pour les emmerder, ils partent au quart de tour.

— Je t'annonce qu'à quarante ans, je serai encore en piste à faire chier les *rookies* ! promet Gabriel.

— Putain, j'ai hâte de prendre la place de Newman avec ses tactiques de vieux qui foutent en l'air des stratégies entières, rigole Owen.

— Si tu achètes un yacht pour te pavaner à Monaco, je te renie, le préviens-je.

— Tu me confonds avec Matt ? réplique Abbott.

Le monégasque hausse les épaules.

— Ça t'a bien arrangé d'utiliser son yacht pour impressionner ta Lisie, se moque-t-il.

Voilà qu'il s'attire le courroux de Cardin.

— « M'impressionner » ? Tu m'as prise pour sa poule ou quoi ? Connard !

Nell explose de rire.

— Au fait, ça avance les préparatifs du mariage ? demande Mai à l'heureux couple.

Les deux soupirent bruyamment.

— On va se marier à Vegas, nous apprend Lise, fatiguée.

— Merde, moi qui comptais prendre des conseils chez vous avant de faire flipper Gab, rit Mai.

Si Gabriel est prêt à s'engager avec elle, il ne faut pas non plus aller trop vite. Il risque de faire une rupture d'anévrisme si elle se remet à parler mariage/bébé. Mais comme ça la fait mourir de rire, elle le torture. Je crois qu'il aime ça de toute façon.

Lui aussi est plus heureux que jamais. Mai semble être la femme de sa vie. En tout cas, je ne vois personne d'autre capable de comprendre et gérer Gabriel comme elle le fait. Ils sont parfaitement heureux et, contrairement à ce qu'il dit, ils avancent plutôt vite en besogne. Je ne serais pas surpris qu'ils soient mariés avant Matt et Nell.

Niveau carrière, je le sens enfin rassuré. Les essais avec Riotti se sont bien passés, il maîtrise la voiture et se sent en confiance derrière le volant. Nous allons pouvoir concurrencer Keelean cette année. Gab a, en plus, signé un contrat sur trois ans, il est donc serein pour quelque temps.

— Méfie-toi, Lise. Tu vas te retrouver avec Mel et Nora sur le cul si tu ne leurs offres pas une belle cérémonie, rappelle Mai.

Gabriel grimace en songeant à cette idée avant de demander à son amie :

— Tu vas inviter tes parents ?

Owen attrape la main de sa future femme pour la déstresser. Ces deux-là sont si fusionnels que c'en est flippant.

— Rien n'est fixé ! explique-t-il. Vu comment se goupillent les choses, on pensait plus à une réception entre nous. C'est ce qui nous ressemble le plus de toute façon.

— Pas de yacht, du coup ? demande Mathieu pour détendre l'atmosphère.

Je ne sais pas pourquoi, mais Lise éclate de rire. Tout comme Nell et Mai. Heureusement que je suis gay, les femmes sont trop compliquées à gérer.

— Et toi ? Tu voudrais te marier comment ? me glisse Marin à l'oreille.

Nous avons décidé qu'à la fin de l'année, je ferai mon *coming-out*. Toutes choses prises en compte, il est temps que nous passions la seconde dans notre relation et j'en ai marre de devoir cacher Marin. Quitte à tout risquer, je préfère être moi-même au grand jour. Si utiliser ma popularité peut aussi profiter à notre cause, alors je suis partant. Lise m'a déjà assuré être prête à renverser des géants pour me soutenir. Nous allons y arriver, j'en suis certain.

— Sur une note moins fun, nous coupe Mathieu, Nell et moi, on pensait nous marier rapidement pour qu'elle puisse prendre mon nom et se protéger de son père. Plus elle sera liée à moi, moins les avocats la feront chier.

L'expression de sa compagne se ferme instantanément. J'essaye d'envoyer des signaux à Matt, qu'il réalise ce qu'il vient de dire, mais il ne semble pas les recevoir. Nell, elle, me sourit.

— Bien tenté, Loris. Mais Matt reste Matt, rigole-t-elle amèrement.

— Quoi ? Qu'est-ce que j'ai dit ? m'interroge-t-il.

Mai et Lise soupirent à leur tour.

— Mec, même moi, je sais ce que tu as fait comme boulette, intervient Gabriel. Pourtant, je ne suis pas le plus doué d'entre nous.

— À quel moment vous avez commencé cette guerre pour savoir qui est le meilleur petit ami ? demande Owen à Matt et Gab.

— Quelque part entre l'instant où Mathieu s'est trouvé des copines et celui où Gabriel s'est transformé en abruti fini, explique Lise.

Mai ricane doucement tout en passant son bras dans le dos de son homme. S'il croit que nous allons le laisser tranquille avec ça, il se fourre le doigt dans l'œil.

— Le procès avance ? demande Marin à Nell.

Elle se blottit naturellement contre Mathieu avant de répondre.

— Les preuves s'accumulent du côté de l'accusation. Nos avocats essayent de négocier pour qu'il plaide coupable en échange d'une remise de peine.

Je n'imagine pas ce qu'ils vivent. Devoir se battre contre le père de Nell pour obtenir justice pour Mike… Quel merdier ! Il n'y a que Mathieu pour se fourrer dans des histoires pareilles. Non pas que nous ne soyons pas concernés, mais il se trouve en première ligne.

Heureusement que leur couple est solide. Et par « solide » j'entends « béton armé ». Rien n'arrive à les ébranler : ni le procès, ni les journalistes, ni les fans de Matt. Ils avancent à deux, ne font plus qu'un. Mathieu a trouvé sa moitié et voilà un combat que je croyais perdu d'avance. Il m'a beaucoup surpris cette année, en bien. Je suis heureux pour lui.

— Comme il sent qu'il ne pourra pas se sortir de ce coup-là, il semble enclin à nous faciliter la vie, continue Matt. D'après le procureur, d'ici juillet, on devrait arriver à clôturer cette histoire.

— Sauf que ses avocats veulent tout de même m'utiliser et me mettre en porte à faux, me faire porter le chapeau de certaines choses… Bref, d'où l'intérêt de nous marier. Ils ont peur des avocats de Mathieu, mais surtout de son influence et de sa popularité.

Lecomte m'observe quand je lui fais de nouveau les gros yeux, en espérant qu'il saisisse cette perche.

— De toute façon, Nell est la femme de ma vie et je compte bien l'épouser coûte que coûte. Et en fanfare. Quand même ! T'es un Lecomte ou tu ne l'es pas…

Au moins, il a compris. Sauf que sa façon de se rattraper est tellement maladroite que nous éclatons tous de rire. Je ne sais vraiment pas comment Nell le supporte.

— Tu me désespères, Mathieu, soupire Lise.

— Je t'aime, lui glisse Nell, toujours hilare.

Il se satisfait de ça et lui chuchote quelque chose à l'oreille que nous n'entendons pas. *Dieu merci.*

— Mon verre est vide, se plaint Marin.

Il regarde ostensiblement la bouteille à côté d'Owen que ce dernier s'empresse d'ouvrir en rigolant.

Nous avons de nombreuses choses à fêter aujourd'hui. Chacun d'entre nous a trouvé sa perle rare, celle qui ferait croire en l'amour à n'importe quel pessimiste allergique au bonheur. Nous avançons tous dans nos carrières respectives que ce soit en piste, à la fédération, en médecine ou en graphisme. Même si Nell a dû mettre son projet en pause, elle ne l'abandonne pas et s'est promis de lancer sa boîte dès le procès terminé. Nous la soutiendrons en faisant un maximum de pub pour elle.

Notre groupe va mieux que jamais, nos liens sont si étroits que nous sommes une vraie famille. Nous avons accueilli Nell, Mai, mais aussi Nora à bras ouverts. Même si cette dernière et Mélanie ne sont pas là aujourd'hui, elles font partie intégrante de notre bonheur commun. Cette bande manquait de femmes de toute façon. Elles apportent une fraîcheur plus que bienvenue ! Entre nous, c'est pour la vie. Je n'ai pas besoin d'attendre dix ans pour l'affirmer.

Abbott nous serre tour à tour, puis nous trinquons.

— À cette nouvelle saison de Formule 1, commence Owen en levant son verre.

Il regarde Lise.

— À la guerre chez Riotti, rigole-t-elle en levant le sien.

— À votre mariage, poursuit Gabriel.

— À notre bonheur à tous, choisis-je en nous observant tous réunis.

Enfin, presque tous…

— À Mickey, termine Mathieu, la main fermement serrée autour de celle de sa femme.

Lise se rapproche d'Owen qui cligne rapidement des yeux, probablement pour ravaler la même larme qui me démange. Marin m'agrippe la taille et m'embrasse sur la tempe, alors que Mai colle son genou à celui de Gabriel.

— À Mickey, répétons-nous la gorge nouée, mais le cœur maintenant apaisé.

Le paddock n'a qu'à bien se tenir, nous sommes plus en forme que jamais.

Remerciements

J'ai du mal à y croire mais cette fois, ça y est : l'aventure se termine avec ce tome.

Cette trilogie représente deux années de travail, d'écriture, de corrections, de doutes, d'excitation. Tout a commencé par un challenge pour me prouver à moi-même que j'étais non seulement capable de dépeindre ce sport que j'adore, mais aussi de réaliser un travail sur plusieurs tomes. Ça n'a pas été simple, pourtant, rencontrer ces personnages en valait la peine.

Comment je vais faire maintenant ? Je n'ai plus d'excuse pour regarder tous les Grands Prix… Je ne pourrai plus dire « c'est pour mes livres ! ».

Au risque de me répéter, un immense merci à Elodie pour son aide sur ce projet, fidèle au poste, motivée et motivante.

Merci à ma sœur pour toutes ses lectures et aux lectrices qui me tannaient pour enfin avoir ces romans entre leurs mains.

Merci à l'équipe BMR pour leur travail sur ces trois livres et leur respect de ma vision des choses. J'ai senti mes personnages en sécurité entre vos mains et je n'aurais pas pu espérer mieux.

Ça peut paraître étrange, mais j'aimerais aussi laisser un petit mot pour moi, pour ne pas avoir baissé les bras même dans les moments les plus durs, pour avoir relevé la tête, cru en moi et ne pas avoir attendu que quelqu'un fasse le travail à ma place. Le monde entier pourrait avoir confiance en moi que ça ne servirait à rien si moi-même je n'étais pas sûre de ce que je fais. Ce projet m'aura fait grandir en tant qu'auteure et je ne pourrais pas en être plus ravie.

C'est toujours difficile de dire au revoir à une histoire, à des personnages qu'on a appris à connaître et à aimer. Heureusement, je sais qu'ils continueront de vivre longtemps à travers vos lectures et pour cela : merci.

[illegible] le principe [illegible] des papiers [illegible]
[illegible] renouvelables [illegible]
[illegible] de papier [illegible]

[illegible]

Composition [illegible]
Achevé d'imprimer [illegible] par Blackprint [illegible]
Dépôt légal [illegible] février 2024
15.3212.7 - ISBN [illegible]
Dépôt légal [illegible] 2024

Édité par Hachette Livre, dans la collection Ito
(58, rue Jean-Bleuzen, 92170 Vanves)

Composition : Nord Compo
Achevé d'imprimer en Espagne par Blackprint
Dépôt légal 1re publication : février 2024
45.3212.7 – ISBN : 978-2-01-727157-4
Dépôt légal : février 2024